KB262065

鬼刀風雲
귀도풍운

야차(夜叉) 新무협 판타지 소설

FANTASTIC ORIENTAL HEROES

귀도풍운 2

야차 新무협 판타지 소설

초판 1쇄 찍은 날 § 2009년 5월 11일
초판 1쇄 펴낸 날 § 2009년 5월 18일

지은이 § 야차
펴낸이 § 서경석

편집장 § 문혜영
편집책임 § 문정흠

펴낸곳 § 도서출판 청어람
등록번호 § 제1081-1-89호
등록일자 § 1999. 5. 31
어람번호 § 제2-1739호

주소 § 경기도 부천시 원미구 심곡2동 163-2 서경B/D 3F (우) 420-822
전화 § 032-656-4452 팩스 § 032-656-4453
http://www.chungeoram.com
E-mail § eoram99@chollian.net

ⓒ 야차, 2009

ISBN 978-89-251-1804-8 04810
ISBN 978-89-251-1802-4 (세트)

야차(夜叉) 新무협 판타지 소설

귀도풍운

2 한루(恨淚)

目次

어머니는 숨이 넘어가는 와중에도 마지막 말을 남기셨다.

"귀화가 피어오르는 날… 칼은 눈물을 흘린다."

피를 토하며 내뱉는 마지막 한마디였지만 왠지 어머니의 표정은 한없이 편해 보였다.

하지만 너무 어렸던지라 그 의미를 알지 못했다.

그저 돌아가시기 전 마지막으로 보는 환영을 중얼거린 거라 생각했다.

지금은…….

내 속에서 끝없이 타오르는 귀화가 피어난 지금은…….

그 의미를 잘 알고 있다.

오만한 표정으로 날 내려다보고 있는 저 악마조차도 모를 의미를 이제는 안다.

내 칼은 쉴 새 없이 울고 있다.

이것은 단순한 증오도 원망도 아니다.

그저…….

第一章
검존(劍尊)

귀도 풍운

鬼刀風雲

삼천(三天), 사곡(四谷), 육련(六聯).

합쳐서 구주십삼세(九州十三勢)라고도 부르는 최고의 방파들이다.

설명하자면 꽤 지루해지는 터라 가장 유명한 삼천(三天)만 우선 살펴보자면,

삼천은 각기 하나의 방파와 종교, 그리고 연맹을 뜻했다.

방파는 단일 세력으로 가장 거대하고 강력한 힘을 가진 개방(丐幫)을 뜻했고, 종교는 옛 마교의 후신임을 자처하고 스스로를 모든 사마의 종주라 자부하는 혈교(血敎)를 뜻했다.

무림맹은 이러한 두 세력과 어깨를 나란히 하기 위해 천하

에 산재한 무림 방파의 삼분지 일이 뜻을 모아 만든 곳이다.

이 삼천(三天)의 세력은 서로가 백중지세.

그나마 가장 고수의 숫자가 많고 역사가 오래되었다는 개방이 중립을 유지하며 그들 사이를 아슬아슬하게 조율하고 있으니 망정이지, 그러지 않았다면 정사대전이 일어났어도 진즉 일어났으리라.

정파를 자처하는 천 개의 문파가 뜻을 모아 만들었다는 무림맹의 심처에서는 지금 이 거대 세력을 좌지우지하는 열두 명의 대표가 맹주의 주관하에 모여 뭔가 심각하게 토론 중이었다.

"그가 혼자일 땐 무섭지 않소. 하지만 세력을 일군다면 큰일이지. 세력을 일군 그를 무슨 수로 막겠소. 권존과 철마의 경우를 잊어선 안 되오. 그들이 세운 유성곡과 철마련이 얼마나 무섭게 컸소? 저 혈교의 제사장들조차 그들을 두려워하는 마당에 도존이라니……. 당장 쓸어버려야 하오이다."

호전적으로 입을 연 노인은 청성파의 송서(松恕)라는 도사로, 거친 입담답게 생긴 것도 사납기 그지없었다.

그런 그의 말을 옆에 있던 비구니가 받았다.

"글쎄요… 그는 자신의 가문을 재건했을 뿐이지 않나요? 어차피 기존의 목가장과 크게 다를 것도 없어 보이는데 굳이 십존구마 중 하나를 건드릴 필요가 있을까 싶군요. 아미타불."

"혜원(慧遠) 신니께서는 십존구마를 두려워하시는가 보구려. 솔직히 구파나 우리 무림맹에서 그를 두려워할 이유가 뭐 있겠습니까. 소림의 굉뢰(轟雷) 대사만 하더라도 권존을 아래로 내려다보는 고수이십니다. 그런데도 십존구마가 십일존구마가 되지 않는 까닭이 무엇이겠습니까. 그게 다 거품일 뿐입니다. 그 정도 고수는 우리를 포함한 구주십삼세에도 찾아보면 의외로 많습니다."

청성파의 도사의 말에 혜원 신니가 고개를 절레절레 흔들었다. 굉뢰 대사의 나이가 백이 세고 권존의 나이가 이제 겨우 마흔둘인 것을 말해줘야 하나 말아야 하나 고민 중인 것이다.

"곤륜이라도 건재했으면 그가 그렇게까지 날뛰지는 못했을 텐데……."

여태껏 잠자코 앉아 있던 무당파의 노도사가 중얼거리듯 내뱉은 말에 좌중이 찬물을 끼얹은 듯 조용해졌다.

곤륜이라 하면 언제라도 십존구마 급의 고수가 나올 수 있다는 천하제일의 문파.

십존구마의 일인인 영마(影魔) 사영환(射映幻)도 아직 십존구마라 부르기엔 부끄러운 젊은 시절, 곤륜의 젊은 제자에 의해 곤죽이 되도록 맞았다지 않던가.

이후 세월이 흘러 구마에 오른 후에는 체면상 복수를 꿈꾸지 않았지만 구마가 되기 십여 년 전까지만 해도 곤륜을 자주 찾아 자신을 쥐어 팬 제자에게 비무를 요청했었다.

결과는 영마와 그 곤륜 제자만이 알고 있겠지만 곤륜을 내려오는 영마의 몰골은 항상 낭패한 모습이었다고 한다.

그만큼 곤륜의 저력은 대단했다.

물론 전통적인 도문을 표방하는 곳답게 그 세력이 미비하여 무림맹이나 혈교 등과 비교하기는 어렵다.

아니, 무림맹에 속한 무당이나 화산파와도 비교가 안 될 만큼 규모 면에선 상대가 안 되었다.

문파 대 문파로 대결한다면 반나절도 안 되어 멸문당할 만큼 세력이 약한 곳이 바로 곤륜이었다.

그런데도 그곳이 천하제일문파라 불리는 이유는 영마의 경우에서 알 수 있다시피 고수의 질적인 면에서만큼은 천외천을 달리는 신비지문이기 때문이었다.

세력으로 천하제일은 아직 없으나 순수하게 검을 닦는 문파로서의 천하제일은 곤륜이 유일했다.

계산상 구주십삼세를 제외한 어느 문파든 곤륜을 치려 한다면 회복하는 데 상당한 기간이 필요할 정도로 큰 피해를 감수해야 할 것이다.

아니, 구주십삼세에 속하는 거대 방파들조차도 서로가 근소한 차이로 백중세를 유지하기 때문에 굳이 곤륜을 건드려 자신들의 세력을 깎아먹을 생각이 없었다.

때문에 혈교나 무림맹, 개방, 그리고 중원 천하에 산재해 있는 수많은 문파와 무인들도 곤륜은 건드리지 않는 것이 상식으로 통했다.

딱히 건드릴 만한 이유도 없었다.

곤륜의 도인들은 스스로를 무림과 별 연관이 없는 자들이라 생각했고 속세에 크게 관여하지 않은 채 산에 틀어박혀 신선처럼 살았기 때문에 무림인들도 그들을 경외시했다.

그러나 그러한 곤륜이 이제는 없다.

곤륜의 파문제자이자 신생 극마회(極魔會)의 젊은 회주인 성천마(聖天魔) 영호군(英豪湣)에 의해 하루아침에 멸문을 당한 것이다.

천하제일의 문파가 어이없이 사라지고 말았다.

도존이 무림맹을 우습게 여기고 육검문을 박살 낸 것도 어찌 보면 당연한 수순이었다.

그는 멀리 있는 무림맹보다는 가까이 있는 곤륜을 더 꺼렸기 때문에 곤륜이 사라진 지금, 신강이나 청해는 그의 손아귀에 떨어진 것이나 마찬가지였다.

가장 상석에 앉은 노인이 무당파의 노도사에게 조용히 말했다.

"정명 진인, 곤륜의 일은 우리 모두의 아픔이니 더 이상 꺼내지 않기로 합시다."

노인은 아흔을 바라보는 나이임에도 눈에는 정광이 가득하고 육신은 단단하기 그지없었다.

얼굴이 아닌 몸만 본다면 마흔이라 해도 믿을 판이다.

그가 바로 전대의 천하 고수를 이르는 명호인 비천삼성(飛天三星)의 일인이자 현 무림맹의 맹주이기도 한 천위검성(天位劍星) 사마경환(司馬敬還)이었다.

비천삼성이라는 이름은 요즘으로 말하자면 십존구마와 같은 위치.

비록 십존구마라는 새로운 흐름에 의해 세대교체되었지만 비천삼성의 이름은 결코 가벼운 것이 아니었다.

무인인 이상 천하에서 세 손가락 안에 드는 강자라는 칭호를 받은 것만으로도 대단한 명예임에 틀림없다.

하지만 사마경환은 그것으로는 모자랐는지 십존구마 중 일인인 검존(劍尊) 한수검(翰受劍)의 스승이기까지 했다.

그 자신이 한 시대를 풍미하던 천하의 고수였고 직전제자마저 십존구마라는 지고한 경지의 고수.

딱히 그가 명예욕이 있었던 것은 아니다.

그저 물 흐르듯 욕심없이 살았다고 생각했건만 모든 것이 짜 맞춘 것처럼 자연스레 다가왔고 지금 이 자리에까지 서게 만들었다.

그러한 지고한 위치의 노인이 무당의 노도사를 향해 입을 열자 노도사는 찔끔하며 입을 닫고 더 이상 곤륜에 대해 언급하지 않았다.

사마경환은 분위기를 환기시킬 겸 밖의 수하에게 차를 시켰다.

　잠시 후 시녀들이 회의실 안으로 차를 내오자 맹주를 비롯한 열두 장로는 차를 들이켜며 잠시 휴식을 가졌다.

　찻잔을 내려놓은 사마경환이 장로들을 향해 입을 열었다.

　"아직은… 우리에게 명분이 없소. 그 명분을 얻기 위해선 조사원을 파견해야 할 것이오."

　청성의 도사가 동조했다.

　"그 점은 저도 동감입니다. 다행히 육검문은 표면상으론 무림맹에 입맹한 문파이니 도존도 우리 측에서 조사원을 파견하는 것에 따질 이유가 없을 것입니다."

　그때 백미를 꿈틀대며 못마땅한 표정을 짓던 소림의 노승이 말했다. 그의 불명은 자원(自原).

　소림에서 파견된 무림맹 감찰부의 부주이자 열두 장로 중 하나였다.

　"하지만 도존이 그리 녹록하겠소?"

　자원의 반문에 무당의 노도사가 답했다.

　"그땐 천산목가를 사파로 등록한다 겁박하면 될 것이오. 목자량 그 친구는 꽤나 집착이 강한 성미라 애써 재건한 가문이 사파 취급당하는 걸 몹시 싫어할 것이 분명하다오."

　옆에서 듣던 혜원 신니가 무당의 노도사 정명(正明) 진인에게 말했다.

　"그건 너무 비겁한 것 같군요."

“도존에겐 그 정도는 해줘야 한다오. 사내에게 해선 안 될 말이지만 그는 꼬리 아홉 달린 구미호보다 더 영악한 인물이니……”

혜원 신니나 맹주인 사마경환을 제외하고 모든 장로들이 정명 진인의 말에 동조하는 듯 고개를 끄덕였다.

사마경환이 좌중을 향해 다시 말했다.

“그렇다면 누굴 보내는 것이 좋겠소?”

이번엔 혜원 신니가 의견을 냈다.

“검존께서 가시는 게 나을 듯합니다.”

사마경환이 살짝 놀란 얼굴로 되물었다. 비록 사마경환이 무림맹주이긴 하나, 제자인 검존까지 무림맹 사람인 것은 아니었다. 사마경환의 입장에선 독립해 나간 제자를 불러들이는 것이 꺼림칙했기 때문에 되물을 수밖에 없었다.

“본인의 제자 말이오? 이유라도 있소?”

“도존과의 친분도 친분이지만 그를 감당할 만한 담을 가진 조사원이 과연 있을까요?”

사마경환은 고개를 끄덕일 수밖에 없었다. 하지만 입에서 나오는 말은 부정적이었다.

“하지만 방파 간의 문제 같은 세속적인 일에는 별로 신경 쓰지 않는 아이라오. 사실 내가 무림맹에 몸담고 있는 것도 탐탁지 않아하는 아이이기도 하고… 게다가 그 아이는 천생 무인, 그저 강호를 떠돌거나 산에 올라 검을 닦는 일을 더 좋아하니… 아마 거절할 것이오.”

“그저 얼굴만 비추면 될 것입니다. 진짜로 조사할 자들은 따로 붙여줄 테니까요.”

혜원 신니가 작정한 듯 밀어붙였다. 사실 그녀가 맡고 있는 곳이 바로 정보를 담당하는 밀원(謐院)인지라 어쩔 수 없었다.

결국 조사원을 보내야 한다면 밀원의 사람이 차출될 텐데, 호랑이 소굴에 사냥꾼도 없이 수하들을 보냈다가 무슨 일을 당할지 어찌 알겠는가.

그래서 그녀는 검존을 추천할 수밖에 없었다.

밀원의 원주인 그녀의 주장인지라 맹주인 사마경환도 무시할 수만은 없었다. 그리고 그녀가 평소에 얼마나 사람을 아끼는지 잘 알고 있었다.

도존이라는 악귀야차에게 자신의 사람을 보내는 것이 격정일 테지. 그리 생각한 사마경환은 결국 다시 고개를 끄덕일 수밖에 없었다.

“내 일단 말은 꺼내보리다.”

혜원 신니의 얼굴에 미소가 떠올랐다.

＊　　　＊　　　＊

현조와 육검문과의 항쟁 이후 신강의 세력 구도에 크나큰 변화가 생겼다. 그냥 목가장 대 육검문의 싸움이었다면 그리 큰 변화는 없었을 것이다. 하지만 현조라는 들개 한 마리를 잡으려다 집구석에 불이 나버린 격이랄까?

천라지망이 펼쳐졌던 밤.

현조를 비롯한 목자군 등에 의해 전력의 칠 할에 가까운 피해를 입고 만 육검문은 당분간 회생이 불가능할 정도의 타격을 입고 말았다.

당장 휘하의 표국에 보낼 사람이 없어 운송물을 다른 표국에 하청을 주고 있는 실정이었고, 이것은 비단 표국뿐만 아닌 육검문이 운영하는 다른 사업체도 마찬가지였다.

인력과 고수가 부족하니 점점 운영에 차질이 생겨났고, 그로 인해 생긴 공백에 목가장의 힘이 끼어들었다.

육검문이 현조에게 신경 쓰며 전력을 소비하는 동안, 세력을 고스란히 유지한 목가장은 육검문의 전력이 확실히 줄어들자마자 순식간에 몰아붙여 상권의 오 할을 휩쓸었다.

신강의 절반이 도존의 손에 들어가고 만 것이다.

목자량은 신강 전역에 선포하였다. 아니, 중원 천하에 선포했다.

천산목가가 재건했음을.

옛 신강제일패도지가(新疆第一覇道之家)의 부활을 말이다.

수십 년 전 이름 모를 흉수에 인해 하루아침에 멸문해야 했던 가문은 이렇게 부활했다, 운명이 목자량이라 부르고 세상이 도존이라 칭송하는 괴물의 손에 의해.

도존 목자량.

그가 무림에 출두한 것은 약관을 조금 넘긴 나이였다.

그는 몇 년도 안 되어 금세 이름을 남겼고, 그의 별호는 악귀나 야차와 같은 사파의 무인들에게나 붙여질 잔혹한 것들뿐이었다.

그나마 그 스스로가 적절한 선을 유지하였기 때문에 정파도 사파도 아닌 정사지간의 무인으로 알려지게 되었다. 그는 적은 많았어도 항상 적을 만드는 명분만큼은 확실했던 것이다.

이십여 년간 네 자릿수 이상의 무림인을 베고 나서야 그에게는 영광스런 호칭이 뒤따랐는데, 그것은 그의 인생 중 가장 좋은 것이었다.

그것이 바로 천하제일도 도존.

목가장을 세우고, 목가장이 천외육가의 하나로 인정받고, 이후 천산목가가 재건되었음을 정식으로 선포하기까지 우여곡절이 많았지만 그는 크게 힘들다고 생각하지는 않았다. 모든 것은 자신이 계획한 대로 이루어진다고 생각했기 때문이다.

또 사실이 그러했다.

약간의 착오나 실수가 있기도 했지만 그 정도야 계획 중에

늘 있는 오차에 불과했고, 과정이야 어쨌든 결과는 항상 같았다. 그의 승리였던 것이다.

그렇게 그는 언제나 승리했고, 그것을 당연시 여겼다.

그런데 이상하게도 지금 이 제왕의 심기가 몹시 불편해 보였다. 그는 평소 기분이 좋지 않더라도 그것을 겉으로 내색하는 성격이 아니었다.

내색하더라도 그것 역시 철저한 계산에 의한 것이지 본심은 아니었다. 아무도 없는 대청 안, 상석의 권좌에 앉아 이유 없이 인상을 찌푸릴 사람이 아닌 것이다.

얼마나 그리 찡그리고 있었던 것일까.

한참을 짜증스러워하던 그가 마침내 입을 열었다.

"검존이 온다고?"

이미 보고를 들어 아는 사실이지만 재차 물었다.

아무것도 없는 허공에서 목소리가 들려왔다.

그의 심복인 죽 총관이었다.

"예. 밀원의 고수들과 동행한다는 걸 보니……."

"조사겠군."

"그렇습니다. 우리도 이제 무림맹에 입맹을 신청할 시기. 천외육가의 대표라는 지위 덕분에 지금껏 미루어왔지만 정파를 표명한 이상, 이젠 더 이상 피할 수만은 없는 일입니다. 이번 조사를 미룬다면 입맹은커녕 사파 취급을 당할지도 모릅니다."

"그렇긴 하겠지만… 그렇다면 계획을 당길 수밖에 없는 노릇이 아닌가?"

"준비는 다 끝났습니다. 육검문이 박살 난 이상 전력을 고스란히 보전한 우리를 저지할 문파나 상가는 이 신강 땅에 더 이상 없습니다."

"사냥개들 조련은?"

"실전 경험을 해서 그런지 발전이 있습니다. 특히 몇몇은 현조 때문에 자극을 받은 듯합니다."

"사냥개들끼리 경쟁이라도 붙었단 말인가? 정말 가소롭군."

목자량은 턱을 한차례 문지르더니 뭔가 생각이 난 듯 다시 말했다.

"그 기녀에 대해서는?"

"예, 별다른 건 없었습니다. 현조와 친하게 지내는 듯하지만 그저 기녀와 손님 사이 이상은 아니라고 하더군요. 아마 파검 흉내를 내는 것 같습니다."

"그래? 흐음, 그런데 어찌하여 육검문에서 그녀를 가만두었을까?"

"……"

"나라면 분명 그 계집을 인질로 삼아 현조를 쳤을 텐데… 채석문은 그리 쉬운 길을 두고 어째서 어려운 길을 택했느냔 말이야."

그가 죽 총관이 있을 만한 빈 허공에 대고 다시 묻자 죽 총관의 대답이 들려왔다.

"현조가 냉혹하게 보인 것이 아닐까요? 인질을 잡아도 소용없다는 생각이 들었는지 모릅니다."

"글쎄, 채석문이가 그 정도로 곰탱이는 아니지. 머릿속에 여우가 서너 마리 들어 있을 텐데, 일단 되든 안 되든 시도는 해봤을 거야. 한데도 그러지 않았다는 건 뭔가 숨기고 있다는 얘기지."

"알아보겠습니다."

"그래, 그리고 잊지 말게. 자네는 당분간 모습을 드러내선 안 돼. 대외적으론 가문의 상단과 함께 상행을 나갔다고 해두었지만 주의하도록. 검존이나 밀원의 고수들이 자네를 알아보기라도 하면 골치 아파지니까."

"감사합니다."

사실 무림맹에선 죽 총관의 존재를 진작부터 알고 있었으나 도존이라는 그늘 때문에 쉬쉬하던 중이었다. 다만 무림맹의 조사원 앞에 대놓고 모습을 드러내도 될 만큼 도존의 그늘이 진한 것은 아니라서 우선은 숨어 있는 것이 좋았다.

보이지 않는다면 굳이 찾으려 하진 않겠지만 일단 눈에 띄면 무림맹 입장에선 반드시 잡아 죽여야 하는 게 죽 총관의 진정한 정체였기 때문이다.

그는 오래전 감숙을 공포로 몰아넣었던 마왕(魔王).

스스로 주의하는 게 좋았다.

죽 총관의 기척이 사라지자 목자량은 의자에 몸을 파묻었다. 질 좋은 호랑이 가죽이 몸을 따듯하게 해준다.

"뭘 숨기고 있는 거지? 채석문……."

손가락으로 무릎을 두드리며 골몰하던 그가 문밖을 지키고 있을 무사에게 말했다.

"명아를 데리고 오너라."

짧은 대답과 함께 무사 하나가 멀리 사라지는 기척이 전해져 왔다.

*   *   *

"현 가가, 무슨 생각 해요?"

한참 그녀의 머리 향기에 취해 눈을 감고 있던 현조의 가슴팍에서 귀여운 목소리가 흘러나왔다. 현조는 자신의 가슴에 머리를 기댄 소향의 머리를 쓰다듬으며 답했다.

"…네 머리가 무겁다는 생각."

"뭐예요?"

그녀가 볼을 부풀리며 현조의 옆구리를 꼬집었다.

사실 현조의 손바닥으로 다 가려질 만큼 얼굴이 작은 그녀다. 게다가 무예로 단련된 현조의 탄탄한 가슴이 그녀의 머리 무게 정도에 답답해할 리가 없다.

　현조는 짐짓 아픈 척 엄살을 부렸다. 사실 약간 아프기도 했다. 그녀는 금을 타는 것으로 손가락이 단련되어 있기 때문에 손이 매운 편이었다.

"그만해, 그만!"

"칫! 또 무게 가지고 장난치면 혼날 줄 알아요! 피 날 때까지 꼬집어줄 테다!"

"아, 알았어."

　현조가 고분고분 대답하자 소향은 그제야 심통을 풀고 다시 미소 지었다. 한참을 그의 가슴에 기대어 그 따듯함을 즐기던 그녀가 불현듯 생각이 났는지 입을 열었다.

"얼마 전에 죽 총관님이 다녀가셨는데요."

"뭐?"

　현조가 벌떡 일어나며 반문했다.

　현조의 과민한 반응에 그녀가 조금 놀란 얼굴로 말했다.

"왜 그래요?"

"아니… 아니야. 그자가 왜?"

"대모님 말씀으론 저와 현 가가에 대해서 묻기에 그냥 단골이라고 말씀드렸대요. 대모님 역시 그렇게 알고 있고요."

"그 뒤로 무슨 일 없었어?"

"없었어요. 그런데 정말 왜 그러는 거예요?"

"아니야. 하지만 앞으로 이곳에 찾아오는 걸 줄여야겠어."

"……"

"너 때문이 아니니 그런 눈으로 보지 마. 그저 위험해서 그래. 전에 말한 적 있지? 내가 누군가에게 정을 주면 그걸 부수고 싶어하는 자가 있다고."

"그게 죽 총관님이었어요?"

"아니. 어쨌든 너도 조심해."

차마 자신의 양부가 자신을 그리 여긴다고 그녀에게 말할 수는 없었다. 그 말을 듣고 슬퍼할 그녀의 얼굴이 눈앞에 선했기 때문이다. 그녀가 우는 것은 싫었다.

소향은 현조의 가슴에 다시 얼굴을 묻으며 물었다.

"언제까지 조심해야 하는 건데요?"

"…나도 몰라. 다만 지금처럼 매일같이 볼 수는 없겠지."

현조의 대답에 그녀는 시무룩한 얼굴로 떨어지기 싫다는 듯이 그의 허리에 두른 손에 힘을 주었다. 현조는 그런 그녀의 머리를 쓰다듬으며 한숨을 내쉬었다. 그러자 소향이 입술을 삐죽 내밀며 말했다.

"또 한숨."

"아, 미안. 한숨 쉬지 말랬지?"

"이번은 봐줄게요. 나도 지금 심정은 현 가가와 함께 어딘가로 멀리 도망치고 싶을 뿐이니까."

그리 말하는 그녀가 귀여웠던지 현조가 피식 웃으며 말했다.

"그래? 어디로 가고 싶은데?"

“몰라요. 그냥 아무도 우릴 모르는 곳이면 돼요. 거기서 작은 집을 하나 얻는 거예요. 그럼 현 가가는 밖에 나가 일하고 나는 집에서 두부 지어 팔고.”

“두부?”

“몰랐어요? 돌아가신 엄마가 나 어릴 적에 두부 만들어 팔았어요. 많이는 못 벌었지만… 그래도 재밌었어요.”

“두부라……. 만들 줄은 알고?”

“…처음부터 잘하는 사람이 어디 있어요? 당연히 배워야죠.”

현조가 다시 한숨을 내쉬었다. 이번엔 걱정이 담긴 한숨이 아니라 그녀의 귀여운 말투에 감화되어 나온 가벼운 헛웃음에 가까웠다.

“앗! 또 한숨!”

“…꼬집지는 말라니까, 꼬집지는.”

지붕 위에서 두 연인이 하는 양을 가만히 지켜보던 죽 총관은 씁쓸히 웃었다.

‘결국 보고해야 하는가?’

사실 둘의 관계는 진작부터 알고 있었다.

일부러 기루의 대모에게 자신을 노출시킨 것은 현조에게 경각심을 일으키고 목자량에게 보여주기 위한 것이었을 뿐, 둘의 사이 정도야 며칠 뒤를 밟으면 충분히 알 수 있는 것이었다.

그런데도 목자량에게 거짓 보고를 올린 것은 현조가 더 이상 불행해지지 않았으면 하는 일말의 동정심에서 비롯된 일이었다. 이 일을 보고하지 않더라도 현조의 인생은 앞으로도 충분히 불행할 것이 분명했으니까.

게다가 그는 목자량에게 충성을 바치는 것이 아니었다. 천산목가라는 옛 이름과 목자량과의 약속 때문에 몸을 뺄 수 없었을 뿐이다.

진정으로 충정을 바치는 것이 아니니 목자량이 명령한 것을 모두 이행할 리가 없었다. 그것도 천산목가의 발전을 위한 것이 아닌 가주 자신의 유희거리를 위한 일이라면 더더욱 그러했다.

하지만 얼마 전 목자량이 목명을 부른 일이 그의 귀에 들어왔다. 그가 조사해 본 바로는 목명 또한 저 어린 기녀를 사모하고 있음이 틀림없었다. 결국 목자량의 귀에 제대로 된 정보가 들어가는 것은 당연했다.

그러니 자신도 이제 사실을 보고해야 한다.

목명도 아는 것을 자신이 몰랐다는 게 말이 되지 않을 테니. 이번에도 숨긴다면 그는 분명 의심할 것이다.

목자량은 결코 대범한 성격이 아니었다.

물론 평소 의심 같은 것을 잘 하지 않을 만큼 자신감에 차 있다. 세상 모든 일이 자기를 중심으로 돌아간다고 생각할 만큼 그는 실패를 모른다.

하지만 그런 그일지라도 일단 의심을 시작하면 편집증에 가깝다. 사람 하나 말라 죽을 때까지 쉽게 의심을 풀지 않으며 의심이 오해로 밝혀진다 해도 이후 결코 믿음을 주지 않는다.

아니, 그자 자체가 처음부터 아무도 믿지 않는다.

그는 처자식이라 해도 결코 마음을 다 주는 일이 없고, 믿지도 않는다. 사실상 그가 이 세상에서 믿는 이는 오직 자기 자신과 동생인 목자군뿐이다.

현조가 불쌍하긴 해도 끝까지 감싸주다 그에게 의심을 사고 싶을 만큼 동정심이 큰 것은 아니다.

죽 총관은 지붕 위에서 조용히 내려왔다. 그의 기척은 살수들의 왕이라 칭송받고 공포의 마왕으로 남을 두려움에 떨게 하던 자답게 현조도 알아채지 못했다.

기실, 천하에서 그의 기척을 제대로 알아낼 자는 십존구마 정도의 고수가 아니면 불가능한 일이다.

*　　*　　*

현조는 해가 저물고 땅거미가 길게 질 즈음에서야 목가로 돌아왔다. 정문으로 들어서니 어느새 바뀌어 있는 커다란 편액이 눈에 띈다.

천산목가(天山木家).

자신이 피를 흘려 얻은 이름.

하지만 크게 와 닿지는 않았다. 어차피 저 이름을 깨부수는 것은 자신이 될 테니까.

"요즘은 수련을 등한시하더구나."

문으로 들어서려는 그를 잡는 익숙한 목소리가 있었다.

"걱정 마세요. 쉬지는 않고 있으니."

"그 애에게 너무 시간을 많이 할애하고 있어."

"…이젠 그럴 일도 없을 겁니다."

현조가 잠시 뜸들이며 얘기하자 이각이 머리를 긁적이며 되물었다.

"끝내기로 한 거냐?"

"그건 아니지만, 좀 시간을 두기로 했어요. 죽 총관이 눈치를 챈 것 같아서."

"그렇군. 그렇다면 내일부터 다시 시작이다. 아니, 아니로군. 며칠 더 말미가 필요할지도 모르겠다."

"어째서요? 부상은 다 나았다고요."

"네 부상이 나은 건 알고 있어. 다만 내일은 반가운 사람이 오는 날이거든."

"누구 말입니까?"

이각이 씩 웃었다. 그는 몹시도 기뻐 보였지만 그 표정이
마치 먹잇감을 발견한 늑대와도 같았다.

그가 짧게 대답했다.

"검존(劍尊)."

*   *   *

검존(劍尊) 한수검(翰受劍).

당금 천하에서 그의 이름이 의미하는 바는 컸다.

도존과 함께 검도쌍절(劍刀雙絶)이라 불릴 만큼 호적수인
것은 둘째 치고 그는 현 무림맹주이자 전대의 천하제일검 천
위검성 사마경환의 수제자였다. 게다가 그의 조카가 가주로
있는 가문인 산서한가는 무림칠대세가 중 하나로, 그 성세가
최고조에 달해 있기도 했다.

현 무림의 천하제일검이자 명문 무가의 후원자.

그는 그의 사부인 사마경환처럼 제자 복도 있었는지 제자
인 천지검협 유성환마저도 또래의 후기지수들을 일찌감치 뛰
어넘어 한 명의 완성된 무인으로 인정받고 있었다.

도존의 장남이 아직 후기지수라는 꼬리표를 떼어내지 못
한 신진 고수 정도였는데 비슷한 나이의 유성환은 벌써 강호
에 이름 높은 협객이었던 것이다.

도존은 평소 다른 십존구마에게 전혀 꿀릴 것이 없다는 생

각을 하고 있었다. 내심 십존구마 중 최고수라는 천존(天尊) 우문열(尤文烈)이나 흑마(黑魔) 금각(金角)과도 해볼 만하다고 생각하고 있는 그였지만 오직 검존만큼은 쉽사리 장담을 하지 못했다.

솔직히 다른 십존구마와는 붙어본 적이 없으니 자신이 더 강한 건지 어떤지는 모른다. 그러므로 꿀릴 것이 없다는 정체 모를 자신감이 생겨날 수 있는 것이다. 그것 역시 세상 모든 걸 쥐었다 폈다 할 수 있다는 오만함 덕분이리라.

하지만 검존은 달랐다.

그와는 무슨 악연인지 어린 시절부터 지금까지 마흔 번이 넘게 부딪쳐 왔고 모두 무승부로 끝을 맺었다. 누가 우위에 선 적도 없었다.

그래서 그는 불쾌했다. 자신이 어쩌지 못하는 인간이 있다는 자체가 싫었던 것이다.

이렇듯 도존 목자량마저도 꺼리는 한수검이 천산목가를 방문하는 이유는 다름 아닌 얼마 전 육검문과 천산목가 사이에 있었던 항쟁의 진상 조사를 위함이었다.

육검문은 아무래도 무림맹에 가입되어 있는 문파이므로 명분상 육검문의 피해를 좌시할 수는 없다는 것이 맹의 입장이었다. 검존이 이곳에 온 것도 사실은 조사를 방해할지도 모르는 도존을 견제하기 위함이나 명분상으로는 맹과 연관이 없는 제삼자가 조사하는 것이 공정하다는 의견에 따라 온 것으로 되어 있었다.

마흔여섯의 나이치고 사내는 너무나 젊어 보였다.

건너편에 앉은 목자량도 나이에 비해 젊어 보이는 편이었으나 이 사내에 비하면 아직 모자랐다.

하긴 사십대 중후반인데도 삼십대 중반으로 보이는 외모이니 당연했다.

목자량이 먼저 입을 열었다.

"그 짜증나는 면상은 그대로로군."

"거울부터 보고 말하게나."

"나이 먹어서도 주둥이에 박힌 가시는 빠지지 않았군."

"자네 주둥이보단 훨씬 진중하다네."

"개새끼. 한마디를 안 지네."

"반사일세."

"……."

검도쌍절이라 칭송받는 두 절대자의 대화치고는 유치하기 그지없었다. 한수검은 조용히 찻잔을 들어 입을 축였다.

조용하고 기품있어 보이는 모습이 선비와도 같았다.

목자량이 씩 웃으며 말했다.

"독을 탔는데도 잘도 마신다?"

"고맙군. 어쩐지 맛이 좋다 했다네. 아! 참고로 나도 여기 들어오면서 당문에서 얻어온 칠보단혼산을 좀 뿌렸다네."

“개새끼.”

“다시 얘기하지만 반사일세.”

물론 검존과 도존만 한 인물이 차에 독을 타거나 독을 뿌리며 나타나지는 않을 것이다. 이 모든 독설은 서로 만나면 으레 하는 인사말과도 같달까? 둘이서 진짜 싸우기로 마음먹었다면 이런 유치한 말장난 따위는 하지 않고 다짜고짜 무기부터 들이밀었을 것이다.

그러나 둘의 사이가 좋지 않다는 것만큼은 확실했다.

“적당히 하고 가진 않겠지?”

“물론 철저하게 파헤쳐 갈 생각이라네.”

“너 같은 놈이 이곳까지 오는 게 쉬운 일은 아니었을 텐데.”

“사부께서 내 제자에게 천검(天劍)을 친히 전수해 주신다더군.”

“천파검결(天破劍訣)을 검성께서 직접? 놀랍군. 제자가 꽤 하나 본데?”

“아직은 검밖에 모르는 바보일 뿐일세.”

확실히 천파검결은 굉장히 뛰어난 상승의 검도였다.

천파검결을 완성한다면 싸구려 육합검법을 익히더라도 그 수련 여하에 따라 엄청난 고수로 발돋음할 수 있게 된다.

스승인 이상 검존이 가르쳐도 되겠으나, 아무래도 이해가 더 깊은 사마경환이 가르치는 것이 더 나았던 것이리라.

그렇지 않았다면 그가 굳이 그런 제안에 떠밀려 이런 곳까지 올 필요가 없었을 테니까.

한수검은 마시던 차를 완전히 비우고 나서 그에게 물었다.

"그러는 자네도 자식 중에 제법 쓸 만한 아이가 있다 들었네만."

"첫째 아이를 말하나 보군."

한수검의 눈썹이 처음으로 꿈틀댔다.

"차에 정말 독이라도 탔나 보군. 헛소리를 하는 걸 보니. 내 예전 무당의 비무대회 때 자네 첫째를 얼핏 보았지만 육검문을 작살낼 그릇은 아니었어."

한수검의 독설에 목자량은 장난 한번 쳐본 거라는 듯한 표정으로 웃으며 말했다. 이번엔 한수검이 원하는 대답이었다.

"뭐, 양아들 놈을 말하나 본데, 그렇다 해도 첫째 아이보다 실력 면에서 떨어지는 건 사실이야. 다만……."

"다만?"

"무공은 첫째가 낫지만 싸움은 양아들 놈이 더 낫지. 첩혈도가 가르쳤거든."

첩혈도라는 익숙한 별호에 검존이 그제야 고개를 끄덕였다.

"중원 최고의 승부사를 말하는군."

"그래. 실력을 본 적은 없지만 싹수는 있어 보이는 놈이더군. 몇 년 안에 십존구마의 아성에 도전할 거야."

"그 정도던가?"

"뭐, 죽더라도 제 팔자겠지. 다시 말하지만 난 놈의 실력을 몰라. 그만한 강단은 있어 보인단 얘기야. 그런데 이상하게 나한텐 붙어보잔 소린 안 하더군."

"붙으면 죽는다는 걸 아는 거겠지."

"그런가? 하여간 내 양아들 놈에 대한 얘기는 그것뿐이야. 육검문이 설마 그런 햇병아리에게 당했겠어? 용검당 하나라면 모를까, 육검문을 전체를 흔들 만큼 강한 녀석은 아니야. '그날'도 중상을 입고 겨우 도망쳐왔거든."

"맹 측의 보고서에 따르면, 자네의 그 양아들이 채석문의 팔을 잘랐다던데? 그것도 금종조로 단련된 강철 같은 피부를 뚫고 말이야."

"헛소문일 테지. 원래 소문이란 게 입에서 입을 타게 되면 변질되기 마련이니까. 혹 채석문이 인정하던가? 약관도 안 된 애송이에게 팔을 잘렸다고?"

"……."

"반응을 보니 네놈도 소문에 휩쓸린 바보였구나. 계집도 아니고, 한낱 소문에 낚이다니."

한수검은 날카로운 눈으로 목자량의 표정을 살폈다. 그의 독설이야 익숙해져 있으니 기분 나쁠 것도 없었다.

그저 그의 표정을 읽고 뭔가 숨기는 건 없는지 찾아내고 싶었다. 그러나 상대는 천하의 목자량. 표정을 드러내는 실수 따위를 할 리가 없었다.

　한수검은 할 수 없다는 듯 눈에서 힘을 풀며 고개를 저었다.

　"차나 한 잔 더 주게."

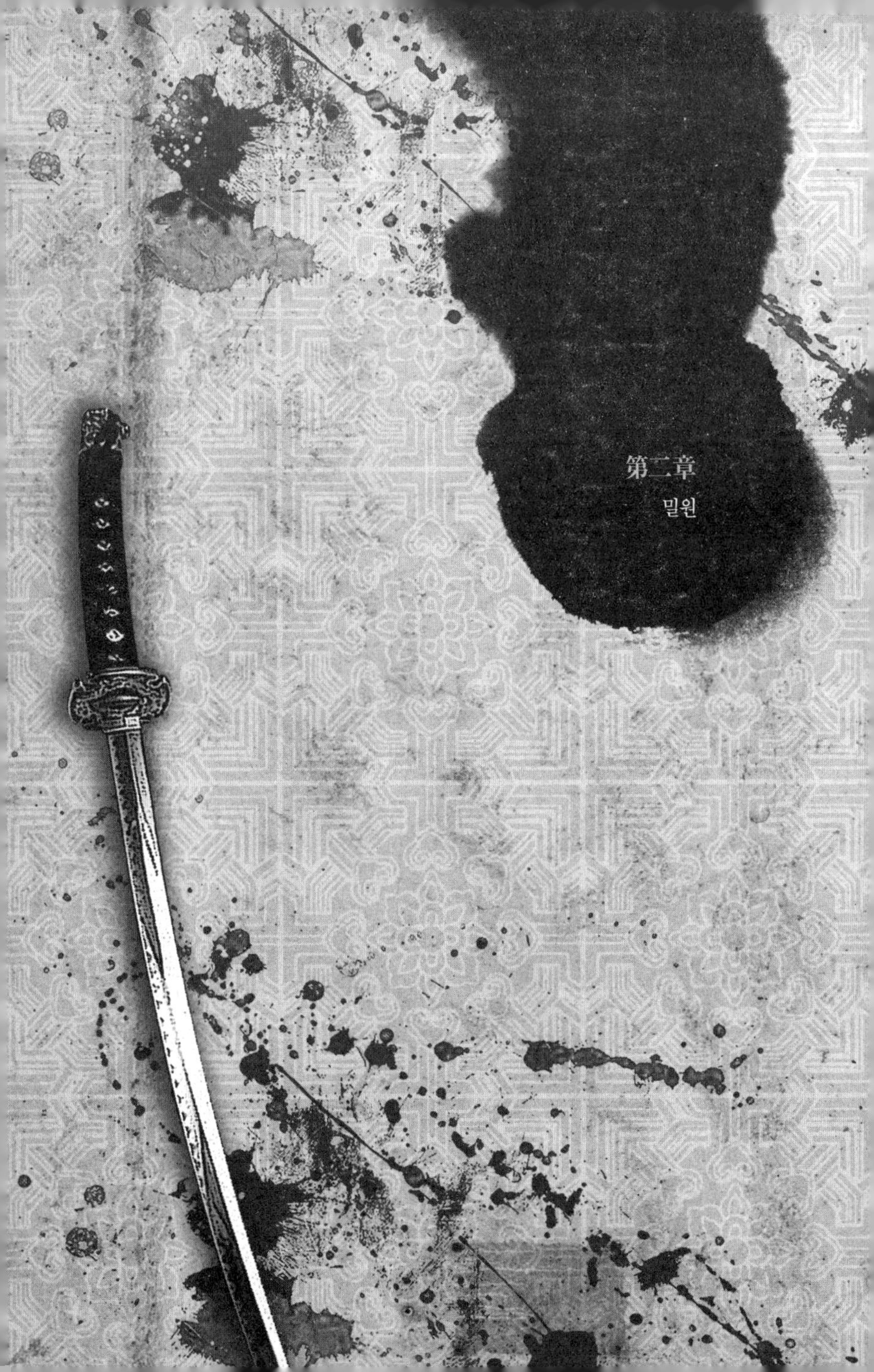
第二章
밀원

키도
풍운

鬼刀風雲

밀원의 조사대를 책임지는 부원주 국대경(掬大景)은 자신을 따라 목가로 들어온 부하들을 바라보며 입을 열었다.

"조사는 어떻게 되었나?"

그러자 적환이란 이름을 가진, 신경질적으로 보일 만큼 마른 사내가 먼저 대답했다.

"예, 그날 천라지망에 동원된 인원은 총 천백육십사 명. 부상당하거나 죽은 자는 사백팔십육 명입니다."

"…그걸 약관도 안 된 애송이 혼자 했을 거라 보는가?"

국대경의 질문에 적환이 고개를 숙이며 다시 말했다.

"현장에서 목자군이 목격되었다고 합니다."

국대경이 고개를 끄덕였다. 그는 손에 들린 작은 서찰을 눈으로 읽으며 말했다.

"그래. 하지만 의원이 보내온 이 보고서를 보니 목자군 하나가 아니더군. 석산이가 말해보게."

그의 말에 적환이 조용히 뒤로 물러나고 석산이라 불린 평범한 인상의 사내가 앞으로 나섰다.

"제 생각에는 최소 다섯 이상의 고수가 연관되어 있는 듯합니다. 물론 우리가 천산목가 내부에 있다고 파악하고 있는 어떤 고수와도 연관이 없습니다."

"고용했을까?"

"근처 살막(殺幕)의 지부에 연통을 넣어 알아보았지만 최근 살행은 없었다고 하더군요. 아니, 오히려 육검문에서 현조라는 아이를 죽이기 위해 합격술이 뛰어난 살수를 고용한 기록은 있었습니다. 그자들 역시 살막에 이름이 등록된 살수였다 하더군요."

"그렇군. 살막의 지부장에겐 내 언젠가 보답하겠다 전하게."

살막이 자신들의 의뢰 기록을 비공식적으로나마 알려준 것은 이들이 정보를 다루는 밀원이기 때문이었다. 밀원은 비밀스런 정보들을 다루는 경우가 많기 때문에 살막과 무림맹 사이에 전쟁이라도 나지 않는 한은 비밀 유지에 걱정이 없었다.

게다가 정보 단체에선 이런 것도 다 빚이다. 살막의 입장에서 무림맹의 밀원에 빚을 지워두는 것도 이득이라 볼 수 있었다. 때문에 무림맹 밀원의 부원주나 되는 국대경이 보답 운운할 수밖에 없는 것이다.

석산이 고개를 숙이며 뒤로 물러섰다. 국대경이 조용히 중얼거렸다.

"하나는 확실하군. 도존이 고수들을 키우고 있어."

*   *   *

"요즘엔 그가 찾아오지 않나 보지?"

"무슨 말씀이세요?"

외팔이 중년 사내의 물음에 소향은 금을 타는 것을 멈추고 의아함이 가득한 눈으로 되물었다. 중년 사내는 술을 한 모금 들이켜며 말했다.

"현조라는 새끼가 찾아오지 않냔 말이다."

"……."

중년 사내 채석문은 취했는지 꽤나 붉어진 얼굴로 그녀를 비난했다.

"미친년, 그놈이 어떤 놈인지도 모르고 사모했다더냐?"

소향은 굳은 얼굴로 그에게 말했다.

"손님, 너무 취하신 것 같습니다."

“난 취하지 않았다. 오히려 취한 건 네년이야. 취할 게 따
로 있지, 원수의…….”

“당주님!!”

그때 그의 발언을 막는 목소리가 있었다. 그 역시 외팔이였
는데, 채석문과는 달리 왼팔의 소매가 텅 비어 있었다.

채석문은 그의 목소리를 듣고 겨우 말을 멈추었다.

채국성과의 약속을 지키지 못할 뻔한 것이다. 약속을 지키
지 못할까 봐 두려운 것은 아니다. 그저 적어도 술김에 약속
을 저버리고 싶지는 않았을 뿐이다.

채석문은 화난 얼굴로 소향을 뚫어져라 노려보더니 이윽
고 자리를 박차고 일어나 밖으로 나가 버렸다.

곽가열은 그를 곧바로 뒤따라가지 않았다. 그저 영문을 모
르겠다는 얼굴로 자신을 빤히 쳐다보는 소향에게 말했다.

“언젠가 이해할 날이 올 것이다. 아니, 어쩌면 후회할 날이
겠지.”

그는 품에서 은자를 꺼내어 탁자 위에 올려놓고 사라졌다.

유곽을 빠져나온 채석문은 비틀거리는 몸으로 천천히 걸
었다. 그 뒤를 곽가열이 빠른 걸음으로 따라잡았다.

채석문은 뒤도 돌아보지 않고 말했다.

“가열아.”

“예, 당주.”

“맹의 조사원들은 아직이더냐?”

“예. 하지만 곧 떠날 거라 봅니다.”

“그들이 떠나거든 실행하도록 하자.”

“…예. 하지만 정말 괜찮겠습니까? 그녀를 이용하는 것이…….”

곽가열이 걱정스러운 듯 말하자 채석문이 걸음을 멈추었다. 그는 고개를 살짝 돌려 유곽 쪽을 바라보며 중얼거리듯 말했다.

“어쩔 수 없다. 제 아비의 복수는 할 수 있도록 거들게 해야지.”

＊　　＊　　＊

“헉헉!”

거대한 낭아도를 땅에 짚은 채 숨을 헐떡이는 커다란 덩치의 사내는 이마에서 흘러내리는 피를 닦아낼 생각도 못한 채 눈앞의 검객을 노려보았다.

이제 중년이 될까 말까 해 보이는 검객은 전혀 흐트러짐없는 모습으로 그에게 말했다.

“자네는 충분히 강하네. 하지만 아직 호흡이 모자라군.”

덩치 큰 사내 이각이 키득거리며 웃었다.

“맙소사, 내가 현조에게나 하던 말을 남에게 듣게 되다니.

크큭.”

중년의 검객 한수검은 조용히 검을 거두며 말했다.

“그렇군. 자네가 최고의 승부사라는 첩혈도였구먼. 통성명도 없이 다짜고짜 칼을 들이대다니, 몹쓸 버릇이로군.”

“그러지 않았다면 어찌 천하의 검존과 붙어볼 수 있겠습니까?”

“하긴, 그런가?”

한수검이 씩 웃으며 답했다. 그제야 이각도 투지를 풀고 무릎을 바로 폈다. 다리가 후들거렸지만 남자로서의 자존심이 육체의 고통을 이겨냈다.

검존이 기특함이 가득한 얼굴로 말했다.

“훌륭하군. 그 일격을 막아내고 일어서는 게 보통 힘든 일이 아닐 텐데……”

“제자 놈에게 쪽팔릴 일은 하기 싫거든.”

“그런가? 왠지 이해가 가는군.”

제자를 키우는 입장에서 충분히 이해가 가는 일이라 생각했다. 자신도 남에게 무릎 꿇었다는 소문을 들려주긴 싫었으리라. 그가 다시 말했다.

“모르긴 해도 자군과 얼추 비슷한 수준 같군. 그 나이에 천리투광과 어깨를 나란히 한다는 건 상당한 걸세.”

누군가 들으면 놀랄 일이다. 하지만 구경하는 이들 모두가 십 장 밖으로 물러서 있으니 검존의 목소리는 어느 누구도 듣지 못했다.

　이각은 내심 놀랐으나 약간 허세를 섞어 답했다.

　“겨우? 이제 십존구마에 근접했다고 생각했는데.”

　“아니, 겨우가 아닐세. 내 장담하네만 자네에게 별일 없이 이대로 꾸준히 발전한다면 언젠가 우리 자리가 위태로울 수도 있겠군.”

　검존의 장담이라니…….

　아무리 정신이 굳건한 이각이라도 마음이 들뜨는 것은 어쩔 수 없다. 십존구마에게 인정받는다는 것은 그런 것이다.

　하지만 그는 그러한 감정마저도 받아들이기 힘들다는 듯 고개를 몇 번 흔들더니 걸음을 옮겨 어디론가 사라져 버렸다. 홀로 남은 검존만이 읊조리듯 말했다.

　“정말 물건이 하나 나왔구나. 저런 자가 가르쳤다면 현조라는 아이의 수준도 짐작이 가는군. 이른바 도존과 첩혈도의 공동 전인이라는 건가? 어서 만나봐야겠어.”

　검존마저 자리를 뜨자 십 장 밖에서 그들의 결투를 구경하던 자들이 여태 호흡을 멈추고 있다가 이제야 숨을 쉬기라도 하는 것처럼 한숨을 내쉬었다.

*　　　*　　　*

　목자량은 어둠 속 빈 공간을 향해 나직이 말했다.

"연판장은 얼마나 작성했는가?"

죽 총관의 목소리가 아주 얇게 흘러나왔다.

"팔 할 정도입니다. 나머지 문파는 보류 중이지요."

"그 정도만 해도 충분하네. 수고했어."

죽 총관의 기척이 다시 사라졌다. 목자량은 어둠 속에서 조용히 중얼거렸다.

"이제… 거의 다 왔다."

*　　　*　　　*

현조는 연무장에 홀로 앉아 명상에 잠겨 있었다. 오늘까지는 이각이 더 쉬라고 했기 때문에 연무장에 나올 필요는 없었지만 목자량이 이곳에서 밀원의 조사원들을 만나라고 했기 때문에 어쩔 수 없이 나와야 했다.

게다가 어찌 된 일인지 한참을 기다려도 오지 않았기에 심심풀이 삼아 명상에 잠긴 것이다.

밖이라서 심법을 수련할 수는 없지만 적어도 과거의 대결을 떠올리고 분석하는 데는 도움이 된다.

가끔 소향이 생각도 났지만, 그럴수록 명상에 집중하여 잡념을 없애갔다. 그러기를 한참, 부스럭거리는 소리에 현조는 눈을 떴다.

눈앞에 네 명의 사내가 서 있었다. 두 명의 중년인과 두 명의 청년이었는데, 아마도 무림맹에서 왔다는 조사원들이리라. 현조가 일어서자 가장 앞에 있던 국대경이라 자신을 소개한 중년인이 말했다.

"몇 살인가?"

현조는 그의 물음에 열여덟이라 대답하려다 얼마 전 해가 바뀌었음을 깨닫고 대답을 바꿨다.

"열아홉입니다."

나이를 먼저 물어본 그는 뜸들이지 않고 본론부터 꺼냈다.

"파검은 왜 죽였나?"

현조는 죽 총관을 통해 미리 준비했던 대답을 꺼냈다.

"…강하다기에 붙어보고 싶었을 뿐입니다."

"그렇다면 비무 중에 이루어진 사고다?"

"그렇습니다."

"…그나저나 놀랍군. 그 나이에 파검을 죽이고 육검문의 천라지망에서 벗어나다니."

"운이 좋았을 뿐입니다."

"운이라……. 적환, 석산."

"예."

"시험해 보게."

"알겠습니다."

현조는 영문을 모르겠다는 얼굴로 국대경을 쳐다보았다.

하지만 적환이란 자가 언제 뽑았는지도 모를 연검으로 자신의 정수리를 쳐오고 있는 터라 당황스런 표정은 얼마 가지 못했다.

티팅!!

현조가 나락을 가로들어 막자, 적환의 연검이 그대로 휘며 현조의 볼을 베고 지나갔다. 깜짝 놀란 현조는 칼을 휘두르며 적환과의 거리를 벌렸다. 볼을 타고 흐르는 피가 입술에 스며들어 입안으로 비린내가 퍼졌다.

적환은 땅을 향해 연검을 살짝 털며 검에 묻은 현조의 피를 털어냈다. 석산이 주먹에 커다란 장갑을 끼고 옆에 나란히 섰다.

딱 봐도 저자는 권법이 특기임을 알 수 있었다.

"적환의 기습을 막다니, 보통내기가 아니로군."

국대경이 고개를 끄덕이며 중얼거렸다. 옆에 있던 또 다른 중년 사내 한수검이 동조했다.

"그렇구먼. 기습을 당했음에도 호흡이 안정되어 있고 움직임이 깔끔해. 꽤 많은 실전을 거쳤다는 뜻이지."

"보신 겁니까?"

한수검이 대답 대신 고개를 끄덕였다. 하지만 뒤이은 그의 평가에 국대경의 안색은 눈에 띄게 굳어져야 했다.

"자네 부하도 뛰어나지만… 힘들겠군."

"고작 한 번 막아냈을 뿐입니다."

국대경의 묘한 부정에 한수검이 살짝 미소 지었다.

"두고 보면 알 것이네."

챙!

위잉—

막아냈지만 또 휘어져 온다. 마치 뱀처럼 구부러져 급소를 노리는 연검에 현조는 짜증이 나는 것을 느꼈다.

만약 벌을 잡는 훈련을 통해 안력을 강화시키지 않았다면 큰 낭패를 보았을 것이다.

파파팟!

검기에 땅이 베이며 먼지가 피어오르기 시작했다.

윙! 윙!! 위이잉!!

파파팍!

어째서인지 몰라도 연검이 더 길어진 듯했다. 땅을 가르는 횟수가 더 많아졌고 그만큼 먼지는 늘어만 갔다.

한 치 앞도 안 보일 쯤 되자 먼지를 뚫고 은빛의 검날이 미간을 향해 달려왔다.

깜짝 놀란 현조가 급히 고개를 틀었지만 왼편의 머리카락이 잘려 나가는 것만큼은 막을 수 없었다.

현조는 검이 날아온 곳을 향해 돌진하려 해도 사정거리가 긴 연검의 변화무쌍한 움직임 앞에서 어찌할 수가 없었다.

현조는 이를 악물었다.

어깨의 살이 베이며 고통이 머리를 뒤흔들었지만 급히 뇌

영보를 펼쳐 다시 돌진했다. 허벅지에 스치는 검끝이 자칫 보법을 흐트러뜨릴 수 있었지만 상처는 그리 심하지 않았다.

그러나 돌진하여 도착한 곳에 적환은 없었다. 대신 뒤쪽에서 금속의 진동음이 전해져 왔다.

"제길!"

급히 머리를 숙이니 또 머리카락이 한 뭉텅이나 잘려져 나갔다. 지극히 실전적인 연검술. 노리는 곳곳마다 급소가 아닌 곳이 없었다. 식은땀이 흐른다. 눈으로는 이 먼지 구덩이 속에서 방향을 잡기도 어려웠다.

팔등과 허리 부근에 다시 검상이 생겼다. 출혈이 점점 늘어나자 눈앞이 흐릿해진다.

뚝뚝 떨어지는 피가 웅덩이가 되어 고일 정도가 되자 현조는 눈을 감았다. 더 이상 눈으로 흙먼지를 지켜보는 것이 의미없음을 깨달은 것이다.

박쥐 동굴에서의 수련이 이때 도움이 되었다.

검음(劍音)을 잡아낼 수 있게 된 것이다. 다시 시작된 수십 합의 공방. 하지만 이제 적환의 연검은 현조의 몸에 거의 스치지도 못했다.

흔들리는 검끝과 검음을 듣고 상대가 당황했음을 눈치챈 현조의 눈이 번쩍 뜨였다.

좌학!!

현조는 자신이 일.부.러 흘려놓은 피 웅덩이 위에 칼을 휘

둘러 피가 넓게 튀도록 했다. 전면의 먼지가 살짝 가시기 시
작했다. 더불어 적환의 몸에도 피가 튀었다.

자기 피로 먼지를 가시게 하다니……. 놀란 적환이 급히 검
을 휘둘렀다.

땅!!

불꽃이 튀며 연검이 튕겨져 나갔다.

현조가 씩 웃으며 말했다.

"이제 보인다."

놀란 것은 적환뿐만이 아니었다. 지켜보던 국대경도 주먹
을 불끈 쥐고 두 눈을 부릅떴다. 밀원의 부원주가 된 이후 이
렇게 놀라보긴 처음이었다. 물론 그가 그런 표정을 지은 것은
지극히 짧은 찰나였으나 그 정도 표현조차도 그에게 있어선
정말 드문 일이었다. 그가 옆에 조용히 서 있던 검존 한수검
을 바라보자 검존은 옅은 미소만 머금을 뿐, 아무 말도 없이
대결을 지켜보고 있었다.

현조는 날아오는 연검을 모조리 쳐냈다. 막는다는 기분으
로 연검을 상대해선 안 됨을 비로소 깨달은 것이다.

막는 동시에 튕겨내야지만 치명상을 피하고 빈틈을 유도
해 낼 수 있다. 과연 튕겨 나간 연검을 다시 자신의 영역 안으
로 돌리는 일은 약간의 빈틈을 만들어냈다.

현조는 그 빈틈을 기어코 찾아냈다.

붕~

옷자락이 펄럭이며 현조가 앞으로 뻗어나갔다. 그 모습이 한줄기 화살과 같아서 적환은 순간 공포에 질렸다.

현조의 칼끝이 적환의 목젖 바로 앞에서 멈추었다. 그의 피부에 생긴 작은 상흔을 타고 피가 한 방울 굴러 떨어졌다.

현조가 흘린 피에 비하면 조족지혈이었으나 현조는 아쉽지도 않은지 곧 칼을 거두었다.

적환은 온통 식은땀에 젖은 채 뒤로 물러서야 했다.

분노에 젖은 석산이 앞으로 나서려 했다. 하지만 그런 그를 가로막는 손길. 바로 국대경이었다.

그는 현조를 노려보며 말했다.

"그만하면 네 실력은 충분히 알 것 같다. 신강의 목가에 도귀(刀鬼) 한 마리가 살고 있다는 소문이 사실이었군."

도귀(刀鬼)라……. 현조는 자기도 모르게 피식 웃고 말았다. 정문에 새로 걸린 편액이 문득 떠올랐기 때문이다.

그 편액을 걸 때 분명 정파에 속한 무가임을 선언한 걸로 아는데, 정작 목가의 양자라는 자신이 사파의 무인과 같은 불길한 별호라 옷을 거꾸로 입은 것처럼 이상한 기분이었으나 그리 나쁘게 들리진 않았다. 아니, 오히려 마음에 들었다.

"더 물으실 것이 있습니까?"

"아니다. 하지만 너와는 조만간 다시 만나야 할 것 같구나."

"그럼 그때 다시 불러주십쇼."

현조는 뒤도 돌아보지 않고 발걸음을 옮겼다. 그때 그의 발을 잡는 목소리가 있었다.

"혹시 어디선가 만난 적이 없더냐?"

현조는 고개를 돌려 목소리가 흘러나온 방향을 바라보았다. 그곳에 그가 있었다.

검존 한수검.

현조 역시 그에 대한 소문은 많이 들었고, 장원에 머물고 있는 것도 잘 알고 있었다. 오늘 이각이 붙어보겠다고 하던데, 멀쩡한 걸 보니 아직 만나보진 않은 것 같았다.

"처음 뵙습니다."

"그래? 그런데 어쩐지 눈에 익구나. 친아비의 이름을 알 수 있겠느냐?"

"천한 기녀의 자식이라 아비가 누군지는 알 수 없습니다."

한수검은 미안함이 가득한 얼굴로 말했다.

"아, 미안하군."

"괜찮습니다."

그 말을 끝으로 현조는 다시 가던 길로 사라졌다.

국대경 일행이 자리를 벗어났음에도 불구하고 한수검은 홀로 남아 떠오를 듯 떠오르지 않는 기억의 잔영을 붙잡으려 애썼다. 하지만 현조가 누굴 닮았는지 도무지 떠오르지 않았다.

                    *   *   *

"놀랍더군."

국대경의 한마디. 적환은 수치심에 고개를 떨어뜨렸다.

이에 국대경이 그의 어깨를 두드리며 얘기했다.

"아, 너무 미안해할 필요가 없네. 우리는 밀원. 정보를 수집하는 요원이지, 무인이 아니야."

그렇다 해도 무림에 몸을 담근 이상 그 근본이 무인인 것은 달라지지 않는다. 적환은 아무 말도 하지 않고 고개를 더욱 수그렸다. 그런 그의 마음을 아는지 모르는지 국대경은 계속해서 말을 이어나갔다.

"녀석은 확실히 싸움을 할 줄 아는 놈이야. 그 와중에 먼지를 걷어내려고 자기 피를 뿌리는 인간이 어디 있을까? 어쩌면… 정체 모를 고수들보다 녀석이 더 위험할 수도 있겠어."

나란히 걷던 적환과 석산이 놀란 얼굴로 되물었다.

"그 정도입니까?"

밀원의 부원주답게 국대경의 안목은 한 번도 틀린 적이 없었다.

"그래, 꾸준히 살아남는다면 말이지. 그렇게 자신을 혹사해 가며 싸움을 하는 녀석들은 객사하기에 딱 좋아. 무인이란 게 본시 길에서 칼 맞아 죽지 않으면 다행인 팔자라서 그런지, 겁 많은 자들은 방파를 만들어 스스로를 지켰지. 좋은 울

타리에서… 서로서로를 감싸며. 하지만 녀석은 천생 무인이
야. 이런 가문의 칼이 되어 평생 휘둘릴 아이로 보이진 않더
군."

현조와 칼을 나눠본 적환은 고개를 끄덕여 수긍했다. 확실
히 녀석에게선 고독한 늑대의 냄새가 나지, 무리 지어 다니는
승냥이로는 보이지 않았다.

"결정하셨습니까?"

적환의 물음에 국대경이 살짝 고개를 끄덕이며 말했다.

"음… 그 고수들을 찾지 못한다 해도 저 아이를 엮어가면
우리로선 이득이야. 아니, 그것들을 찾아내더라도 당장 어떻
게 처리할 수 없는 분란의 씨앗에 불과하고. 현조는 당장 죄
를 만들어 엮어낼 명분이 있으니 더 나을 수도 있겠군."

적환이 약간 당황한 기색으로 말했다.

"그럼 그들을 찾더라도 찾지 못한 척하는 게 나을 수도 있
겠군요."

"천하의 도존이 그런 걸 놓칠 리 없지. 아마 우리가 찾아낸
다면 그도 눈치챌 거야. 다만……."

국대경은 도존이 있을 법한 방향으로 고개를 돌리며 말을
이었다.

"그자가 어떤 칼을 우리에게 내줄지가 의문이다. 칼을 양손
에 다 쥐고자 한다면 무림맹과의 분란은 피할 수 없을 테고…
하나를 버린다면 천하의 보도(寶刀)를 버린 셈일 테니까."

가만히 듣고 있던 석산이 조용히 말했다.

"과연 그가 무슨 선택을 할지 궁금하군요. 이대로 숨겨진 고수들에 대한 조사를 멈출까요? 적어도 현조라는 아이를 엮는 것만큼은 확실해집니다."

"아니, 밀원으로서의 의무는 다해야 해. 모르는 것보단 아는 게 나은 법이니까. 다만 선택은 목자량에게 맡겨야겠지."

적환과 석산은 고개를 끄덕이며 국대경의 뒤를 따랐다.

*　　　*　　　*

"으아! 아프다, 아파!"

"맙소사, 정말 진 거예요?"

"그래. 그것도 제대로다. 제대로 져버렸어. 제길."

이각의 엄살에 현조는 볼을 붉적이며 웃었다. 그런 그를 바라보던 이각이 고개를 갸웃대며 물었다.

"네 몰골도 별로 좋아 보이진 않구나."

"아, 누가 붙어보자고 해서요. 무슨 조사원이라던데, 연검이 제법 매섭더라고요."

"깡마른 놈 말이군."

"잘 아세요?"

"이름 정도는 알지. 그놈이 밀원의 조사원이 되기 전엔 섬광(閃光)이라 불렸거든. 붙어본 소감은 어때?"

"섬광은 무슨. 잔재주나 부리던데요, 뭐."

현조는 그가 먼지를 일으켰던 일과 자신이 어떻게 대처했는지에 대해 말하였다. 그러자 이각이 입맛을 다시며 대답했다. 마치 아까운 먹이를 빼앗긴 듯한 표정이었다.

"지형지물을 이용하는 건 훌륭한 전법이라고. 네가 피를 이용한 것과 같은 거야."

"하긴……."

"아, 젠장. 그렇게 재밌는 놈과 붙었다니……. 반면에 나는 검존한테 한 방도 못 먹이고 쥐어 터졌는데 말이야."

"베인 거겠죠."

"넘어가."

第三章

선포

국대경은 입안으로 넘어간 용정차(龍井茶)를 음미하다 말고 마주 앉은 한수검에게 말했다.

"계획을 정했습니다."

짧은 한마디였지만 많은 뜻을 내포하고 있었다. 한수검이 옅은 미소와 함께 말했다.

"나는 맹의 인물이 아니니 내게 보고할 필요는 없다네."

"알고 있습니다. 단지 도존의 반발을 막아주십사 하는 거지요. 검존께서 그를 막아주신다면 저희가 일을 하기 편해집니다."

"그러기 위해 온 것이네."

만족스러운 대답이었는지 국대경은 고개를 살짝 숙이며 감사를 표하고 차를 다시 들이켰다.

*　　　*　　　*

그그그극.

손톱이 두터운 의자의 팔걸이를 파고들며 나는 소리였다. 놀랍게도 그의 손톱에서 피가 나거나 살갗이 벗겨지지도 않았다. 하지만 발밑으로 떨어지는 의자의 부스러기는 그가 지금 얼마나 화가 나 있는지를 대변해 주고 있었다.

옆에서 조용히 시립해 있던 꼽추노인이 말했다.

"어떻게 할까요? 요구에 따른다면 다른 사냥개들을 보호할 수는 있지만 현조는 잃게 됩니다. 게다가 현조가 입을 함부로 놀린다면… 계획에 큰 차질을 빚게 되겠지요."

"……."

목자량은 머리끝까지 화가 나 있었다. 하지만 표정만큼은 평상시의 여유있는 표정과 다르지 않았다. 그가 말했다.

"난… 어릴 때부터 누군가 내 것을 만지는 걸 싫어했지. 그게 아끼는 물건이든… 쓰고 버릴 장난감이든 말이야."

"그 말씀은……."

죽 총관이 되묻자 목자량이 손에 묻은 나뭇조각을 털며 답했다.

"그 아이는 내 거야. 누구에게 줄 수도, 빼앗길 수도 없는 내 소유물이지."

"알겠습니다. 하지만 막을 명분이 없습니다. 현조가 파검을 죽인 것은 사실이니까요."

"검존이 도와주게 될 테니 걱정 말게."

"그가 말입니까? 불가능합니다."

"날 믿게. 검존은 그 아이를 도와줄 수밖에 없어. 운명이니까."

"……."

*　　　*　　　*

태룡각에는 목자량을 비롯한 검존 한수검과 무림맹에서 나온 국대경 등이 모여 있었다.

현조는 이들이 왜 자신을 불렀는지 알 수 없었지만 일단 그들을 제치고 집무실 의자에 앉아 있는 목자량을 바라보았다.

그는 뭐가 그리 재밌는 건지 자신을 보며 실실 웃고 있었는데, 계속 보고 있자니 가슴 깊은 곳에서 증오가 스멀스멀 올라오는 듯해서 고개를 돌리고 말았다.

국대경이 그를 반기며 말했다.

"자네, 아무래도 우리와 함께 무림맹으로 가줘야겠네. 파검의 일로 조사할 게 많아."

“뭐라고요?”

“자넬 압송해야겠다는 말일세.”

난데없이 불러서 한다는 말이 파검에 대한 살해 혐의로 압송해야 한다니, 현조의 입장에선 어이없는 일이었다. 무인 간의 정당한 대결을 두고 책임을 묻다니, 그것도 육검문이 아닌 무림맹이 나서서 말이다.

국대경이 다시 말했다.

“어쩔 수 없는 일이네. 육검문은 맹에 속한 문파이니 그들이 억울한 일을 당했다면 철저히 조사하여 풀어줘야 하지.”

“저는 어떻게 되는 거지요?”

“아마 조사 후에 그 처분이 이루어질 걸세.”

“무인으로서 벌인 정당한 대결이었습니다.”

“그건 조사해 보면 알 일이네.”

“…제가 가기 싫다면 어쩌겠습니까?”

현조의 몸에서 무시무시한 살기가 피어오르자 국대경의 뒤에 있던 적환과 석산이 앞으로 나섰다.

그때 목자량의 여유로운 음성이 그들을 말렸다.

“아아~ 내 집무실에선 싸우지 말도록. 피가 튈 테니까.”

“압송을 허락하시는 겁니까?”

국대경이 묻자 목자량의 이마에 핏줄이 살짝 일어났다. 하지만 그는 그의 감정을 끝내 내색하지 않고 답해주었다.

“물론. 하지만 육검문의 용검당주가 날 찾아왔을 때 해줬던 말을 자네에게도 해줘야겠군. 실력껏 데려가게. 하지만 기회는 한 번뿐일세."

국대경도 목자량과 용검당주 채석문의 거래가 무엇인지 잘 알고 있었다. 그가 현조를 돌아보며 말했다.

"자네 부친께선 저리 말씀하시는군."

"…나갑시다."

"적환 하나라면 모를까, 석산까지 더하면 몸 성하길 바라는 건 무리일 걸세."

"당신이 가세해도 괜찮습니다."

"그렇군. 하지만 어린 후배를 핍박할 수는 없는 일. 적환과 석산에게만 맡길 걸세."

국대경이 자신있게 말하자 현조는 고개를 끄덕이며 답했다. 그리고 목자량에게 살짝 시선을 보낸 후 뒤돌아 집무실 밖으로 빠져나갔다. 그 뒤를 적환과 석산이 따랐다.

국대경은 그들이 나가는 것을 확인한 후 목자량을 돌아보며 말했다.

"어떻습니까. 위험한 고수들을 키우는 중이란 걸 인정하시고 무림맹에 입맹하신다면 아까운 양자를 압송하는 것은 막아보지요. 저로선 솔직히 현조를 압송하는 게 더 좋습니다. 밀원의 부원주 입장에서 위험한 싹은 잘라 버려야 속이 시원하니까요."

"그래? 그것도 좋은 생각이군. 하지만 우리 천산목가가 입맹한다면 감찰원이나 밀원의 요원이 집안에 상주하겠지?"

"다들 그렇게 합니다. 대신 가문의 무인을 무림맹에 파견할 수 있기도 하지요. 그 무인이 높은 자리까지 올라간다면 가문에 이득도 될 테고요."

"훗, 하지만 이 신강 땅에서 우리 가문이 홀로 독보하는 것은 꿈같은 얘기가 되어버리겠지. 결국 무림맹의 영역으로 남게 될 테니까."

"…다시 말씀드리지만 다들 그렇게 합니다."

"그런가? 어쨌든 싫네. 재주가 되거들랑 현조를 압송해 보게나."

"후회하시게 될 겁니다."

국대경은 웃는 낯짝 그대로 등을 돌려 사라졌다.

그가 방문을 완전히 닫고 사라지자 목자량의 집무실 책상이 날카로운 칼에 베인 것처럼 여덟 조각으로 쪼개졌다. 그의 손엔 칼 한 자루 들려 있지 않은 상황이었으니 놀라운 일이 아닐 수 없다. 이는 그의 경지가 이미 무기가 필요없는 수준임을 뜻했으니까.

하지만 그를 지켜보던 한수검은 대수롭지 않다는 표정으로 그에게 말했다.

"비싼 책상 같은데, 아깝군."

"입 닥쳐! 죽여 버리기 전에!"

"흐음, 화가 많이 난 것 같은데… 많이 아끼던 아이인가?"

“……”

목자량은 대답하지 않았다. 밖에서 들려오는 차가운 금속성에 한수검이 고개를 돌리느라 대답할 시기를 놓친 것이다.

한수검이 말했다.

“시작했나? 안 봐도 괜찮겠는가?”

“걱정할 필요는 없지. 내가 가르친 아이니까.”

목자량이 자신있는 얼굴로 답했다. 그는 언제 화를 냈냐는 듯 미소 띤 얼굴로 한수검에게 다시 말했다.

“그리고… 내가 걱정해야 할 사안도 아니고 말이야. 아마 걱정을 할 사람은 따로 있을지도 몰라.”

“무슨 소린가?”

“글쎄… 무슨 소린지 알려면 우선 저 아이의 어미가 누군지부터 알아야겠지.”

한수검은 그가 저런 표정을 지을 땐 항상 누군가 골탕 먹는다는 것을 알았다. 하지만 그렇다고 피할 수도 없는 노릇이었다. 항상 중요한 일을 틀어쥐고 사람을 갖고 놀았기 때문이다. 해서 그에게 말려들어 가는 느낌이 들더라도 어쩔 수 없었다.

“그걸 내가 어찌 알겠나.”

목자량은 어깨를 으쓱하며 말했다.

“흠, 꽤 닮은 얼굴이라 금세 알아챌 줄 알았더니, 기억력이 형편없나 보군.”

한수검은 그제야 현조의 얼굴이 왠지 낯이 익어 이상했던 것을 기억해 낼 수 있었다.

"내가 아는 이의 자식인가?"

"그렇다고 볼 수 있지."

밖에서 나는 금속음이 더욱더 치열하게 들려왔다. 간간이 현조의 당황한 비명도 함께 들려오는 것이 고전 중인 듯했다.

"말하고 싶어 근질근질한 표정이로군. 말해보게."

한수검은 궁금한 내심을 감추고 조용히 말했다. 하지만 목자량은 그의 마음을 진즉에 간파했다. 그래서 그는 밖의 싸움이 좀 더 치열해지기만을 기다리고 있었다. 피가 튀고 살이 찢길 무렵에 말을 해야 더 극적이라는 생각을 가지고 있었기 때문이다.

그는 이것을 위해 국대경의 무례를 참았다. 그는 자신이 만든 유희거리를 위해서라면 뭐든 다 할 수 있는 인간이었다.

밖에서 파육음과 함께 누군가의 비명이 뒤따랐다.

목자량은 그 목소리의 주인이 누군지 잘 알고 있었다.

"현조가 고전하나 보군."

"슬슬 말해줄 때도 되지 않았는가. 이 순간을 기다려 온 것 같은데."

"예전부터 생각했던 거지만 넌 나를 너무 잘 알아."

"친구보다는 적이 더 잘 아는 법일세."

"아쉬운걸. 그래도 한때는 등을 맡길 친구였는데 말이야."

“내 등에 칼을 꽂았던 이에게 들을 말은 아니로군.”

목자량의 입꼬리가 쭉 찢어지며 비틀렸다. 시종일관 감정을 드러내지 않던 한수검의 눈썹이 꿈틀거린 것도 그 순간이었다.

그는 목자량의 저 비열하고 불길한 미소를 볼 때마다 좋지 않은 일이 벌어졌던 것을 잊지 않고 있었다.

아주 찰나의 순간이었지만 수많은 상념이 떠올랐다 사라졌다. 그가 저 미소를 지었을 때 저질렀던 잘못은 셀 수도 없이 많았지만 한수검의 기억에 뚜렷이 각인되어 있는 것은, 사무칠 만큼 새겨져 있는 일은 단 하나였다. 그리고 그 일은 잊고 있던 그녀의 얼굴을 떠올리게 했다. 기억 속의 그녀와 현조의 얼굴이 일순 교차되었다.

동시에 목자량이, 그리고 한수검이 입을 열었다.

“소월(昭月).”

“소월!!”

쾅─!!

한수검은 크게 외치며 집무실 벽을 뚫고 달려나갔다.

문을 열고 나가도 되지만 그에게 문이란 있으나마나 별 의미 없는 것. 그저 병기가 부딪치며 나는 소리의 방향을 따라 몸을 날린 것뿐이다.

집무실에 홀로 남은 목자량이 손가락으로 무릎을 두드리며 중얼거렸다.

“수리비로 얼마를 청구해야 하지?”

현조는 고전 중이었다. 적환의 수법이야 경험해 봐서 알지만 석산의 수법은 까다로웠다. 용검당과의 항쟁 때 권법의 고수와 몇 번 겨루어보았지만 차원이 다르다고나 할까? 어쩌면 채석문과 비슷한 수준일지도 몰랐다.

단지 싸움이라는 측면에서 현조가 더 뛰어날 뿐이다.

후드득 소리를 내며 땅을 적시는 핏물.

'소향이 흉터가 늘었다며 또 싫어하겠군.'

대체 언제쯤 다치지 않고 싸울 수 있을지 고민스러운 순간이었다.

적환과 석산의 합격술은 대단했다. 아니, 굉장했다. 검객과 권법가가 이렇게 죽이 잘 맞다니, 정말 놀라웠다.

아마 육검문과의 항쟁 중에 이들 같은 자를 만났다면 크게 고전했거나 죽었을지도 모른다는 생각이 들었다.

그때 그의 귀로 적환의 외침이 들려왔다.

“흑성검(黑星劍)!! 천안사자성(天眼獅子星)!!”

굳히기인가? 숨겨놨던 기술을 써대는 걸 보니 석산과 어떤 타협이 있는 듯했다. 석산은 적환처럼 기술명을 외치지 않았지만 주먹에 아른거리는 회색의 기운을 보니 보통 기술이 아닌 듯했다.

적환의 연검이 기다란 채찍과도 같은 세 줄기 검기를 풀어놓고 현조의 급소를 향해 달려들었다. 동시에 석산의 권기가 거대한 권영으로 화하여 현조의 뒤통수를 노렸다.

현조는 아랫입술을 깨물며 도를 움켜쥐었다.

그 순간!

콰—앙!!

두 가지 거대한 힘이 맞부딪치며 내지르는 비명.

엄청난 양의 먼지가 피어오르고 그 사이로 도기와 권기가 난무했다.

지켜보던 국대경이 회심의 미소를 지었다. 그러나 그 미소가 경악으로 바뀐 것은 먼지가 걷히고 나서였다.

"당신이… 왜!"

국대경이 비명을 지르듯 외쳤다.

먼지가 걷히고 드러난 상황이 국대경의 예상과 달랐기 때문이다. 분명 적환과 석산이 현조를 제압하고 있는 모습이어야 할 텐데, 어디선가 검존 한수검이 나타나 적환의 검(劍)을 손가락 사이에 끼워 막고 석산의 주먹은 팔목을 잡아 비트는 금나수(擒拿手)로 파훼한 것이다.

더욱 놀란 것은 현조였다. 살을 내주고 뼈를 취할 생각으로 이를 악물었건만 어디선가 훼방꾼이 나타나 자신이 고전한 대상을 손쉽게 제압해 버렸다.

현조는 왠지 울컥하는 기분에 그를 향해 한마디 쏘아주려 했으나 그의 표정을 보고 그러지 못했다.

뭔가를 찾는 듯, 아니, 그리운 듯 흔들리는 눈동자.

강자답게 꽤 여유있어 보이던 이전 모습은 온데간데없었다.

현조가 그에게 물었다.

"뭡니까, 이 상황은?"

그는 현조의 질문에 대답하지 않았다. 대신 국대경을 바라보며 말했다.

"사정은 알지만 끼어들 수밖에 없었네. 망쳐서 미안하군."

국대경은 그가 작정하고 막았음을 깨달았다.

그의 눈빛에서 절대 물러서지 않겠다는 확고한 의지를 발견했기 때문이다. 이미 이 문제는 자신의 손을 떠나 버렸다.

현조를 압송하지 못하는 것이 아쉽긴 하지만 그렇다고 검존에게 칼을 들이댈 만큼 바보는 아니었다.

"맹주께 보고 올리겠습니다. 맹의 사람이 아니니 징계까진 무리더라도 당신은 맹주의 직전제자. 맹주께서 직접 처분을 내리실 겁니다."

"죄송하다고 전해주게."

짧은 대화를 끝으로 국대경은 적환과 석산을 데리고 사라졌다. 그는 그 길로 짐을 꾸려 무림맹으로 돌아갈 것이다.

적환과 석산은 현조를 향해 살기를 보내는 것을 잊지 않았다. 마치 식사를 덜 마친 짐승처럼 허기진 표정. 밀원의 요원으로서가 아닌 무인으로서 떠올린 표정인 것이다.

현조도 지지 않고 노려보며 살기를 보냈다. 그의 앞을 검존이 막자 그제야 적환과 석산이 발걸음을 옮겼다.

한수검은 그들이 완전히 사라지는 것을 확인하고 나서야 뒤돌아 현조에게 말했다.

"네가… 소월이의 아들이냐?"

쿵―!

가슴이 철렁 내려앉았다. 오랜만에 듣는 이름.

진짜 이름이 곧 기명이 되어버린 어머니의 이름이었다.

어머니를 아는 사람이라면 반가울 만도 한데 현조의 입과 표정은 경계심이 가득했다. 기녀인 어머니를 알고 있다는 것은 목자량과 별 차이가 없음을 뜻했기 때문이다.

"뭡니까, 당신?"

한수검은 급히 손을 흔들며 말했다.

"그렇게 경계할 필요는 없다. 아주 오래전에 네 어미와… 알고 지내던 사이일 뿐이다. 네 나이가 몇이라고 했지?"

"전에 못 들으셨습니까? 열아홉입니다."

한수검은 열아홉이라는 말을 소리 내지 않고 입 모양으로 여러 번 중얼거리다 다시 물어왔다.

"아비가 누군지는 아느냐?"

"모릅니다."

"그래, 그렇군. 그녀에게 아이가 있었다니……."

"왜 묻는지 이유를 알 수 있을까요?"

“아니, 아무것도 아니야. 네가 소월이의 아들이라니 놀랐을 뿐이다. 아, 앞으로 나를 백부라 부르거라. 네 어미가 나를 오라버니라 불렀으니까.”

거짓이었다. 오라버니라 부른 것은 맞지만 소월은 그와 장래를 약속한 사이였다. 하지만 그런 것까지 알려줄 자신은 없었다. 무엇보다 원망을 듣는 것이 두려웠기 때문이다. 그녀를 버린 것이 바로 자신이었기에.

“잘은 모르겠지만 그렇게 하도록 하겠습니다. “

딱히 자신에게 위해를 가한 바는 없기에 현조는 순순히 수긍했다. 게다가 그리움으로 가득 찬 그의 얼굴을 보고 있자면 그가 거짓을 말하고 있을 거란 생각은 들지 않았다.

분명 어머니와 아는 사이였으리라. 안 그랬다면 굳이 무림맹과 척을 지면서까지 자신을 도울 이유가 없을 테니까.

현조는 문득 목자량이 있을 법한 방향을 바라보며 생각했다.

‘또 당신의 뜻대로인가?

한수검과 마지막까지 함께 있었던 것이 목자량이었으니 현조가 그렇게 추측하는 것도 당연했다. 현조가 고개를 절레절레 흔들며 등을 돌리자 한수검이 그를 불러 세웠다.

“어딜 가는 게냐?”

“의각에요. 치료는 해야지요.”

한수검은 그제야 깨달았다는 듯 눈을 휘둥그레 떴다. 확실히 현조의 온몸은 피투성이에 가까웠다. 방금 전, 현조와 겨루었던 밀원의 요원들, 적환과 석산이 상처 하나 나지 않은 것을 생각해 본다면 현조가 패배한 것처럼 보이기도 할 것이나, 현조가 요 전날 적환을 어떻게 쓰러뜨리는지 목격했던 한수검은 자신이 중요한 순간에 훼방을 놓은 건 아닌가 하는 생각에 괜스레 미안해졌다.

*　　　*　　　*

국대경은 떠나기 전 목자량에게 인사를 하기 위해 그의 집무실에 들렀다. 목자량은 떠나려는 그에게 붉은 첩지를 하나 건네주며 말했다.

"맹주께 전하게."

"이게 무엇입니까?"

"개파대회를 알리는 초대장일세."

"…천산목가의 재건을 알리는 개파대회라……. 꽤 크게 여실 모양이군요."

목자량은 그의 말에 피식 웃으며 답했다.

"자네, 뭔가 오해하고 있군."

"오해라니요?"

"천산목가의 개파식이 아닐세."

"그렇다면……?"

"신강무림련, 즉 천왕련(天王聯)의 발족을 알리는 초대장이
란 말일세."

쿵!

가슴에 커다란 납덩어리가 들어앉은 기분이었다. 아니, 뒤
통수를 제대로 맞았다고나 할까? 가장 일어나선 안 될 상황이
일어나고야 말았다. 무림맹에서 그토록 막고자 했던 일이 진
행되고 있었던 것이다.

"맹에서 가만있지 않을 텐데요."

"이미 신강의 문파 중 팔 할 이상이 서명하였다네."

"련주가 누굽니까?"

"누구겠나?"

씩 웃는 목자량의 얼굴.

국대경은 이를 꽉 물었다. 화가 났지만 어쩔 수 없었다. 성
질 같아선 한 방에 쳐 죽이고 싶었으나 어차피 자신은 상대도
되지 않았다. 그로서는 패배를 인정해야 했다.

"지금 이 첩지를 무림맹에 대한 선전포고로 받아들여도 되
겠습니까?"

"흐음… 본심은 그게 아니네만, 받아들이는 입장에서 그리
생각한다면야 어쩔 수 없겠지. 피하지는 않겠네."

으득.

이빨 갈리는 소리가 집무실을 가득 울리는 듯했다.

"보중하시지요."

한마디만을 남기고 국대경은 집무실 밖으로 사라졌다.

목자량은 미소를 지우지 않은 채 허공을 향해 말했다.

"잘해주었어, 죽 총관."

"너무 빨리 터뜨린 거 아닙니까?"

죽 총관이 대답과 함께 목자량의 등 뒤로 나타났다.

목자량이 말했다.

"그곳에서 여기까지 무사들을 이끌고 오려면 족히 두세 달은 걸릴 게야. 그 시간이면 천왕련은 어느 정도 체계를 갖추고 있을 테고… 놈들은 앞으로 이 신강 땅에서만큼은 우리를 어떻게 해볼 수가 없을 거라고 보네. 그리고 너무 빠른 것도 아니야. 정보란 언젠가 새기 마련이고 정보가 새면 그쪽에서 준비할 시간을 주게 되어버리는 거지. 그러니 지금 터뜨린 게 알맞아."

"하지만 가장 가까운 무림맹의 지부는 어떻게 하시려고……."

"감숙 말인가? 그곳이야 아직 자네 입김이 닿는 곳 아니던가. 그놈들 움직이지 못하게 자네의 옛 부하들보고 분탕질 좀 치라고 하면 되겠지."

"알겠습니다."

목자량이 기지개를 켜며 말했다.

"아아, 이제 시작인가? 뭐, 무림맹 눈치 안 보는 것만으로도 살 것 같군. 안 그런가, 죽 총관?"

죽 총관은 대답 대신 고개를 숙였다. 그리고 다시 허공중에 녹아들 듯 몸을 숨기고 뒤이어 기척마저 숨겼다.

그가 사라지고 나서 한참 후, 한수검이 찾아왔다.

매우 침통한 얼굴이었는데, 그는 목자량을 보자마자 살기 어린 목소리로 한마디 내뱉었다.

"내 아들이냐?"

"글쎄……."

"나이가 열아홉이라더군."

"글쎄… 어차피 기녀의 아들이라 친아비가 누군지 알 게 뭔가? 큭큭."

한수검의 이마가 찡그려졌다. 기녀라……. 기녀가 되었었단 말인가? 문득 얼마 전 현조가 자신을 두고 기녀의 자식이라 했던 말이 떠올랐다.

"넌 처음부터 알고 있었군."

"암, 게다가 그녀의 단골이기까지 했지."

"크윽!"

"하하하하, 굳이 무공으로 승리하는 것만이 능사가 아님을 이 나이에야 깨닫게 되는군."

목자량은 굳이 승리감을 감추지 않았다.

한수검이 외쳤다.

"어서 말해라!! 그 아이는 누구 아들이냐!"

"그런 걸 쉽게 말해줄 리가 있나. 이 목자량이 손에 쥔 패를 쉽게 보여줄 거라 생각하나? 하여튼 심각하게 고민해 보시게."

한수검의 표정이 일순 차가워지며 광풍과도 같은 살기가 집무실 내부를 휩쓸었다. 목자량의 표정에서도 여유가 사라졌다.

그가 말했다.

"오호라, 힘으로 해보시겠다? 오늘 내 장원 수리비가 무척이나 많이 나오겠는걸. 게다가 어쩌면 사고로 소중한 사냥개 한 마리를 잃을지도 모르겠어."

사냥개를 잃는다는 말에 한수검은 깨닫는 바가 있었다.

이미 국대경이 조사한 바를 대충이나마 훑어보지 않았던가. 그것이 현조를 뜻하는 말임을 쉽게 알 수 있었다.

한수검이 살기를 거두자 목자량도 평소의 여유 가득한 얼굴로 돌아와 그에게 말했다.

"잘 생각했어."

한수검의 얼굴 가득 분노가 떠올랐지만 그가 할 수 있는 일은 지금으로선 아무것도 없었다.

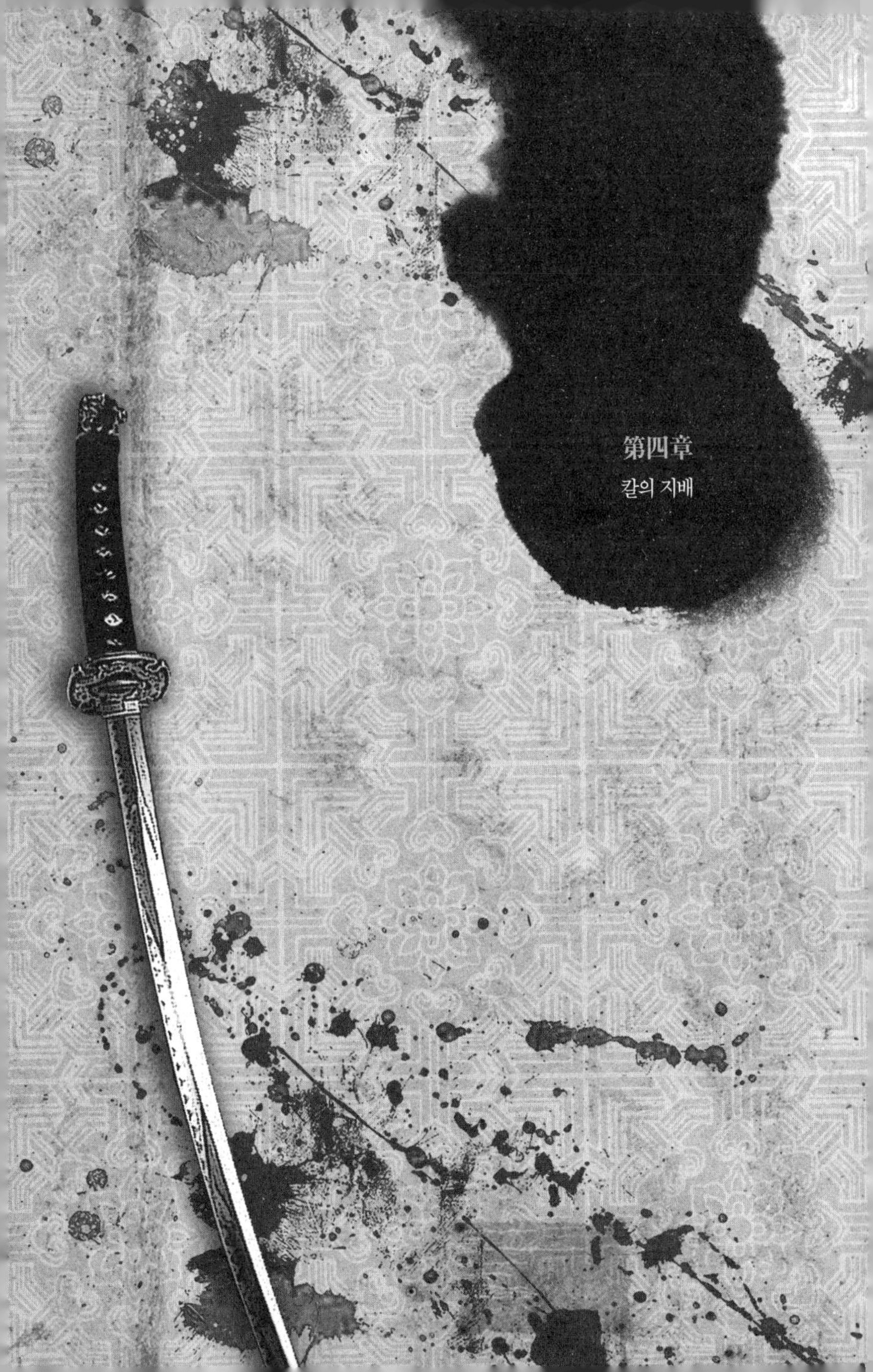
第四章
칼의 지배

"**그** 남자가 또 찾아왔어."

"용검당주 말인가요?"

"그래. 어떡하지?"

"휴~"

벌써 네 번째였다. 계속 거절했지만 기녀 된 도리로 자꾸 거절하는 것도 어려워서 승낙할 수밖에 없었다.

"들여보내 주세요."

"그래, 알았어."

난처한 얼굴이던 대모가 환한 얼굴로 뛰어나갔다. 아무리 이빨 빠진 호랑이라도 육검문이 이 기루에 미치는 영향은 적은 것이 아니었기 때문이다.

잠시 후 채석문이 들어와 앉자 소향이 그에게 물었다.

"어떤 곡을 연주할까요?"

"필요없다. 할 얘기가 있어서 온 것이니."

"오늘은 취하지 않으셨군요."

"그래."

"무슨 얘기를 하고 싶으신 거죠?"

채석문은 대답 대신 하나뿐인 팔로 차를 따랐다.

고개를 젖히고 차를 한 번에 들이켠 그는 매서운 눈으로 그녀를 바라보며 입을 열었다.

"잘 들어라. 이건 네 아비에 관한 이야기니까."

소향의 얼굴이 하얗게 굳었다.

*　　　*　　　*

툭.

제법 무거워 보이는 서책이 현조의 발치에 떨어졌다. 목자량이 던진 것이었다. 그가 웃으며 말했다.

"그 안에 적힌 문파들을 처리해."

"…혼자서 말입니까?"

"뭐, 몇 놈 붙여는 주겠지만 큰 도움은 안 될 거야. 사냥개들끼리 먹이 두고 다투지나 않으면 다행일 테지."

"사냥… 개."

현조의 머릿속으로 육검문과의 혈전 때 보았던 여우 가면의 여인이 떠올랐다.

목자량이 그에게 다시 말했다.

"책에 나온 순서대로 정리해라, 너 편한 대로 움직이지 말고."

현조는 대답하지 않았다. 조용히 책을 주워 들고 방을 빠져나갈 뿐이었다.

*　　　*　　　*

"네놈이 그 사냥개로구나, 가주가 직접 키웠다는."

맨발에 너덜너덜한 진회색의 무복을 입고 봉두난발을 한 청년이 현조에게 말했다. 그의 허리 뒤춤에는 절반이 뚝 끊어진 반도(半刀) 한 자루가 비스듬히 차여 있었는데, 자루 부근에 꽤나 손때가 타 있는 걸로 봐선 상당히 많이 쓰여왔다는 것을 알 수 있었다.

현조는 그의 말에도 반응이 없었다. 그저 자신에게 말을 건 봉두난발의 청년을 향해 잠시 잠깐 시선을 주었을 뿐, 곧 나락을 품에 안은 그대로 눈을 감고 고개를 숙였다.

봉두난발의 청년은 어깨를 으쓱하는 것으로 당황함을 감추고 곧 무너질 것 같은 관제묘의 구석으로 가더니 아무 데나 자리를 잡고 앉았다.

얼마 안 있어 그의 다른 일행도 속속들이 도착하였는데, 제각각 개성이 아주 뛰어나 보였다. 처음 도착한 이는 굉장히 귀엽게 생긴 쌍둥이 소녀였다. 하지만 현조의 예민한 귀로 들리는 단검의 마찰음은 그녀들이 단순히 귀엽기만 한 소녀들이 아님을 대변해 주고 있었다.

그다음으로 도착한 이는 구 척이 넘는 어마어마한 거구에 괴상한 철가면을 쓴 거인이었다. 관제묘 안으로 거인이 들어설 땐 현조도 놀라 눈을 떠야 했다.

현조는 저렇게 큰 사람을 맹세코 처음 보았다. 그러다 그의 철가면 위에 매달린 어린 소년을 보게 되었는데, 그 소년 또한 앞서 들어왔던 쌍둥이 소녀들에 못지않게 귀여운 미소년이었다.

'사냥개라며? 혹시 얼굴로 뽑는 건가? 취향 한번 대단하군.'

목자량은 갑자기 가려운 귀를 새끼손가락으로 후비기 시작했다. 하지만 나오는 건 아무것도 없었다.

"…어느 놈이 내 욕을 하나 보군. 밖에 있나, 죽 총관?!"

그의 부름을 받고 죽 총관이 집무실 안으로 들어왔다.

"무슨 일이십니까?"

"누가 내 욕을 하는 것 같아."

“예?”

영문을 모르겠다는 얼굴로 죽 총관이 되묻자 목자랑이 다시 말했다.

“어느 놈이 내 욕을 하는 것 같다고. 그러니 빨리 조사해봐. 아니, 찾아내.”

“…….”

아무래도 그 욕은 자신이 해야 할 것 같다고 생각 중인 죽 총관이었다.

거인 다음에 들어온 자는 처음엔 여자인 줄 착각했다. 지독하게 마른데다 남자치곤 꽤 작은 키를 가지고 있었기 때문인데, 머리카락도 허리까지 올 만큼 긴 머리라서 여자로 오인하기에 충분했다. 그는 자신의 키에 근접할 만큼 장도(長刀)를 하나 들고 있었는데, 언젠가 들었던 왜도(倭刀)의 모습과 닮아 있었다.

그가 들어서고 난 후 곧바로 마지막 사람이 도착했다.

여우 가면의 여인이 나타난 것이다.

그녀가 나타나자 처음의 봉두난발청년이 여인의 앞으로 가 머리를 살짝 숙이며 인사했다. 첫인상이 꽤 거칠어 보였는데 그녀 앞에서만큼은 꼬리를 살랑살랑 흔드는 개처럼 보였다.

현조는 자리에서 일어나 그녀에게 다가갔다. 이 견랑대(犬

狼隊)를 이끄는 대주가 누구인지 금세 파악했기 때문이다.

"현조라고 한다."

그가 자신을 소개하자 봉두난발의 청년이 여우 가면의 앞을 가로막고 대신 대답했다.

"우리 대장은 미호(尾狐)라고 부르면 돼. 난 태성(太星)이고."

"그렇군.."

현조는 미호라는 이름이 본명이란 생각은 안 들었다. 죽 총관에게 얼핏 듣기로 이들 대부분은 어린 시절 은자 몇 냥에 팔려와 십수 년간 지독한 수련을 쌓아왔다지 않던가.

죽 총관의 성격을 봤을 때 사냥개를 기르는 데 실제 이름을 허락할 리 만무했다.

현조는 자신도 이들과 같이 훈련을 받을 뻔했다는 소리를 죽 총관의 입을 통해 듣고서 어쩌면 이들에 비해 자신은 행운아일지도 모른다는 생각이 들었다.

적어도 진짜 이름과 어머니의 따듯한 숨결만큼은 기억하고 있지 않은가.

그렇다고 이들을 동정할 생각은 없다. 어차피 이들 나름대로의 삶의 방식 내에서 행복을 찾고 있을 테니까.

저 태성이란 청년이 미호라는 여인에게 보내는 부드러운 음색을 들어보아도 그 정도는 알 수 있다.

그가 그리 생각하고 있는 동안 태성은 계속해서 다른 이들을 소개해 줬다.

"저기 빼빼 마르고 머리 긴 변태 놈은 홍표(鴻漂)라고 하고, 저 머리 나빠 보이는 쌍둥이는 유우미(有雨美)와 유수미(有水美)라고 하지. 짧게 줄여서 우미와 수미라고 부르면 돼. 십오 년 넘게 같이 산 나도 헷갈리니까 굳이 누가 누군지 의문 갖지는 말고 그냥 편한 대로 불러. 지들도 사실 누구 이름이 진짠지 몰라."

"뭐얏!! 태성, 이 나쁜 놈!!"

두 소녀는 짜기라도 한 것처럼 정확한 호흡으로 동시에 말했다. 아니, 짜더라도 저렇게 한 사람의 목소리로 들릴 만큼 동시에 말하는 건 어려운 일이다. 역시 쌍둥이인가?

태성은 두 소녀의 불평불만을 뒤로하고 남은 둘을 소개했다. 바로 현조가 깜짝 놀랄 만큼 거대한 키를 자랑하는 거인과 거인의 목에 목마를 탄 미소년이었다.

"덩치 큰 놈은 우고(牛孤), 작은 놈은 환야(幻夜). 가장 성질 더러운 놈들이니 친해지진 마."

그의 말에 미소년 환야가 눈을 부릅뜨고 소리쳤다.

"등뼈를 뽑아서 곰국을 끓여주랴, 이 거지새꺄?"

여자도 부러워할 외모를 가진 미소년의 입에서 튀어나온 말치곤 거칠기 그지없었다.

현조가 황당한 눈으로 태성을 돌아보자 태성이 피식 웃으며 말했다.

“우린 저걸 정신 공격이라 부르지.”

현조는 자기도 모르게 고개를 끄덕이며 납득하고 말았다.

환야가 이마에 핏줄을 잔뜩 세우고 또다시 욕을 했다. 이번엔 그 대상이 현조였다.

“뭐야, 그 개새는? 아! 네가 바로 우리가 육검문이랑 맞장 뜰 동안 꽁지 빠져라 튀었다는 현조라는 그 새끼냐?”

“……..”

“뭘 쳐다봐, 니미! 확 뒈지고 잡냐, 참새 X만 한 새꺄? 우리 우고의 강철봉에 맞으면 젖은 만두피 신세 되는 거 알아, 몰라? 앙!”

현조는 고개를 내저었다. 더 상대했다간 무슨 욕을 더 들어 먹을지 몰랐기 때문이다. 현조가 고개를 저으며 피해 버리자 환야도 지쳤는지 차츰 욕이 줄어들더니 나중에는 그저 투덜 거리는 정도였다. 그래도 욕을 일각이나 쉬지 않고 할 수 있는 이가 있다는 것에 현조는 감탄하고 말았다.

‘새로운 무공인가? 놀랍군, 죽 총관.’

죽 총관은 갑자기 간지러워 오는 귓구멍에 손가락을 넣고 후볐다. 그러자 그 모습을 목격한 목자량이 피식 웃으며 말했다.

“자네도 죄 많은 사람이군.”

“……..”

'당신한테 그런 소리 듣고 싶지 않아' 라는 말이 목젖까지 올라왔지만 차마 내뱉지는 못하는 죽 총관이었다.

태성의 지저분한 머리카락 사이로 매서운 눈매가 드러났다.

현조는 그의 눈매가 왠지 이각을 닮았다는 생각이 들었다.

"개는 개답게 주인의 명에 따라야 하지만, 그래도 개끼리의 규칙은 있는 법이거든."

"서열이라도 정하자는 건가?"

현조가 되묻자 태성이 손바닥을 치며 답했다.

"역시 머리가 잘 돌아가는군."

그가 일행을 둘러보며 말을 이었다.

"예전부터 주인이 따로 키우는 사냥개가 있다는 말을 들어도 보았고 그 실력도 얼마 전에 대충 확인해 봤지만, 그래도 쉽게 받아들이기란 힘든 노릇이지. 안 그래? 비바람을 맞고 자란 소나무와 집에서 키운 분재는 그 태생부터가 다르니까 말이야."

'설마 분재가 나라고 생각하는 건가?'

결코 편하게 지내본 적이 없건만 아무래도 자신은 이들에게 너무 만만히 보인 듯했다. 현조의 얼굴에 저절로 미소가 피어올랐다. 어딘가 목자량을 닮은 듯 보이는 흉소였다.

그 살기 어린 미소에 가면을 쓴 미호와 우고를 제외한 모두의 표정이 바뀌었다.

작은 살기로 모두를 긴장하게 만들어 버린 현조의 기세는
대단한 것이었다. 태성은 그가 결코 분재 따위가 아님을 깨달
았다. 적어도 자신들에 버금가는 지옥을 경험했음이 분명했
다.

환야가 우고의 머리를 꼭 감싸며 더듬더듬 말했다.
"뭐… 펴… 편히 산 건 아니었나 보네."
현조가 그런 환야를 올려다보며 피식 웃었다.

다른 때 같았다면 환야는 저 비웃는 듯한 현조의 태도에 욕
을 잔뜩 쏟아냈을 것이다. 그러나 이미 한 번 빼앗긴 기세는
되찾을 수 없었다.

아직 어린 쌍둥이들과 환야는 기세에 밀려 뒤로 물러섰으
나 홍표나 태성, 미호 등은 달랐다.

홍표는 자신의 장도를 뽑아 드는 중이었고, 태성 역시 허리
춤의 반도(半刀)에 손을 가져갔다. 미호만이 가면에 가려 표
정을 알 수 없었다.

잠시 동안의 대치 상황. 서로 눈치를 볼 필요는 없었다. 그
들 입장에서야 현조는 굴러 들어온 돌에 불과했으니 누가 적
이고 누가 아군인지는 명확했다.

이들의 실력이 대단함을 알고 있었지만 현조는 두렵지 않
았다. 열네 살 때 목자량의 목을 찌르려 덤벼들 만큼 배짱이
두둑했고, 수년간 살벌하기 그지없는 이각의 수련을 견뎌낸

만큼 근성도 가득했다. 더구나 목자량이나 이각에 비하면 이들 모두 애송이일 뿐이다. 두려울 리가 없었다.

하지만 일촉즉발의 태세이던 이들의 대치는 쉽게 끝을 맺었다. 가장 먼저 칼을 뽑았던 홍표가 웬일인지 칼을 거두어 버린 것이다. 그와 동시에 숨 막힐 것만 같던 살기의 파도도 일순 사라져 버리고 말았다.

홍표가 말했다.

"영감에게 혼나고 싶지 않아. 아직 영감을 벨 만큼 강한 게 아니니까. 너와는 일이 끝나고 나서 칼을 겨루도록 하지."

태성이 홍표의 말을 이어 받으며 현조에게 말했다.

"…라고 하는데? 네 생각은 어때?"

현조가 나락을 도갑으로 돌려보내며 답했다.

"서열 따위는 관심없어. 하지만 걸어오는 싸움을 피한 적은 없는 것 같군."

"훌륭한 생각이야."

"가장 먼저 쳐야 할 곳은 어디지?"

그가 묻자 태성이 품속에서 서책을 한 권 꺼냈다. 그것은 현조가 목자량에게서 받은 책과 똑같은 것이었다.

"경천방(競天幫)."

*　　　*　　　*

　경천방. 육검문이 무림맹의 지원을 받고 세력이 커지기 전만 해도 신강 최강의 방파였다. 서역에서 암염(嚴鹽)을 수입해 오는 것이 주 수입원이라서 꽤 많은 돈을 벌고 있었다.

　방주인 구영준(構永俊)은 인근에서 덕이 높기로 소문나 있었다. 경천방을 중심으로 사방 백 리 안에는 굶어 죽는 이가 없다는 소문이 돌 만큼 양민들의 삶에 상당히 신경 썼기 때문이다. 게다가 딱히 명예욕이나 권력욕이 높은 것도 아닌지라 육검문에게 신강제일문파라는 칭호를 빼앗겼을 때도 그리 억울해하지 않았다.

　다만 방주로서의 자기 책임은 확실히 하는 인물로, 육검문의 세력이 신강 전역에 뻗어나갈 때도 경천방의 사업체만큼은 지켰다.

　사실 정파를 자처하는 육검문에서 함부로 남의 사업체를 빼앗을 수도 없는 노릇인지라 적당한 가격에 협상도 시도해보았고, 무림맹을 들먹이며 협박도 해보았으나 그는 결코 흔들리지 않았다.

　경천방이 비록 무림의 변두리라는 신강의 중소 방파일 뿐이지만 그 가진바 무력은 육검문이 무시할 만한 수준이 아니었다.

　구영준 본인만 하더라도 신강 안에서 네 손가락 안에 드는 권사였고, 일곱 호법과 네 명의 장로, 네 명의 당두, 두 개의 무력 부대, 경천방이 운영하는 상단과 표국의 호위무사들과 표사들. 이들을 다 모으면 육검문이라도 무시 못할 인원이 모이게 된다. 특히 표국의 표사들은 서역을 오가며 단련된 정예들이라 어지간한 표국의 표사들보다 훨씬 강했다. 문파 간의 전쟁이 나더라도 다들 제 몫은 할 수준인 것이다.

그러니 육검문이 제아무리 기세등등하던 시절이라도 이들을 어찌해 볼 수는 없었다. 사실 무림맹 출신이 대부분이던 육검문으로선 경천방 정도는 깨부술 수 있었으나 그 자신의 피해도 어느 정도 감수해야 했기 때문에 포기한 것이다.

더구나 암염 사업 빼곤 특별히 군침을 흘릴 만한 것도 없었다. 다른 사업도 많은데 암염 장사 때문에 경천방과 척을 지는 것은 당시 육검문을 사실상 통솔하던 채석문으로서는 모험이나 다름없었다.

그러나 이제 그러한 육검문도 크게 위축되었으니 천산목가로선 거리낄 게 없다. 더군다나 신강의 무림 문파 팔 할의 지지를 얻고 있는 바에야.

경천방이 처음부터 천산목가, 아니, 천왕련의 울타리 안에 들어왔다면 모를까, 그들은 끝까지 거부했다. 그리고 목자량은 자신을 거역한 이를 결코 그냥 두는 법이 없었다.

경천방주 구영준은 평범한 목수이던 아비에게 영향을 받아서 시간이 날 때마다 늘 나무로 조각을 했다.

두 딸과 하나뿐인 조카는 그러한 취미 생활을 이해하지 못했지만 나름 자부심이 있었다. 게다가 실력도 상당해서 자식들과 조카가 어릴 때는 장난감을 손수 만들어주기도 했다.

때문에 그는 자신의 취미 생활을 이해하지 못하는 자식들에게 도리어 은혜도 모르는 배은망덕한 것들이라며 농을 던지곤 했다. 그는 일이 없을 때면 항상 공방에 틀어박혀 있길 좋아했고 지금도 그러했다.

사각사각.

단도의 날카로운 날이 두터운 통나무를 스칠 때마다 나뭇조각이 땅에 떨어지며 수북이 쌓여갔다. 나무를 조금씩 돌려가며 칼질을 해대는 그의 손끝이 지극히 능숙해 보였다.

통나무는 점점 어떤 여인의 형상으로 변하고 있었는데, 그것이 일찍 사별한 그의 아내라는 것은 아내의 기일이 돌아올 때까지는 비밀이었다. 공교롭게도 아내의 기일이 그녀의 생일이기도 해서 그는 제사 준비는 둘째 치고 그녀에게 줄 선물까지 준비해야 했다. 하지만 이 같은 일은 벌써 이십여 년간 계속되어 왔고 그 자신이 살아 있는 동안에도 꾸준히 지속될 것이다.

그때였다.

멈출 줄 모르던 그의 손놀림이 갑자기 멈췄다.

약 두 호흡 정도의 시간이 흘렀을 때, 그는 자연스레 통나무를 들고 이리저리 살펴보았다. 그 모습이 마치 조각의 진도를 확인하는 듯했다. 그러나,

휙.

순간, 그의 손에 들려 있던 단도가 공방의 출입구를 향해 날아갔다. 파르르 떨며 문의 손잡이에 박힌 단도.

문밖에서 들리는 옅은 비명에 구영준이 장난기 가득한 미소를 머금었다. 잠시 후 문이 열리며 얼굴에 수염이 가득한 중년 사내가 얼굴을 삐죽 내밀었다. 그가 말했다.

"…주, 죽을 뻔했지 말입니다."

"그러기에 평소 기척 좀 내라 하지 않던가."

"버릇인 걸 어떡합니까!"

사내의 외침에 구영준이 고개를 절레절레 흔들며 웃었다.

"그나저나 이 시간에 웬일인가?"

"아, 상행 나간 공자님에게서 이게 왔습니다."

그가 서찰을 하나 내밀자 구영준의 얼굴이 아주 밝아졌다.

"성하(星河)에게?"

구영준이 순식간에 다가가 서찰을 낚아채자 중년 사내는 입맛을 다시며 빈손을 쳐다보았다. 그가 어떤 수법으로 서찰을 낚아챘는지 보지 못했기 때문이다.

"하여간 저는 이만 가보겠습니다."

그의 인사를 듣는 건지 마는 건지 서찰을 읽느라 정신이 없던 구영준은 한쪽 손을 건성으로 흔들며 잘 가라고 했다.

공방의 문을 닫고 밖으로 나온 중년 사내 막완(漠婉)은 피식 웃으며 중얼거렸다.

"저렇게도 좋으실까."

조성하는 구영준의 하나뿐인 조카로, 그의 죽은 누이가 남기고 간 유일한 혈육이었다. 아들 없이 딸만 둘인 그로서는 경천방을 물려줘도 아깝지 않을 만큼 아끼는 아이이기도 했다.

그런 아이가 서역으로 상행을 떠난 지 두 달 만에 연락을 취해왔으니 반가울 수밖에.

구영준은 서찰을 읽고 또 읽었다. 주로 색목인 상인들과 어떤 거래를 했고 어떠한 물품을 새롭게 들여오는 게 어떻겠냐는 동의를 구하는 서찰이었다. 두 달 뒤쯤 돌아갈 것 같다는 서찰의 마지막 줄을 읽을 때마다 구영준의 두 눈에는 반가움이 커졌다. 그는 이제 슬슬 경천방을 조카에게 물려줄 생각을 하는 중이었다. 이번 상행을 성하에게 직접 시킨 것도 일종의 후계자 수업이랄까? 장로나 호법들도 성하를 좋아하는지라 이번 상행에서 돌아온다면 정식으로 후계 구도를 명확히 할 예정이었다. 그리고 모든 것을 물려주고 나면 자신은 은퇴하여 나무나 깎을 생각이었다. 서찰을 조심히 접어 품에 넣은 구영준은 다시 단검을 들고 나무를 깎기 시작했다.

*　　　*　　　*

"처음부터 경천방이라……. 너무 무리수를 두는 것 아닐까?"

현조의 조용한 물음에 태성이 코끝을 긁적이며 답했다.

"총관 할배 말로는 경천방을 확실히 꺾어야 다들 기가 죽을 거라던데?"

"본보기인가?"

"아마도 그렇겠지. 뭐, 육검문보다는 쉬울 거라고 봐. 안 그래, 대장?"

태성이 미호에게 물었지만 그녀는 가면을 쓴 얼굴을 슬쩍 돌려 태성을 잠깐 바라볼 뿐, 대답하지 않았다. 태성이 어깨를 으쓱하며 다시 현조에게 말했다.

"원래 말이 좀 없는 편이야."

확실히 여기까지 오는 동안 그녀의 목소리는 한마디도 듣지 못했다. 아니, 그보다 가면을 벗는 모습조차 보지 못했다.

"…답답하지 않을까?"

"그럴지도……. 하지만 가면을 써도 무지 강하니 걱정 마."

그의 대꾸에 현조는 육검문과의 혈투 도중 들었던 그녀의 도명이 기억났다. 그녀의 칼질을 직접 본 것은 아니지만 칼이 바람을 가르는 소리가 예사롭지 않았던 것이다.

"다 왔군."

태성이 굳은 목소리로 말했다. 멀지 않은 곳에 경천방의 본

거지가 보였다.

"저곳만 치면 표국이나 상단 정도는 쉽게 손에 들어올 테지."

태성의 말에 미호와 현조가 고개를 끄덕였다.

태성이 우고와 환야를 돌아보며 말했다.

"작전 알지? 너와 우고, 홍표가 문 앞에서 행패를 부려 경천방 무사들을 최대한 끌어모아 봐. 그사이 나와 현조, 쌍둥이와 대장은 간부들을 친다."

환야가 투덜대며 대꾸했다.

"우리 둘만으로 충분한데 저 변태새끼까지 끼어야겠어?"

"왜? 우미와 수미를 붙여줄까?"

태성의 말에 쌍둥이 소녀들이 까르르 웃으며 한 손을 번쩍 들었다.

"우린 좋아, 태성."

환야가 기겁을 하며 우고의 어깨를 잡자 우고가 뒤로 살짝 물러섰다.

"으아! 저 미친년들이랑? 안 돼!! 그냥 홍표랑 할래!!"

"잘 생각했어."

"으랏챠!!"

"구어어어어!!"

우고와 환야의 기합 소리와 함께 경천방의 정문이 박살

났다.

사실 환야는 우고의 목 위에 앉아 있을 뿐이고 우고가 힘을 쓴 것이지만.

그와 동시에 사방에서 무사들이 뛰어나왔다. 문이 박살 나자마자 순식간에 서른에 달하는 무사들이 모였다는 것은 경천방의 경비 수준이 매우 뛰어남을 대변해 주고 있었다.

"웬 놈들이냐!!"

"하하하하, 이 참새 X만 한 경천방 찌꺼기들아, 오늘 이곳은 환야와 우고님이 접수한다."

뒤에서 조용히 다가오던 홍표가 고개를 흔들며 말했다.

"역시 품위가 없군."

"뭐, 이 변태새꺄?"

경천방의 호위무사장 가운월이 환야와 우고를 지나쳐 오는 홍표에게 물었다. 아무래도 가장 점잖은 인상이었기 때문이리라.

"너희는 뭔가?"

홍표가 답했다.

"경천방을 접수하러 왔다."

"고작 너희 셋이서?"

가운월의 물음에 홍표는 환야와 우고를 살짝 올려다보더니 고개를 저으며 말했다.

"이 두 바보와 날 연결 짓는 건 불쾌하군."

환야가 발끈했다.

"뭐? 이 개새가!! 내장으로 빨래줄을 만들어주랴!!"

"…무시하고 시작하지. 그대가 이곳 책임자인가?"

홍표의 물음에 가운월이 어이없다는 표정으로 되물었다.

"아직 약관도 안 되어 보이는 소협이 예의가 부족하군."

가운월은 기분이 상했다. 그래도 경천방 무사장 가운월 하면 일대에서 알아주는 이름이었기 때문이다.

"현판을 떼어가려고 왔는데 예의 따위 갖출 리가 있나."

"…꽤나 광오한 소리를 지껄이는군. 겨우 셋이서 가능하다 여기나?"

"길고 짧은 건 대봐야 알겠지. 가장 센 사람을 불러오도록."

가운월의 이마에 핏줄이 솟았다. 그가 검을 뽑아 들며 말했다.

"우릴 너무 우습게 보는군."

그게 신호라도 되었는지 경비무사 전원이 홍표와 환야 등에게 달려들기 시작했다.

"무슨 일인가?"

"정문에서 소란이 있는 듯합니다."

구영준의 물음에 한 무사가 대답했다.

공방에서 조각을 끝내고 내원에서 한가롭게 차를 마시던

그의 귀에 시끄러운 소란이 포착된 것은 얼마 되지 않았다. 이 정도의 소란은 꽤 오랜만인지라 호기심이 동했지만 그는 쉽사리 움직일 줄을 몰랐다. 만약 경비무사들이 막지 못해 문제가 생긴다면 당두들에게 연통이 갈 것이고, 그들 선에서도 막지 못한다면 호법들이나 두 개의 무력 부대 대주들에게 연락이 닿을 것이다. 만약 그들마저 무너지게 된다면 장로와 방주인 자신이 나서게 될 터.

호기심에 먼저 움직여서 소란을 피우는 자들의 기를 세워 줄 필요는 없었다.

소식을 전해온 경비무사를 물린 구영준은 얼마 전 조카가 보내온 차의 향을 음미하며 눈을 감았다.

바람 소리마저 멈춘 내원의 정원은 지극히 고요했다. 멀리서 간간이 들려오는 금속음 정도가 시간이 멈추지 않았음을 깨우쳐 준다고나 할까?

평소에도 구영준은 이러한 적막감을 즐겼다.

그러나 이 고요한 평화를 먼저 깨뜨린 것은 그였다.

"추운데 차 한잔 안 할 텐가?"

누구에게 묻는 것일까?

"삼 장 안까지 몰래 다가온 것은 대단한 일이네. 그만 하면 그쪽 실력을 알았으니 그만 모습을 보이게."

잠시 후 정원의 무성한 수풀과 꽃잎 사이로 한 사내의 그림자가 일어섰다.

상대가 예상보다 젊은 것을 확인한 구영준의 얼굴에 감탄이 떠올랐다.

"필시 정문 앞에서 소란을 피운다는 자들과 일행이겠지? 그렇다면 꽤 정석적인 성동격서(聲東擊西)로군. 이름이 뭔가?"

"…현조."

"요즘 소문이 자자한 천산의 도귀로군. 젊다 들었는데, 사실이었구먼."

"긴말은 필요없을 것 같소."

현조는 나락의 칼날을 도갑에서 끄집어냈다.

"도존이 손수 가르쳤다는 그 실력은 조금 있다 보기로 하고 우선 차 한잔 어떤가? 날씨가 춥네."

"……."

눈앞에 자기 목을 따러 온 적을 두고 이리도 여유만만하다니, 이해가 가지 않았다. 목자량이라면 그럴 수 있었다. 그만큼 강하니까. 하지만 구영준의 수준은 채석문과 비슷한 정도라지 않던가.

현조는 즉시 그를 베어버리고 싶었으나 마음속 어딘가에서 행동을 제지했다. 망설임이었다.

망설임이 있으면 칼끝이 흔들리기 마련. 일단 그 원인부터 찾아야 했다. 결국 그의 권유를 받아들여 차를 마시기로 했다.

"…자량이가 날 죽이라 하던가?"

그가 갑자기 목자량의 이름을 친근히 부르자 현조는 차를 마시다 말고 그를 바라보았다. 그가 아는 한 목자량의 이름을 옆집 친구 부르듯 부르는 이는 없었기 때문이다.

자기도 모르게 궁금증이 표정에 묻어났는지 구영준이 미소와 함께 말을 이었다.

"어릴 때 한 스승 밑에서 동문수학했지."

"무공을?"

"글공부였다네. 그리고 보면 이 신강이란 곳이 꽤 대단한 지역 아닌가. 검도쌍절을 모두 배출했으니 말일세."

"검… 존?"

"맞네. 수검이 그 친구 역시 함께 글공부를 했지."

검존과 도존, 경천방주가 죽마고우였다는 것은 별로 놀랍지 않았다. 하지만 목자량 그 미친 인간에게도 평범했던 어린 시절이 있었다는 것에 놀라고 말았다. 지금의 심성을 봐선 어린 시절이 꽤 순탄치 않았을 줄 안 것이다.

"의외인 듯하군."

현조가 고개를 끄덕이며 긍정했다. 구영준은 그럴 만도 하다는 얼굴로 다시 말했다.

"어린 시절의 자량은 아주 착한 벗이었지. 오히려 말썽이라면 나나 수검이가 더 심했으니까."

"도저히 믿을 수 없소."

"그럴 거야. 그나저나 자넨 아직 내 말에 대답을 하지 않았
군. 자량이가 보내서 왔던가?"

"반은 맞소. 천왕련에 가입하지 않은 문파들을 박살 내라
고 했으니까. 그저 살생부의 가장 윗줄에 경천방이 적혀 있었
을 뿐이오."

구영준은 씁쓸한 미소와 함께 고개를 끄덕였다.

"과연… 자량이는 아직도 미련을 버리지 못했는가. 하긴,
어린 시절부터 자기 것에 대한 집착만큼은 대단했으니까."

"할 말은 그것뿐이오?"

"글쎄… 그저 궁금하군. 자량이 그 친구가 왜 날 지우려 하
는 건지 말일세."

"그는 자길 거역하는 자를 좋아하지 않으니까."

"그가 직접 찾아왔다면 난 기꺼이 경천방을 내줄 용의도
있었는데?"

"그렇게 부지런한 사람은 아니오."

"그런가? 한데… 한데 왜 자네였을까?"

"……."

현조는 답을 알았다. 하지만 입 밖에 낼 수는 없었다. 인정
하고 싶지 않았기 때문이다.

'내가 사냥개라서…….'

그러나 구영준의 생각은 다른 듯했다.

"직접 와야 했을 텐데… 그에겐 나라는 과거를 직접 지울

만한 이유가 있었을 텐데……."

"지금 와서 이유가 중요한 것이오?"

현조는 나락을 빼어 들었다. 더 말을 나눴다간 쓸데없는 잡념만 쌓일 듯했다. 애초에 죽이러 와놓고서 한가로이 이야기나 나누다니, 어울리지 않는 일이다.

"그것도 그렇군. 하지만 정말 궁금하다네. 왜 자네인 걸까?"

"나 말고 다른 동료들도 왔소."

"하지만 이곳에 온 건 자네 혼자일세. 동료들과 따로 정한 게 아니라면 필시 명령을 받았을 터."

"…아마도 나의 수련을 겸한 걸 거요. 그게 사육당하고 훈련받는… 사냥개의 의무이니까. 육검문 때처럼."

"대단하군. 그 사투마저 조련의 일부였단 말인가?"

점점 이야기가 길어진다. 현조는 양손으로 나락의 칼자루를 강하게 움켜잡고 어깨 위로 들어 올려 칼끝은 구영준을 향하게 했다. 구영준은 뭔가 더 묻고 싶어하는 듯했으나 현조의 기세가 보통이 아닌지라 그 역시 자세를 잡을 수밖에 없었다.

"당신은 너무 말이 많아."

어느새 말투도 바뀌었다. 현조의 눈동자에서 은은한 적광이 깃들기 시작했다. 현조의 살기 어린 눈빛에 구영준의 표정이 일순 바뀌었다.

"그래… 수라도였나? 놀랍군. 그가 수라도를 전수하다

니……."

그가 감탄과 동시에 먼저 움직였다.

비권(秘拳).
풍우(風雨).

순식간에 다섯 개의 권영이 현조의 급소를 덮쳐 왔다.

이건 알고도 피하기 어렵다. 급히 도면으로 주요 급소를 막아낸 현조가 급히 뒤로 물러났다.

"반사 신경이 좋군."

그가 웃으며 말했다. 하지만 현조는 웃을 수 없었다.

단 한 번의 격돌이었으나 그의 실력이 보통이 아님을 깨달았기 때문이다.

'채석문보다 한 단계… 아니, 최소 세 단계는 위. 총관이 준 자료는 잘못되었다.'

구영준이 손목을 살살 풀며 말했다.

"실전은 오랜만이로구먼. 그래도 경권류(競拳類) 구호권(九虎拳)의 달인이라네."

들어본 적 있었다.

경권류라 함은 수백 년 전 천하제일권사라 칭송받던 이가 썼다는 희대의 권공. 그 후손들이 제각각 유파를 만들고 세대를 이어가며 변형시켜 지금은 수많은 갈래로 나눠지게 되었다. 딱히 앞에 경권류를 붙일 필요없는 독창적인 권공들이지만, 일단 앞에 경권류의 이름이 붙고 그 갈래임이 확실한 무공들은 하나같이 엄청난 위력을 가지고 있어서 한때 소림에서 연구를 했을 정도이다.

언제부턴가 각각의 유파가 비인부전(非人不傳) 일인전승의 규칙을 지켜가는 터라 지금은 찾아보기 힘들지만, 하나의 방파를 책임진 구영준이 스스로 경권류의 전수자임을 알려왔으니 거짓은 아닐 것이다.

"놀라는 건 이제부터일세. 자, 또 한 번 가네."

팡! 쾅!

압축된 공기가 터지는 소음과 함께 굉음이 뒤따랐다.

"컥!"

동시에 현조의 몸이 정자의 난간을 부수고 정원 안쪽까지 날아갔다. 겨우 쓰러지는 것은 면한 현조였으나 입에서 핏물이 쏟아지는 것은 숨길 수 없었다.

여유 만만한 얼굴로 정자에서 내려오는 구영준이 혀를 차며 말했다.

"아내가 좋아하던 꽃밭인데 아쉽군. 그건 그렇고, 어땠나? 겁호격(劫虎擊)이라는 걸세."

"무섭도록 아프군."

현조의 적광(赤光)이던 눈빛이 약간이지만 진해졌다. 그의 눈동자를 관찰하던 구영준의 표정이 다시 한 번 변했다.

"아직 수라도의 진수를 터득한 건 아니군."

"......"

"그 수준에서 멈추는 게 좋을 걸세. 지금이라면 다른 무공으로 갈아타도 괜찮을 게야."

무슨 소릴 하는 걸까? 궁금하다. 하지만 더 이상 그의 말을 귀담아들어선 안 된다.

입에서 익숙한 초식 이름이 튀어나왔다.

백귀(百鬼).

구영준의 눈이 휘둥그레진 것은 그 순간이었다.

엄청난 파열음과 함께 정원의 땅에 박힌 자연석들이 박살나고 구영준의 뒤편에 있는 정자가 완파됐다.

양손을 십자로 교차한 채 후드득 떨어지는 파편을 뒤집어쓴 구영준이 씩 웃으며 얘기했다.

"백귀인가? 이걸 펼칠 수준이라니… 아직 젊은데 공력이 대단하군. 하지만 아직 도존의 젊었을 적 수준에는 한참 못 미친다네."

현조는 어금니를 꽉 깨물었다. 분해서였다. 백귀는 그의 특기. 현재 쓸 수 있는 최고의 비기이기도 했다.

수라도의 칠대절초인 단혼칠절 중에서 그나마 공력의 소모가 적은 것이었는데 그걸 피하다니.

“대단하긴 하지만 판단력은 기대 이하로군. 백귀는 본래 다수의 적과 상대할 때 쓰는 법. 물론 개인 대 개인의 대결에서도 효과적인 절초이긴 하나 그것은 동급의 고수에게나 통할 일. 한 단계 높은 고수에게, 그것도 이미 더 대단한 백귀를 겪어본 적이 있는 고수에게는 통하지 않는다네.”

“수라도를 경험해 보았소?”

“수라도를 쓰던 도존에게서 살아남은 몇 안 되는 무인이 바로 나지. 그게 비록 자량의 변덕 때문이었을지라도.”

현조는 고개를 젓고 싶었다. 그는 목자량의 성격을 잘 알고 있었다. 결코 변덕으로 살려준 것이 아닐 것이다. 자신처럼 장난감으로 여기는 중이었거나 뭔가 쓸모가 있었을 테지.

현조가 칼자루를 고쳐 쥐며 말했다.

“적에게 너무 많은 것을 알려주는 게 아니오?”

“적도 적 나름이겠지.”

그렇게 말하는 구영준의 얼굴은 마치 ‘너 같은 꼬마가 내 상대나 될 성싶으냐?’ 하는 자신만만한 표정이라서 현조는 자기도 모르게 이를 갈고 말았다.

“아직 멀었군. 이런 간단한 도발에나 걸리고. 이젠 자량이 그 친구가 궁금해지는군. 과연 자네가 날 죽일 수 있으리라 생각하고 보낸 건지… 아니면 자넬 내 손으로 죽이게 만들려고 보낸 건지 말일세.”

“상관없소. 이제까지 나보다 약한 자와 겨룬 적은 별로 없으니까. 당신도 그런 자들 중 하나일 뿐이야."

"나를 파검이나 채석문 따위와 비교하는 건가?"

"흥!"

콧방귀를 뀐 현조가 앞으로 돌진했다.

캉— 카강!

"잘 알겠지만 권사란 주먹의 단련이 필수일세."

주먹으로 나락의 칼날을 막아내던 구영준이 약 올리듯 말했다. 그게 단련이 된다고 가능한 것인가? 어찌 살과 뼈로 이루어진 사람의 주먹이 칼날을 튕겨낼 수 있는 건지 이해하기 어려웠다. 소림 금종조를 극에 달할 만큼 익혔다던 채석문마저도 자신의 칼에 팔을 잃지 않았던가.

그렇지만 얼마 안 가 현조는 알 수 있었다. 권과 칼이 부딪칠 때 나는 소리가 달랐다. 그리고 칼날이 아닌 교묘하게 면에 부딪치고 있는 것도 알아냈다.

하지만 알고서도 어찌할 수 없었다. 그의 권이 지극히 빠른 속도로 칼날을 두드렸기 때문이다. 근접전에서의 속도만큼은 그를 따라잡기 힘들다고 느낄 정도였다.

"이건 맹호락(猛虎樂)이라는 수법인데, 쓸 만하지? 방어용으론 그만일세."

현조는 점점 약이 올랐다.

평소 이각의 독설에 단련되어 있던 그였지만 구영준의 저 약 올리는 듯한 말투만큼은 참기 힘들었던 것이다.

진중한 듯 보여도 현조는 아직 혈기왕성한 열아홉 청년이었다. 그동안 겪어온 수라장이 보통은 넘었기 때문에 자신의 실력에 자만심이 있던 것도 사실이다. 그것이 절대적 실력 차로 인해 와르르 무너지는 중인데 일일이 알려주기까지 한다.

자존심이 무너지다 못해 부서지는 중이었다.

현조는 호흡을 가다듬었다. 자신이 펼칠 수 있는 최강의 절초를 펼치기로 결심한 것이다.

수라도(修羅刀) 비의(秘意).
단혼칠절(斷魂七絶) 제사절(第四絶).
야차혈인(夜叉血刃)!!

"오!"
구영준이 탄성을 내질렀다.
"정말 계속해서 놀랍게 하는군. 하지만……."
톱날과도 같은 수십 개의 도기가 구영준의 전신을 휩쓸어 갔다. 그러나 구영준은 뒤로 쭉 물러나며 자리를 옮길 뿐이었다.

모든 도기가 소멸되자 그가 다시 제자리로 돌아와 말했다.
"야차혈인이라……. 꽤 잔혹한 절초지만 뒤로 물러나 피하면 그뿐이지. 이 초식은 상대가 맞받아칠 수밖에 없는 상황일 때만 써야 한다네. 나처럼 약점을 아는 자는 훌쩍 도망쳐 버리거든."

　물론 목자량 본인이 쓴 거였다면 도망칠 틈도 없이 당했을 것이나, 현조는 목자량이 아니었다.

　미숙한 수라도의 전인에게 당할 만큼 구영준이 약한 것도 아니다. 그가 장포에 묻은 먼지를 툭툭 털며 말했다.

　"자네의 초식은 내게 통하지 않으니 그냥 가는 게 어떻겠나? 자량이에겐 내 잘 말해줌세."

　현조의 어깨가 부들부들 떨렸다. 처음의 망설임 따윈 이미 사라진 지 오래. 뇌리에 남은 것은 수치심뿐이었다.

　자신은 무인이 아니다. 무공을 배우는 이유는 오직 그를 파멸시키기 위해서였다. 한데 이 분한 기분이 무엇인지 정확히 알 수 없었다. 이각이 있었다면 그게 바로 무인으로서 느끼는 수치심이라는 걸 알려주었겠지만 아쉽게도 이각은 곁에 없었다. 마음 한구석에서 살의가 피어오르는 것을 느꼈다. 공력의 상실감, 체력의 저하는 수치심과 함께 피어오르는 살의가 잊게 해주었다.

　현조의 살기에 피부가 따가워져 옴을 느낀 구영준이 눈살을 찌푸리며 물었다.

　"계속해 볼 텐가? 안 될 텐데……."

　"우아아아!!"

　현조가 쏜살같이 앞으로 튀어나와 구영준의 목을 향해 칼을 휘둘렀다. 이것은 수라도의 근접전 기예 중 최강이라 할 수 있는 귀신무(鬼神舞) 백귀(百鬼)! 이미 파훼당했던 터라 당연히 통하지 않았지만 그는 개의치 않았다. 뒤이어 야차팔대식의 팔대도초가 순서도 없이 뒤섞여 연환되었다.

그리고 초식의 마지막엔,

"육비야차(六臂夜叉)!!"

여섯 개의 암회색 칼날이 선명하게 꽃을 피웠다.

이때 처음으로 구영준이 당황한 얼굴을 보였다.

파파파팍!!

여섯 개의 칼날이 동시에 수직으로 내려쳐지자 구영준이 서 있던 땅에는 마치 짐승의 발톱 자국과도 같은 여섯 개의 고랑이 파였다.

"맙소사, 그렇게 무리하면 죽을 수도 있네."

"시끄러!!"

무리한 공력 운행으로 입에서 피가 흘러나옴에도 현조는 멈추지 않았다. 오히려 입꼬리를 말아 올린 채 웃고 있었다.

그가 칼을 휘두르며 외쳤다.

"죽어!! 죽어!!죽어!!"

쾅! 쾅! 쾅!

칼이 닿는 곳마다 땅이 갈라지고 바위가 잘려 나갔다. 현조는 입은 물론이고, 귀에서도 피가 흘러내렸지만 멈출 줄을 몰랐다.

"이런, 의외로 쉽게 무너지는군. 주화입마인가?"

구영준은 애초에 현조를 죽일 생각이 없었다. 그저 적당히 수준 차이를 보여주어 돌려보내고 목자량과는 막후 협상을 할 계획이었던 것이다.

만약 현조를 죽여 버린다면 그땐 정말로 도존을 적대시하는 모양새가 되어버리므로 경천방의 앞날을 장담할 수 없게 된다. 차라리 자신이 현조의 손에 죽는다면 모를까, 그건 있을 수 없는 일이었다.

한데 현조는 저 죽을지 모르고 폭주 중이지 않은가.

구영준의 입장에선 어떻게든 현조를 살려놓고 봐야 했다.

그의 손가락이 호랑이의 앞발처럼 굽혀졌다. 이는 소림의 호형권과도 같은 모양새. 하지만 그 위력은 전혀 달랐다. 흑색의 기운이 그의 팔을 타고 손가락 사이사이에 맺히기 시작했다.

경권류(競拳類) 구호권(九虎拳),
조호격(爪虎擊)!!

날카로운 기운이 현조의 안면을 향해 달려들었다. 급히 피해보았지만 조금 늦었는지 현조의 어깨 한쪽에 네 줄기의 발톱 자국이 새겨졌다.

현조는 뒤로 물러서며 왼손으로 오른쪽 어깨를 부여잡았다. 피가 손가락 사이로 폭포수처럼 흘러나왔다.

구영준이 손을 거두며 말했다.

"이제 정신이 좀 드나?"

확실히 광기 어린 폭주보다 생존 본능이 앞선다. 아직 몸은 폭주 상태 그대로였으나 어깨를 찢은 고통 덕분에 정신은 또렷해졌다.

"천천히 호흡을 가다듬는 게 좋을 것이야. 그렇지 않으면 황천행일 테니."

현조는 그의 말대로 호흡을 가다듬기 시작했다. 이런 호의는 받아들이는 게 좋다.

"수라도는 극단적이지. 광기에 완전히 잠식되든가, 아니면 그만두든가 두 가지 선택밖에 없어. 선택하지 못한다면 지금처럼 주화입마에 빠질 뿐이네. 그래도 선을 넘지 않은 걸 보면 자넨 아직 어딘가 미련이 남아 있는 듯하군."

그의 말에 현조는 소향의 웃는 얼굴이 떠올랐다.

언제부턴가 짐작은 하고 있었다. 증오에 휩싸여 자신을 잃게 되면 어떻게 변할지 말이다.

그러나 그것은 막연한 상상일 뿐이었기에 확신을 하지 못했다. 하지만 오늘 구영준 덕분에 깨달을 수 있었다, 수라도가 원하는 바를.

결국 오래전 구 노인의 말이 옳았다. 목자량은 자신을 닮은 괴물을 만들고자 했던 것이다.

예전 같으면 상관없다고 생각했을 것이나, 가슴속에 소향이 자리한 이후로는 달랐다. 복수도 중요했지만 소향은 더 소중했다. 복수에 집착하던 자신이 이렇게 변하다니, 어쩌면 진짜 강한 이는 소향이 아닐까 하는 생각에 자기도 모르게 미소 짓는 현조였다.

그러자 구영준이 고개를 갸웃거리며 말했다.

"그런데 그 웃는 모습은… 익숙하군. 낯이 익어."

현조야말로 저러한 표정이 익숙했다. 바로 한수검에게서 보았던 표정.

현조는 한수검과의 일을 얘기하려 했다. 그러나 그가 현조의 말을 막았다.

"그렇군. 자네는 설마… 아니… 너는……."

푸욱—!

현조의 얼굴 위로 붉은색 핏물이 쏟아졌다. 은빛 곡도(曲刀)의 날이 구영준의 등을 뚫고 가슴으로 튀어나오며 생긴 일이었다.

정적이 흘렀다. 구영준은 천천히 고개를 돌려 자신을 뒤에서 찌른 미호를 슬쩍 바라보며 씩 웃었다.

쾅—!!

그녀는 가슴이 팔꿈치에 찍혀 사 장여나 튕겨 날아가 정원에 널린 자연석에 파묻혔음에도 끝까지 비명 하나 없었다.

미호를 처리하고 현조에게 다시 고개를 돌린 그는 사람 좋아 보이는 미소를 짓더니 피를 울컥 쏟으며 무릎을 꿇었다.

호흡을 가다듬느라 앉아 있던 현조의 어깨 위로 그의 턱이 얹어졌다.

"크흐… 자량이 널 보낸 이유가 따로 있었구나. 네… 손으로 내… 입을 막으려던 거였… 어."

"그게 무슨 소리요?"

"…세상 참 웃기게 돌아간다는 소리다."

그 말을 끝으로 경천방주 구영준은 숨을 거두었다. 심장을 꿰뚫렸음에도 미호를 한 방에 날려 버리다니, 역시 대단한 무인이었다.

그의 죽음이 아쉽진 않았지만 어딘가 찜찜했다. 자신에게 뭔가 하고 싶은 얘기가 있는 듯했는데 미호의 방해로 이루어지지 못했다.

게다가 자기에게 호의를 보여준 이의 죽음을 마주한다는 것은 그리 좋은 기분이 아니었다.

현조는 구영준을 천천히 눕히고 일어서서 미호에게로 향했다. 정원을 꾸미기 위해 갖다 놓은 자연석은 꽤 컸지만 미호가 얼마나 세게 부딪쳤는지 반쯤 허물어져 있었다.

현조는 그 잔해를 걷어내어 미호를 찾았다. 다행히 죽지는 않은 듯 가슴의 기복은 있었다. 아마도 팔꿈치에 찍힌 즉시 몸을 뒤로 날려 충격을 최소화한 듯 보였다.

그래도 충격을 완전히 해소할 순 없었는지 의식을 차릴 기미는 보이지 않았다.

현조는 머리를 긁적이며 잠시 고민하다 결국 그녀를 어깨에 들쳐 멨다. 늘씬하고 가벼운 여체가 몸에 닿자 현조의 얼굴이 살짝 붉어졌다. 게다가 그녀에게선 꽤 좋은 향이 낫다.

“…귀찮군.”

내심과 다른 말을 지껄이며 현조는 걸음을 옮겼다.

*　　　*　　　*

“그를 그렇게 버려도 되겠습니까?”

“누구? 경천방주?”

“예, 그는 육검문주보다 더 쓸모가 많은 자입니다.”

죽 총관의 말에 목자량은 잠시 검지로 무릎을 두드리며 생각에 잠겼다. 한 번 결정한 일에 대해 다시 생각해 보는 일이 드문 그로서는 참 이례적인 행위였다.

“놈은 입이 너무 싸거든.”

“싸다니요?”

“아무리 계산해 봐도 놈의 가치가 한수검보다 더 높지는 않더란 말이지.”

“그렇기는… 하지요.”

검존 한수검의 가치야 경천방을 열 개 얹어준다고 해도 바꿀 수 없을 만큼 높은 것이다. 당연한 소리이긴 한데 대체 경천방주와 한수검이 무슨 상관이란 말인가.

다행히도 목자량은 그 같은 의문을 쉽게 풀어주었다.

"검존을 이용하려면 그가 계속 궁금해해야 할 '진실'이 필요한데, 영준이 그놈은 그 진실을 알고 있거든. 수검이와도 가장 친했고… 검존이 진실을 모르는 채 있는 게 내게는 더 좋은 일이니 경천방주의 입을 막을 필요가 있었던 거지."

"그래서……."

"그래, 혹시 현조한테 쓸데없는 소리 할까 봐서 미호도 붙여놨고… 아마 잘 해결됐을 거야."

"그렇다면 처음부터 현조를 보낼 필요가 있었습니까? 그 아이가 진실을 알게 되면 곤란할 텐데……."

"놈이 현조의 손에 죽는 것이 꽤 재밌을 거라 생각했거든."

악취미. 죽 총관은 그리 생각했지만 감히 입 밖으로 꺼내지는 못했다. 수틀리면 수십 년을 함께해 온 자신이라도 한 칼에 베어버릴 수도 있는 사람이 바로 목자량임을 잘 알고 있었기 때문이다. 죽마고우인 경천방주조차 더 큰 유희거리를 위해 제거하려는 것만 봐도 쉽게 알 수 있는 일이었다.

*　　*　　*

현조와 견랑대가 경천방주를 비롯한 호법들과 장로들을 암살하고 나자 천산목가의 주력 부대인 패혼각(覇魂閣)의 무사들이 들이닥쳤다.

패혼각은 무림맹에서조차 그 실체를 모르고 있던 천산목가의 정예 무사들로 이루어진 무력 부대.

앞으로 만들어질 천왕련에서도 중심이 될 목자량의 비장의 패이기도 했다.

하루아침에 경천방의 본거지가 불타고 많은 사람이 죽었다. 경천방이 이룩한 사업체들은 천산목가의 수중에 들어갔으며, 방주의 가족과 측근들은 뿔뿔이 흩어지거나 죽임을 당했다. 경천방의 멸문은 시작에 불과했다.

같은 방식으로 사왕문이라는 사파가 하루아침에 멸문당했다. 경천방은 그래도 다 죽이지 않고 도망갈 구멍은 남겨놓았는데 사왕문의 경우엔 기르던 개까지 죽었다는 말이 돌 만큼 몰살을 당했다. 격렬히 저항했기 때문이다.

본보기를 보이자 다른 문파들은 쉬웠다. 두려움은 때론 많은 것을 가져온다. 스스로 천산목가의 종임을 자처하는 문파가 있는가 하면 목자량에게 자파의 비급을 바치는 곳까지 있었다. 그렇게 신강은 하루아침에 천산목가의 손에 들어갔다. 이렇게 되기까지 천산목가를 지지하고 천왕련의 개파에 찬성하던 문파들은 하나도 참여하지 않았다. 천산목가 홀로 신강 전역의 반대파들을 징벌하여 힘을 보여준 것이다.

신강뿐만이 아니었다. 곤륜의 부재로 무주공산이나 다름없던 청해까지 천산목가의 손에 들어갔다.

불과 일 년도 안 되어 세상이 바뀌었다.

이젠 무림맹에서조차 천산목가를 어찌할 수 없음을 인정하였고, 천왕련의 탄생에 주의를 기울이고 있었다.

천하제일방이라는 개방의 방도들과 무림맹의 정보원들, 혈교의 간자들이 신강으로 몰려들기 시작했다. 그만큼 천산목가의 행보는 중원 전역을 긴장으로 몰아넣기에 충분했다.

이 모든 것은 도존의 칼끝에서 시작된 것.

혹자는 세외가 칼의 지배에 들어갔다고 평하기도 했다.

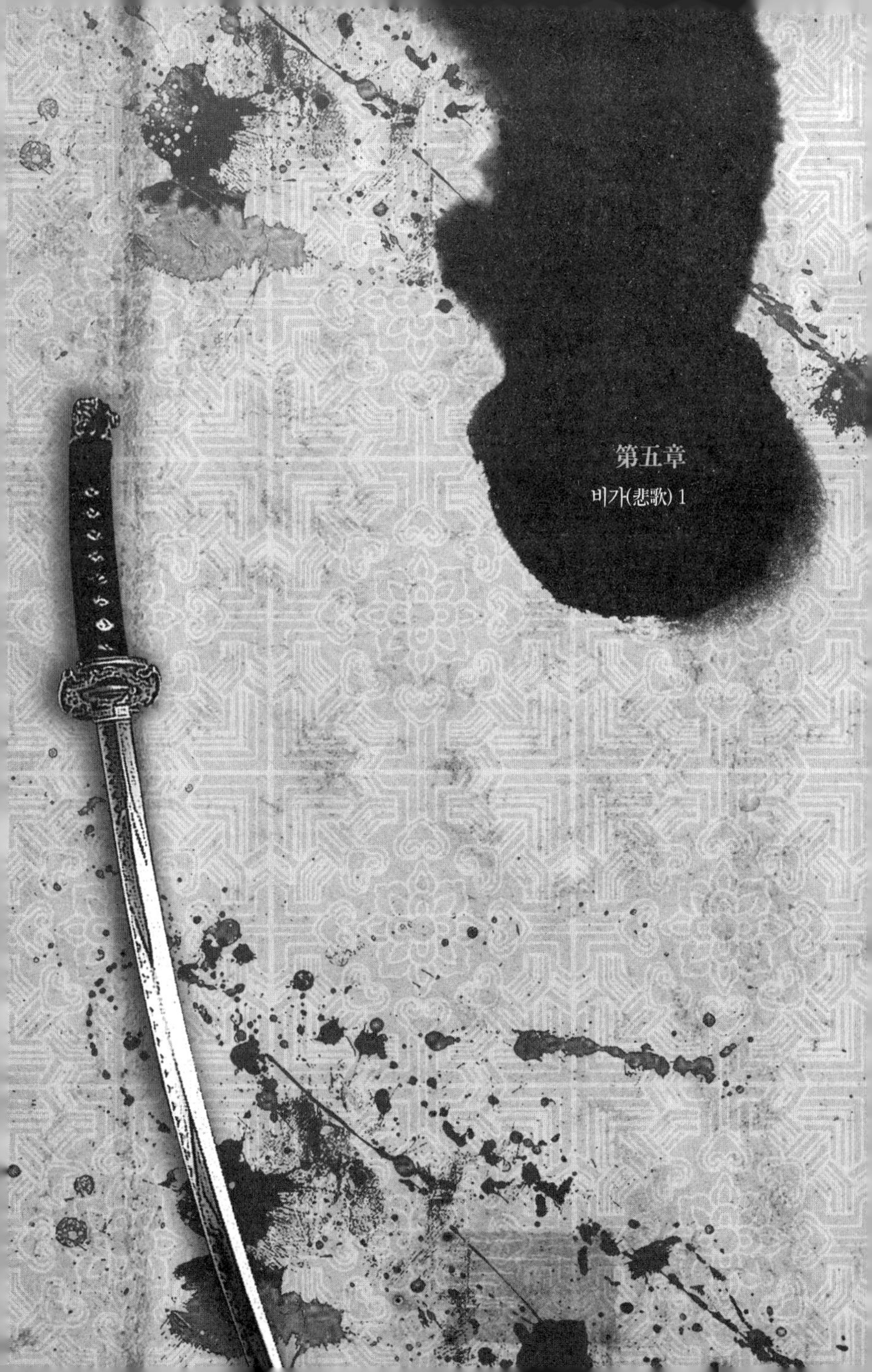

第五章
비가(悲歌) 1

귀도
풍운
鬼刀風雲

누구나 한 번쯤 돌아보게 만들 만큼 잘생긴 청년은 불안함이 가득한 얼굴로 주변을 두리번거렸다. 야심한 시각이라 사람이 보이지 않았음에도 그는 긴장감을 떨쳐 내지 못하고 있었다. 그도 그럴 것이, 정파의 후기지수로 철저히 교육받아 온 청년으로서는 절대 해서는 안 될 일을 저지르려 하는 중이기 때문이었다.

그는 아주 허름한 약방의 뒷문에 서서 문을 조용히 두드렸다.

세 번, 두 번, 다시 두 번, 마지막에 한 번.

일정한 박자로 문을 두드리자 잠시 후 귀를 자극하는 마찰음과 함께 문이 열렸다.

문이 열리며 나타난 것은 한 늙은이였는데, 얼굴에 주름이 너무 많아서 징그러울 정도였다. 청년은 노인을 많이 보아왔지만 사람 얼굴에 이렇게 주름이 많은 것은 처음 보았다.

주름 가득한 노인은 문밖으로 얼굴을 살짝 내밀며 주위를 두리번거렸다. 아무도 없는 것을 확인한 노인은 품에서 하얀 약봉지를 하나 꺼내어 청년의 손에 쥐어주었다.

청년이 말했다.

"이것이오?"

노인은 고개를 끄덕일 뿐, 대답하지 않았다. 꽉 다문 그의 입술이 그 입의 무거움을 대변해 주는 듯했다. 청년은 어딘지 모르게 안심이 되는 것을 느꼈다.

청년은 품에서 묵직한 전낭을 하나 빼 노인에게 전해주었다. 노인의 눈빛에 잠시 동안 탐욕의 빛이 서렸다.

노인은 청년에게 고개를 숙여 인사를 하고 문을 조심스레 닫았다. 하지만 오래된 문짝에서 나는 기분 나쁜 소음만큼은 사라지지 않았다.

청년은 조심히 발걸음을 옮겼다. 작년에 마을에서 육검문도 수백 명이 죽었다더니, 골목 사이사이에서 아직도 피 냄새가 나는 듯하다. 조심스레 경공을 펼쳐 마을을 벗어난 청년은 한참을 가다 허름한 묘지 근처에서 걸음을 멈추었다.

초겨울의 찬바람과 하늘 위에 뜬 보름달 덕분에 묘지의 분위기는 한층 더 으스스해 보였다.

누굴 기다리는 걸까? 청년은 초조한 얼굴로 청각을 열었다. 기척을 느끼기 위해서였다. 기다린 지 이각이 좀 넘었을 무렵, 청년의 귀로 작은 인기척이 느껴졌다.

청년이 뒤를 돌아보자 그곳에는 한 사내가 서 있었다. 오른 팔 부근이 펄렁이는 것을 보니 외팔이인 듯했는데, 진한 눈썹과 부리부리한 눈매가 인상적이었다.

청년은 사내의 이름을 중얼거리듯 불렀다.

"채석문……."

사내 역시 청년의 이름을 불렀다.

"미행은 없었는가, 목명?"

목명이라 불린 청년은 고개를 끄덕이며 답했다.

"없었소. 그쪽은?"

"나 같은 폐인을 누가 신경 쓰겠나. 그건 그렇고, 물건은?"

"여기 있소."

목명은 대답과 함께 품에서 약봉지를 꺼내 그에게 던졌다.

왼손으로 약봉지를 받아 든 그는 약봉지에 코를 살짝 들이대며 미소 지었다.

"확실하군."

"그거면 되겠소?"

"차고 넘치는 양이네."

"그녀의 설득은?"

"자네가 걱정할 일은 없을 것이네."

목명의 얼굴 위로 차가운 미소가 지나갔다.

"그럼 결행일에 뵙겠소."

두 사내는 서로에게 의미심장한 미소를 남기고 헤어졌다.

*   *   *

목자량은 뭐가 그리 좋은지 아침부터 미소가 가득했다.

"난 정말 대단해. 그렇지 않나?"

"……."

죽 총관의 얼굴은 다소 굳어 있었다. 목자량이 말했다.

"내 성질머리도 문제긴 하지. 뭐든 내 손바닥 안에서 놀아야 마음이 놓이니까."

"…현조가 죽을지도 모릅니다."

"그릇이 그것밖에 안 된다면 다른 대용품을 찾으면 돼."

"……."

목자량은 화제를 돌렸다.

"개파식 준비는 잘돼가나?"

"예."

"하나도 빠짐없이 첩지를 돌렸겠지?"

"각 문주들에게 직접 전하라 일러두었습니다."

"오지 않거나 대리인을 보내는 경우는 따로 적어두도록."

“알겠습니다.”

죽 총관이 고개를 숙이며 대답했지만 목자량은 표정이 살짝 변했다.

“자넨 뭔가 마음에 들지 않는 것 같군.”

“아닙니다, 가주님.”

“난 자네가 그 기녀에 관한 정보를 명아보다 늦게 가져온 것도 탐탁지 않아.”

언젯적 일인데 그걸 기억하고 있단 말인가. 죽 총관은 고개를 숙이며 담담히 말했다.

“알고 있습니다.”

“한 번만⋯ 넘어가 주는 거야. 자넨 아직 쓸모가 많으니까.”

“예.”

소매 속에 감추어진 죽 총관의 주먹이 살며시 떨렸다.

＊　　＊　　＊

현조는 오랜만에 대장간에 들러 나락을 맡겼다. 최근 목자량의 명에 따라 문파들을 정리하러 다니느라 날을 세울 시간이 없었기 때문이다.

이제 당분간은 누군가와 싸울 일도 없을 테니 한가할 때 날을 새워두려는 것이다. 대장간에서 나온 현조는 하늘을 올려다보며 중얼거렸다.

"오늘은 소향에게 들러야겠군. 많이 심통 나 있겠지?"

그는 품속에 손을 집어넣어 꽤 비싸 보이는 장신구를 하나 꺼내었다. 비취로 만든 목걸이였는데 살 때 돈이 부족하여 이각에게 빌려야 했다.

그것도 '비파 타는 초선이를 소개해 주면 무이자로 빌려주마' 라는 조건하에 겨우 빌릴 수 있었다.

'아직도 초선이 타령인가? 여자 앞에선 찍소리도 못하면서' 라고 생각하던 현조는 목걸이를 한 번 내려다보며 피식 웃었다.

"그래도 도움을 받았으니 말이라도 한번 꺼내봐야겠군."

그렇게 현조는 화향루로 향했다. 그의 발걸음은 가볍기 그지없었다.

*　　　*　　　*

"잘할 수 있으리라 믿는다. 넌 그저 그 약을 놈이 마시는 차에 타 넣기만 하면 되는 거야."

"……"

소향의 눈동자가 심하게 흔들렸다. 채석문은 다시 한 번 독촉했다.

"네 아비가 어떻게 죽었는지 잊었느냐?"

어찌 잊었겠는가. 아비인 줄 몰랐을 때도 그의 죽음은 충격적이었다. 소향은 눈을 질끈 감았다.

"…할게요."

하고 싶지 않았다. 사실 처음엔 아비가 죽었다는 말을 듣고도 놀라지 않았다. 아비 없는 자식으로 핍박받고 자란 탓이었다.

가슴 한구석이 약간 저릿했지만 슬프지 않았다. 그러나 그 아비가 자신을 아끼던 손님이었고, 수년간 자신의 뒤를 봐주었다는 걸 알게 된 순간,

딸 앞에서 자신을 아비라 알리지도 못한 채 그저 금음을 듣는 것만으로도 행복해했다는 걸 알게 된 순간,

그저 저릿하기만 하던 가슴이 찢어지는 듯했다.

그리고 그 아버지가 죽던 그날 그 자리에 자신이 있었다는 게 너무도 한스러웠다. 왜 그때 그 자리에 있었는지…….

그 자리에 없었다면 현조를 만날 일도 이렇게 괴로워할 일도 없었을 텐데…….

아비에 대한 슬픔도 슬픔이었지만 현조에 대한 연민도 컸다. 무엇보다도 그녀는 그를 사랑한다.

차라리 현조를 몰랐다면, 그의 비참한 과거를 듣지 않았다면 좋았을 것이다. 그랬다면 천륜을 따를 것인지 아니면 인연을 따를 것인지 고민할 필요가 없었을 테니까.

그러나 둘 중 어느 하나를 버리더라도 그녀에게 있어선 잔

혹한 일일 뿐이다.

하지만 그녀는 결국 선택을 해야 했다. 그것이 비록 채석문에 의한 강요 때문일지라도 그녀는 선택할 수밖에 없었다. 그게 죽은 아비에게 해줄 수 있는 유일한 일이었기 때문이다.

"왜 그래? 얼굴이 안 좋아 보이는데?"

"아무것도 아니에요."

소향은 어색하게 웃으며 차를 따랐다. 그리고 그의 얼굴을 조용히 응시했다. 언젠가부터 그의 얼굴은 자신의 앞에서만 밝아졌다. 처음 만났을 땐 항상 심각한 듯, 자기 혼자 세상 근심을 다 짊어진 것처럼 굳어 있었는데 지금은 또래의 청년들과 다름없는 순수하고 듬직한 미소를 자주 보여준다.

아마 이것이 그의 본모습이리라.

그녀는 자신이 따라 준 차를 마시는 현조의 얼굴을 바라보며 눈에 가득 고인 눈물을 훔쳤다.

"눈 아파?"

"아니에요. 그런데 차는… 어때요?"

애써 부정한 그녀가 미소와 함께 물었다. 여전히 눈물이 나려 했지만 참기 위해 애썼다.

"응? 평소와 다르지 않은데? 새로운 차야? 난 차 맛은 모른댔잖아."

아직 눈에 눈물이 고여 있어서 이상할 텐데 이 남자는 여전히 둔했다. 소향은 준비해 둔 말을 꺼내기 시작했다. 채석문이 외우라고 했던 말이다.

"현 가가, 할 말이 있어요."

"응, 뭔데?"

"아이를… 가진 것 같아요."

현조의 표정이 굳었다. 비록 거짓말이긴 했지만 그의 그런 반응에 그녀는 조금 서운해졌다. 그러나 그 서운함은 오래가지 않았다. 현조가 대뜸 그녀를 안아버린 것이다.

"어머!"

깜짝 놀란 그녀의 귓가로 현조의 떨리는 음성이 파고들었다.

"…정말이야?"

"…예."

그녀가 그리 대답하자 현조의 팔에 힘이 들어갔다. 그러자 그녀가 힘들어하는 목소리로 말했다.

"아파요, 가가."

"아, 미안."

소향에게서 떨어진 현조는 그녀의 어깨를 쓰다듬으며 물었다.

"괜찮아? 어디 아픈 덴 없고?"

그녀가 고개를 끄덕였다. 애초에 거짓인데 어디가 아프겠는가. 그보다 안절부절못하는 그의 모습이 생소했다.

그의 손이 그녀의 볼에 와 닿자 소향은 자신도 모르게 눈을 감고 감촉을 즐겼다. 현조의 부드러운 목소리가 다시 한 번 귀를 파고들었다.

"내가… 좋은 아비가 될 수 있을까? 소향도 알겠지만 난 아버지 없이 자라서 뭘 몰라."

소향은 그의 목소리에서 그가 꽤 기대에 차 있음을 알 수 있었다. 그녀가 대답했다.

"가가는 훌륭한 아버지가 될 수 있을 거예요."

이 모든 게 진실이라면 좋을 거라 생각했다. 하지만 이것은 그저 복수를 위한 추악한 음모일 뿐이다.

후회되기 시작했다.

그에 대한 연민과 사랑이 다시 마음 위로 떠오른 것이다. 아니, 애초에 가라앉은 적이 없었다.

그가 자신을 꼭 껴안아주었을 때 느꼈던 심장의 고동과 그의 떨리는 목소리,

어쩔 줄 몰라 하는 그의 표정과 기대에 가득 찬 눈동자,

모든 것이 그녀에겐 사랑스럽게만 보였다.

현조가 들뜬 목소리로 말했다.

"그래… 그래야 해. 그러려면 여기서 살면 안 돼. 소향, 우리 떠나자."

"네?"

"떠나는 거야. 내 양부(養父)가 얼마나 무서운 자인지는 알

지? 우리 아기를 빼앗으려 할지도 몰라."

"설마……."

"죽어가는 우리 어머니에게 자살하라고 칼을 던져 준 사람이야. 날 괴롭히기 위해서라면 뭐든 할 인간이지."

그 정도였던가? 소향은 깜짝 놀랐다. 그의 양부가 지독한 편집광인 건 알고 있었지만 이 정도일 줄은 몰랐던 것이다.

그가 도망가자고 하는 이유도 알 수 있을 것 같았다.

"복수는… 복수는 하지 않을 거예요?"

지금 이 순간 현조의 머릿속엔 증오나 복수와 같은 단어는 말끔히 사라지고 없었다. 오직 소향과 태어날 아기에 대한 생각뿐이었다.

"너 없으면 그런 게 다 무슨 소용이야!"

그 한마디에 소향의 눈에서 눈물이 흘렀다. 그러나 그것은 감동 때문이 아니었다. 미안함, 죄책감 때문에 흘리는 눈물이었다. 이렇게 할 수밖에 없는 자신이 미워 흘리는 눈물.

"응? 왜 울어, 소향? 울지 마."

현조가 당황해하며 묻자 소향은 슬픈 미소를 보이며 대답했다.

"그냥… 기뻐서요."

하나도 하나도 기쁘지 않았다. 가슴이 너무 아파 타버릴 것만 같았다. 당장 그의 가슴에 얼굴을 파묻고 펑펑 울고 싶었다.

“이럴 게 아니지. 며칠 기다릴 수 있겠어? 준비해야 할 게 좀 있거든.”

흔들리는 그녀의 마음을 잡은 것은 그의 아비가 죽던 날의 기억이었다. 맥박을 확인하기 위해 아비의 목에 손가락을 가져다 대던 현조의 모습이 떠오른 것이다. 더불어 채석문의 냉혹한 얼굴과 당부도 함께 떠올랐다.

‘기억해라. 그놈은 네 아비를 잔인하게 죽인 놈이다.’

소향은 고개를 숙이고 아랫입술을 질끈 깨물었다.

“기다릴게요.”

“그럼 동쪽의 계월사 알지? 나흘 뒤 묘시에 그곳에서 기다려.”

계월사라면 현조와 소향이 가끔씩 들르는 사찰의 이름이었다. 둘은 그곳에 향도 피울 겸해서 나들이를 가기도 했다.

소향이 고개를 끄덕이자 현조는 그녀를 한 번 더 껴안은 후 밖으로 나갔다. 홀로 남은 그녀는 다리가 풀렸는지 의자에 쓰러지듯 앉더니 손으로 얼굴을 감쌌다. 소향의 고운 손가락 사이로 투명한 눈물이 새어 나왔다.

들뜬 마음을 감추고 화향루를 나선 현조는 곧바로 한참 전에 들렀던 대장간으로 향했다.

“어? 왜 벌써 왔나?”

“칼을 찾으러 왔소.”

대장간의 장년 사내가 눈살을 찌푸리며 답했다.

"그거 한 닷새는 걸릴 거라 말했잖은가."

"급히 쓸데가 있어서 그러오. 나중에 다시 맡기겠소."

사내는 어쩔 수 없다는 듯 고개를 저으며 말했다.

"…할 수 없구먼. 튼튼하니 부러질 일은 없겠으나 벨 때 좀 무디게 느껴질 것이네."

목검으로 바위를 베는 현조에게 그 정도 약점이야 별 무리는 없다. 하지만 생사결에서는 약간의 틈이 목숨을 빼앗기도 하는 법.

완벽한 걸 좋아하는 현조로선 살짝 불안해지는 걸 느꼈지만, 그에겐 편안히 칼날을 벼를 시간이 없었다.

대장간을 나와 마을을 벗어난 현조는 문득 비취 목걸이를 전해주지 못했음을 깨달았다. 하지만 어차피 나흘 뒤에 다시 만날 거라는 생각에 나중에 전해주기로 결정했다.

준비할 게 많은 현조의 발걸음이 점점 더 빨라졌다.

우선 가장 필요한 것은 돈이었다.

이각이 다소 황당하다는 얼굴로 물었다.

"…돈을 빌려달라고?"

현조가 대답했다.

"예, 필요합니다."

"용돈이 부족해?"

“······.”

“얼마나?”

“한··· 천 냥쯤?”

이각은 잠시 말을 잃었다. 그는 한참 현조의 눈을 들여다보다가 결코 장난이 아님을 깨닫고 입을 열었다.

“저기··· 나보다 너네 집이 더 부자거든?”

“이곳에는 손 벌리고 싶지 않군요.”

“무슨 일인데? 말해봐.”

현조는 뒤통수를 긁적이며 쑥스러운 듯 이각과 눈을 마주치지 못했다.

“···소향이 아이를 가졌대요.”

“컥!”

“그래서 떠나려고요.”

“이··· 이······.”

이각은 이마 한쪽에 핏줄이 튀어나올 만큼 분노했다.

현조는 이해가 갔다. 애써 무인으로 키워놓았더니 기녀랑 눈 맞아 도망간다면 자신이라도 분노가 치솟았을 것이다. 그렇기 때문에 한 대 맞아줄 의향도 있었다.

때마침 이각의 분노가 폭발했다.

“이!! 부러운 놈!!”

“잉?”

맞을 걸 대비해 눈을 질끈 감고 있던 현조는 예상외의 반응에 눈을 살짝 떴다.

"이… 이… 나는 이날 이때껏 여자 손도 못 잡아봤는데 네 놈은 그 나이에 벌써 애 아빠란 말이냐!! 우어어어!! 불공평해!!"

"……."

이 사람에게 뭘 기대했던 걸까.

현조는 고개를 저으며 말했다.

"어쨌든 좀 빌려줘요."

곧 울 것 같은 얼굴로 폭주하던 이각이 고개를 휙 돌리며 말했다.

"없어!! 흥!!"

"왜 그래요? 나 가르칠 때 선금으로 만 냥쯤 받은 거 다 아는데. 여기서 숙식 제공 다 해주는데다 애인도 없으니 어디 썼을 리는 없고. 좀 빌려줘요."

"그, 그거 누가 말해준 거냐?"

"당연히 죽 총관이죠. 작년인가, 지나가는 말로 '너한테 만 냥이 넘게 들어갔으니 열심히 수련해라' 라고 하더군요."

"그 늙은이, 입은 싸서……."

"어쨌든 빌려줘요. 죽을 때 짊어지고 갈 것도 아니면서."

"아뇨! 남들이 들으면 네가 나한테 돈 맡겨놓은 줄 알겠다."

그렇게 투덜대면서도 자기 침상 구석을 뒤지는 이각이었

다. 침상 밑에서 조그만 상자를 하나 꺼내 든 그는 현조가 보는 앞에서 상자를 열어젖혔다.

그 안에서 뭔가 보석이라도 나올 거라 기대했던 현조는 종이 뭉치가 들어 있자 얼굴에 실망의 빛이 돌았다.

이각이 그러한 그의 머리통을 쥐어박으며 말했다.

"전표 처음 보냐?"

"아……!"

자세히 보니 백 냥짜리 전표가 상자 가득 들어 있었다.

"이렇게 돈 많은 사람이 전에 열 냥 빌려달랄 때 그렇게 벌벌 떨어요?"

"쩝, 무인도 먹고는 살아야 하니까."

그리 말한 이각은 곰 같은 덩치에 안 맞게 전표를 하나하나 세더니 정확히 열 장을 현조에게 건네주었다.

"바보는 아니니 돈의 가치 정도는 알고 있을 테지? 천 냥이다. 어느 시골 마을 들어가서 집 한 채에 농사지을 땅 몇 마지기 사도 구백 냥은 족히 남을 거야. 하지만 돈 많다고 너무 과하게 쓰면 소문이 돌게 되고, 소문이 돌면 행적이 밝혀지겠지? 죽 총관 발바닥이 생각보다 넓으니까 걸리면 도망 다니느라 바빠질 거야. 인생을 마누라랑 도망 다니며 보내기 싫다면 낭비하지 말고 조용히 살아. 돈 따위는 안 갚아도 되니까."

그의 진심 어린 충고에 현조는 가슴 한구석이 따듯해져 오는 것을 느꼈다. 마치 죽은 구 노인이 돌아온 것 같달까?

"…고마워요."

"뭘 이런 거 가지고. 그런데 복수는 포기한 거냐?"

현조는 소향에게 해주었던 대답을 이각에게도 비슷하게 해주었다.

"소향과 아기를 위해서라면… 다 잊겠어요."

어찌 그 원과 한을 다 잊겠는가. 절대 잊을 수 없을 것이다. 하지만 태어날 아기에게까지 자신의 원한을 물려주고 싶지 않았다. 모든 것은 자기 손에서 끝내야 하는데, 당장 목자량을 죽일 수 있는 게 아닌 한 소향과 뱃속의 아기를 위해서라도 복수는 포기하는 것이 옳았다.

"그래, 잘 생각했다. 하지만 알아둬. 사내로 태어나 처자식 지키는 건 복수보다도… 무공 수련보다도 더 어려운 일이야. 아니, 세상 무엇보다도 우위에 있는 거지. 지 잘난 맛에 사는 십존구마의 대부분이 미혼인 것도 괜한 게 아니라고. 그러니까 잘해."

"그러기 위해서라도 무공은 계속할 생각이에요."

"그래, 딱 하나만 잊지 마. 고된 수련은 널 배신하지 않는다는 거."

그리 말한 이각은 오른팔을 들어 현조의 눈앞에 갖다 댔다. 그러자 현조 역시 오른팔을 들어 이각의 팔에 교차하듯이 갖다 붙였다. 그들만의 인사였다.

　　　　　*　　　　*　　　　*

　사흘이 쏜살같이 흘렀다.

　채석문은 먹구름이 낀 하늘을 올려다보며 읊조리듯 말했다.

　"비가 올 것 같군."

　그의 곁에서 검을 닦던 목명 역시 그의 말에 하늘을 보았다.

　"불길한데……."

　"걱정 말게. 잘될 테니까. 이번만큼은 놈도 절대 빠져나갈 수 없어."

　목명은 하늘에 고정한 시선을 거두지 않고 그에게 물었다.

　"일이 끝나면……."

　"알고 있네. 내 조카를 자네에게 주지."

　조카라 함은 소향을 뜻하는 것.

　그녀는 현조를 잡기 위한 거래의 도구이기도 했으나, 채석문이 앞으로 천왕련에 몸을 의탁하는 데 필요한 공물이기도 했다. 천하의 채석문이 질녀를 팔아먹을 만큼 타락하게 된 데는 현조도 한몫하였지만 무림맹으로부터 팽당할 거라는 위기의식이 더 컸다.

　하지만 하늘이 그를 버리지 않았는지 목자량의 명을 받고 현조와 소향을 감시하던 목명이 그의 눈에 들어왔다.

질투심과 증오에 사로잡힌 목명에게 손을 뻗은 것은 바로 채석문.

현조에게 용검당의 수하들을 전원 잃은 터라 육검문에서의 권력마저 위태롭던 채석문은 협력자가 필요했다.

무림맹 적룡대의 부대주였다는 과거는 새로 개파식을 치를 천왕련의 입장에서 볼 때 매우 훌륭한 경력 사항이므로 목자량과의 거래에 도움이 될 거라 여겼다.

그래서 그는 목명을 통해 목자량에게 요구했다. 자신이 천왕련에 들어갈 테니 현조를 칠 기회를 한 번만 더 달라는 내용의 요구였다.

도존이야 여전히 현조의 실력을 믿고 있겠지만 상관없었다.

자신이 원하는 것은 어디까지나 복수.

이제껏 누군가에게 빚을 지고 산 일이 없었다. 그게 은혜든 복수든 확실히 갚아주어야만 했다.

그런 의미에서 목명은 훌륭한 조력자였다. 구하기 힘든 독을 제 아비 몰래 구해온 것도 그렇고, 현조의 습관이나 행동 반경 등도 묻지도 않았는데 먼저 알려줬다.

"가열."

채석문이 조용히 누군가를 부르자 뒤편에서 왼팔이 없는 무사가 하나 나타나 고개를 숙였다.

채석문은 그를 향해 다시 말했다.

“다 되었나?”

“예.”

대답하는 곽가열의 뒤로 네 명의 무사가 조용히 나타났다. 그들은 용검당원이 아니었다. 용검당원은 곽가열과 채석문 단둘만이 남았기 때문이다. 이들은 무림맹 출신인 나머지 네 개 당의 새로운 당주들이었다.

그날 현조와 천리투광, 그리고 견랑대의 살수들에 의해 네 명의 당주가 모두 죽었다. 지금 이들은 그들의 부관이던 자들이다. 그런 이들이 복수를 위해 뭉쳤다. 형제와도 같은 동료들이 죽고 모셔야 할 당주까지 죽었으니 당연했다.

일전의 천라지망 때처럼 이번에도 구검당주는 제외되었다. 그가 무림맹 출신이 아닌, 순수한 육검문도였기 때문이다.

복수는 그들의 것. 상관없는 이는 배제하기로 했다.

원흉이라 볼 수 있는 목자량에게 먼저 복수하고 싶었지만 그것은 먼 훗날의 일이다. 우선은 그의 충실한 사냥개인 현조를 치는 것이 먼저 할 일이었다.

네 명의 당주와 일일이 눈을 마주치며 인사를 대신한 채석문이 목명을 돌아보며 말했다.

“자네는 낄 필요가 없네.”

그러자 목명이 고개를 저었다.

“놈이 죽는 걸 꼭 봐야겠소.”

채석문은 속으로 혀를 찼다.

'계집 때문에 가지가지 하는군. 매가 아니라 닭이었나?'

아우의 복수에 눈이 멀어 당원을 잃은 자신이 할 만한 생각은 아니었으나 그래도 탐탁지 않아 보이는 건 어쩔 수 없었다.

"보게 될 걸세."

그의 대답에 목명이 씩 웃었다.

第六章
비가(悲歌) 2

귀도

풍운

鬼刀

현조는 종일 몸이 무거웠다. 칼이라도 휘둘러 몸을 풀까도 했지만 관두었다. 해야 할 일이 아직도 많았기 때문이다.

개들의 추적을 피하기 위해 주문했던 사향 가루도 받아와야 했고 얼마간 인적을 피해 돌아다녀야 할지도 모르니 식량도 필요했다. 신강을 벗어날 만한 힘 좋은 말도 두 마리나 필요했지만 그가 원하는 말은 쉽게 찾을 수 없었다.

무엇보다 체력이 좋아야 했고, 말을 타본 일이 없는 아녀자도 쉽게 탈 만한 성격 좋은 말이 필요했다. 자칫 말의 더러운 성격 때문에 발목이 잡힐 수도 있었기 때문이다.

“오라버니.”

“응?”

등 뒤에서 들려온 목소리에 현조는 자기 자신에게 의문을 표하며 몸을 돌렸다. 그곳에는 이제 열두셋 정도 된 듯한 병약해 보이는 소녀와 현조와 비슷한 또래의 늘씬한 체구의 미녀가 서 있었다. 소녀는 목진령이었고, 늘씬한 미녀는 바로 수아였다. .

'내가 기척을 못 느끼다니… 많이 피곤한가?'

아닌 게 아니라, 수아는 현조가 몸을 돌리자 눈을 동그랗게 뜨고 살짝 놀란 표정을 지었다. 눈 밑이 퀭하고 안색이 어두운 것이, 병에라도 걸린 사람처럼 보였던 것이다.

다행히 목진령은 맹인이라 그런 수아의 표정도, 현조의 안색도 보지 못했다.

“무슨 일이냐?”

조금은 까칠하게 입을 연 현조는 말을 꺼내놓고도 아차 했다.

'이젠 진령에게 이럴 필요 없는데……'

그가 다시 말했다.

“무슨 일이지?”

그의 목소리에서 변화를 읽은 목진령의 얼굴이 환해졌다.

“이거…….”

목진령은 들고 있던 작은 상자를 현조에게 내밀었다.

“뭐지?”

“각이 아저씨한테 들었어요. 그래서… 선물이에요.”

현조는 조금 망설이다 상자를 받아 들었다. 떠나려 마음먹었을 때 가장 마음에 걸린 것이 바로 진령이었다. 본의는 아니었어도 동생에게 준 상처를 풀어주지 못하고 떠나는 듯하여 미안했던 것이다.

먼저 다가가는 것을 잘 못하는 현조로서는 이렇게 자신을 잊지 않고 다가와 준 진령이 고맙기 그지없었다.

“고맙다, 령아.”

현조는 예전처럼 동생의 머리를 쓰다듬어 주고 수아에게 눈으로 부탁했다. 그의 눈빛에 담긴 뜻을 알아챈 수아는 고개를 끄덕이며 진령을 이끌었다. 진령은 보이지도 않을 텐데 현조가 있는 방향으로 계속 고개를 돌리며 손을 흔들었다.

진령과 수아가 사라지자 현조는 상자를 열어보았다.

손바닥만 한 상자 속에는 손톱만 한 환약이 차곡차곡 쌓여 있었는데, 이는 현조도 아는 것이었다. 의각의 각주가 제법 아끼는 내상약으로, 효과가 아주 뛰어난 것이었다.

내상에도 좋지만 속병에도 좋았다. 예전에 자신이 사는 별채의 음식을 전담하는 숙수가 있었는데, 그 숙수의 아내가 임신했을 때도 이 내상약을 먹고 심한 입덧을 멈췄던 기억이 있다.

그러고 보니 진령에게 그 얘기를 해주었던 것이 자신이다.

아마도 그 얘기를 기억하고서 이 약을 얻어온 것이리라.

현조는 진령의 마음씀씀이에 다시 한 번 고마움을 느꼈다.

쿠르릉!

남쪽에서 들려오는 천둥소리에 하늘을 올려다본 현조는 조용히 중얼댔다.

"비가 오겠군. 서둘러야겠다."

*　　　*　　　*

푸드드득!

"놈이 마을로 나왔습니다."

곽가열이 새 소식을 가져온 비둘기를 풀어주며 보고하자 옆에서 듣던 목명이 살기 어린 눈빛으로 일어서려 했다.

그런 그를 채석문이 잡았다.

"아직… 아직은 그냥 두고 봐야 하네. 몰이사냥의 기본이지."

"그러다 놓치면 어쩌란 말이오?"

"놓칠 수가 없네. 설사 놓친다 하더라도 마지막엔 비장의 패가 남아 있으니 괜찮을 걸세."

"……"

저리 자신만만해하니 목명으로선 따를 수밖에 없었다.

그가 자리에 앉자 어깨 위로 물방울이 떨어졌다.

툭, 투툭.

쏴아아아아!

비가 오기 시작한 것이다.

"정말 불길하군."

목명이 낮게 중얼거렸다. 오늘만 벌써 두 번째 내뱉는 말이었다.

*   *   *

비가 오면 냄새가 지워지니 굳이 사향 가루를 살 필요는 없었다. 그래도 이왕 샀으니 비가 그쳤을 때를 대비해서 가지고 가기로 했다. 팔뚝만 한 가죽 주머니에 든 사향 가루는 별로 무겁지도 않았는데 은자로 열 냥이나 했다.

식량을 담아 갈 가죽 포대 네 개와 함께 인근의 마장에서 사 온 말의 안장 위에 올렸다.

하늘이 벌써 어둑한 것이, 서둘러야 할 것 같았다.

계월사까지는 말을 타고도 세 시진은 족히 걸린다..

묘시(오전5~7시)까지 당도하려면 모든 준비를 빨리 끝내고 늦어도 자시(밤11~오전1시)에는 출발해야 한다.

의심을 피하기 위해 일단 집에 들른 후 밤에 빠져나와야 하기 때문에 식량이 빨리 준비되어야 했다.

다급해서 그런지 무겁던 몸이 더 무거워진 느낌이었다.

식은땀도 났지만 차가운 빗물에 씻겨 현조 자신도 알아채
지 못했다. 지금 그의 모습은 병자의 그것이나 다름없었다.

*　　　*　　　*

"놈을 집에 들어가도록 놔두는 것이오?"

"다시 말하지만… 걱정 말게. 모든 것이 완벽하네."

목명이 답답하다는 얼굴로 말했다.

"그렇게 완벽해서 저번에 그렇게 당했소?"

"그건 그 잘난 자네의 숙부와 사냥개들(견랑대) 때문이지
않았나. 계획 자체는 문제가 없었다네."

"…이번에도 숙부와 견랑대가 나선다면?"

"그랬다면 자네 아비가 자넬 불렀겠지."

채석문은 느릿느릿 걷는 현조의 뒷모습을 보며 다시 말했
다.

"만공화(漫空花)의 효력이 나타나기 시작했네. 자네가 구해
왔으니 알아볼 건 이미 알아봤을 테지?"

확실히 그 약이라면… 결코 무사하지 못할 터. 만공화의 효
력을 누구보다 잘 아는 목명은 한숨을 내쉬며 대답했다.

"휴, 알았소."

*　　　*　　　*

자시가 되자 현조의 눈이 번쩍 뜨였다.

별채의 불을 끄고 한 시진이 지난 후였다. 그는 조심스레 밖으로 나갔다. 이각과는 이미 작별 인사를 나눴고 목진령과도 마음의 고리를 풀었다.

굳이 다시 찾아 인사를 할 필요는 없다. 그저 그들이 머무는 별채가 있을 만한 방향으로 눈인사를 한 번 할 뿐이었다.

언젠가 인연이 된다면 다시 만날 것이다.

조심스레 장원을 빠져나온 현조는 가려던 반대 방향으로 길을 잡고 빙 돌아서 산을 벗어났다.

그리고 말들을 맡겨두었던 인근 농가로 찾아가 사례를 하고 말을 찾아갔다.

한참 말을 달려 장원 근처에서 멀어지자 그제야 속도를 줄였다. 말의 체력을 안배하는 것도 중요했다.

아무리 빠르고 힘 좋은 말이라도 쉬지 않고 달리면 탈수로 죽는다. 현조는 말들을 천천히 걷게 했다.

그렇다 해도 사람의 걸음보단 빠르니 정해진 시간 안에 도착할 것이다. 비가 아직 그치지 않아 날씨가 쌀쌀했지만 그녀와의 미래가 기대되어서인지 추운지를 몰랐다. 그러나 그것이 정상이 아님은 깨닫지 못했다.

신강의 겨울 추위는 초겨울일지라도 뼈를 부수고 살을 찢는다. 더군다나 어쩌다 한 번 오는 비까지 쏟아지는 중이다.

그런데도 추운 것을 느끼지 못한다는 것은 몸에 문제가 있음을 뜻했다.

아마 앞을 가로막는 일단의 무리가 아니었다면 현조는 자신의 몸에 대해 심각히 고찰해 보았을 것이다.

맨 앞쪽에 익숙한 자들의 얼굴이 보였다.

"채석문… 목명."

시끄러운 빗줄기 속에서도 현조의 중얼거림이 들렸던 것일까? 채석문이 짐승을 닮은 미소를 내비치며 말했다.

"오늘 네놈과의 은원을 정리하겠다."

"왜 하필 오늘인 거지? 그냥 나중에 하면 안 될까?"

"도망가려던 거 아닌가?"

"…어떻게 알았지?"

채석문이 음흉하게 웃으며 말했다.

"크크, 계월사라……. 그년의 미색이 고우니 내 부하들이 호강하겠군. 내가 갈 걸 그랬나?"

물론 이것은 현조를 도발하기 위한 거짓이었다. 그가 자신의 질녀를 팔아먹긴 했어도 다치게 할 만큼 막장이진 않았다.

하지만 현조의 안색이 굳어지게 하기에는 충분했다. 현조는 조용히 말에서 내려 허리춤의 나락을 뽑아 들었다. 도갑에 흘러든 빗물로 인해 평소보다 더욱 섬뜩한 금속의 마찰음이 채석문과 목명의 귓가를 때렸다.

현조는 무복의 소맷자락을 길게 찢더니 나락의 칼자루를

쥔 오른손을 동여매기 시작했다. 절대 칼을 놓지 않겠다는 듯.

현조가 이를 갈며 한 자 한 자 또박또박 말했다.

"비키지 않으면 죽는다."

아주 나직한 소리였으나 채석문과 그 무리가 듣기에는 무리가 없었다. 그러나 그들 중 어느 누구도 현조의 박력에 기가 죽지 않았다. 경험이 적은 목명만이 안색이 굳은 채 뒤로 물러났을 뿐이다.

채석문이 말했다.

"우리와 싸울 시간이 없겠지? 아주 다급할 게야. 임신한 연인이 위험한데 다급하지 않을 리가 있나. 어서 가라. 우린 너와 정면 승부할 만큼 머저리가 아니야. 그저… 널 사냥할 뿐이지. 한 가지 규칙이 있다면 이거다. 네가 정한 대로 묘시까지 그녀에게 무사히 도착한다면 우리의 사냥은 끝이 날 테고, 더 이상의 은원도 없겠지. 반면에 네가 사냥 도중 죽거나 제시간에 도착 못한다면 너도 그녀도 둘 다 무사하지 못할 것이다. 그녀를 살리고 싶다면 빨리 뛰는 게 좋을 거야."

"……."

현조는 채석문의 제안에 따를 수밖에 없음을 깨달았다.

지금 자신을 가로막고 있는 이들 하나하나의 기세가 보통이 아니다. 실력은 모르겠지만 그 기백과 살기가 대단했던 것이다. 현조는 초조해지기 시작했다.

채석문의 말대로 저들은 결코 정면 승부를 하지 않을 것이다. 설사 하더라도 저들을 상대하느라 이곳에서 지체했다간 그의 부하들에 의해 그녀와 뱃속의 아기가 위험해진다.

결정은 순간이었다.

갈등할 여유도 없으니 채석문의 제안에 따른다. 사냥을 원한다면 사냥감이 되어주겠단 뜻이다.

현조는 다시 말의 고삐를 잡고 올라타려 했다.

팍! 팍!

히이잉!

어디선가 날아온 화살이 두 마리 말의 목에 꽂혔다. 말의 비명이 현조에겐 절망과도 같았다.

채석문의 비웃음이 들렸다.

"누가 말을 타도 된다고 했는가? 좋은 경공 놔두고 쓸데없는 짓은 하지 말도록."

경공, 물론 자신있다. 심혈을 기울여 배웠으니까. 하지만 계월사까지 경공을 펼치라 하면 자신없었다.

그래도 일단 뛰기 시작했다.

현조가 쏜살같이 경공을 펼쳐 사라지자 채석문이 수하들을 향해 말했다.

"일다경 후에 쫓는다. 놈에게 사냥당하는 공포를 철저히 알려줘야 한다."

목명이 당황한 얼굴로 그에게 물었다.

“이미 보이지도 않는데 어찌 쫓는단 말이오?”

“화살이 어디서 날아왔겠는가?”

그의 말에 목명이 주변을 둘러보았지만 활을 든 무인은 단 한 명도 없었다.

“내 수하 중엔 비 오는 밤에도 칠십 보 밖에서 화살로 사람 이마에 구멍을 뚫을 수 있는 자가 있지. 추적에도 달인이라 이미 그놈을 쫓기 시작했어.”

“…알았소.”

목명은 소름이 돋는 것을 느꼈다. 이렇게 용의주도한 자에게서 그동안 현조가 어떻게 살아남았을까 궁금해지기까지 했다.

목명의 마음을 아는지 모르는지 채석문이 홀로 중얼거렸다.

“그리고 경공을 펼칠수록 신호가 빨리 오겠지.”

“컥!”

폐가 굳는 듯한 통증에 현조는 경공을 멈추었다. 경공을 멈추자 근육에 힘이 빠지고 머리가 멍해지는 것 같은 증상이 뒤따랐다. 하지만 그 같은 증세는 아주 잠시였다.

호흡과 힘이 돌아오자 현조는 낮은 목소리로 중얼거리며 다시 경공을 펼쳤다.

“그때처럼 주화입마라도 걸린 걸까?”

*　　　*　　　*

　저 멀리 요동 인근의 이름 모를 산에서 나는 희귀한 꽃인데 이것의 뿌리와 잎사귀에는 마취 성분이 있다. 때문에 보통 뿌리와 잎을 갈아서 약재로 쓰인다. 하지만 너무 많은 양을 쓰면 폐 기능이 마비되고 환각이나 환청이 들리기도 한다.

　문제는 이것의 발동 시간을 조절할 수 있다는 것인데, 철관음이란 차에 일정량을 섞어 넣게 되면 최소 이틀에서 많게는 닷새 정도로 약의 발동 시간을 조절할 수 있었다.

　이러한 특징 때문인지 좋지 않은 일에 종사하는 자들, 즉 살수들이 자주 사용하는 '독'으로 유명했다.

　특히 무인에게는 산공독과 같은 효과가 있어서 폐뿐만 아니라 근육의 힘도 앗아가기 때문에 복용 시 매우 주의가 필요한 약이었다.

　쏴아아아!

　빗물이 체온을 앗아갔지만 현조는 쉬지 않고 달렸다. 가끔씩 밀려오는 현기증과 근육의 마비, 그리고 초점이 잡히지 않는 눈. 그가 알기로 이 같은 증상은 중독이었다.

　언제 중독되었단 말인가.

　남에게 의심받지 않기 위해 각별히 주의하고 또 주의했건만 어디서 실수한 것인지 알 수가 없었다.

촤악.

빗물을 꿰뚫는 소리.

놀란 현조가 어렵사리 허리를 틀며 날아오는 화살을 잘랐다.

"벌써 쫓아온 건가?"

궁사는 어디 있지? 눈을 가늘게 뜨고 사방을 돌아보았지만 보이지 않았다. 최소한 삼십, 아니, 화살에 실린 힘을 봐선 오십 보 밖에서 쏜 것 같았다.

이 야밤에 빗속에서 눈으로 볼 수 있는 거리는 아니었다.

그런데 궁사는 자신을 볼 수 있다? 적들 중에 굉장한 궁사가 한 명 끼어 있는 것이 분명했다.

"제길."

분한 마음에 아랫입술을 꽉 깨물었다. 정말 사냥당하고 있는 것이다. 궁사가 몰이꾼이라면 뒤에서 쫓아오는 이들은 사냥꾼.

그때 사정없이 쏟아지는 빗줄기를 뚫고 은색의 검날이 목 아래로 파고들었다. 대경실색한 현조는 뒤로 눕다시피 하며 고개를 젖히고 검이 날아온 방향을 향해 발차기를 먹였다.

본능적인 일격 뒤에 뼈 부러지는 감촉과 누군가의 신음이 뒤따랐다.

땅은 이미 진흙탕으로 변한 지 오래라 자신의 주변으로 살살 모여드는 적들의 발자국 소리가 귓가를 때렸다.

다른 때 같았다면 먼저 알고 공격했을 텐데 조금만 방심해도 기척을 놓치기 일쑤였다. 방금 전의 일검도 평소라면 결코 허락하지 않았을 공격. 그러고 보니 언제부턴가 추위도 느껴지지 않았다. 검날에 스친 부분이 서늘해 만져 보았더니 피가 묻어 나왔다. 피는 빗물에 금방 씻겨 나갔지만 이것이 뭘 의미하는지 알 수 있었다. 감각을 잃어가는 중인 것이다.

"미친……."

이각에게 배운 기억을 더듬어보아도 산공독 종류에 당한 것이 틀림없다. 산공독은 대개가 강력한 마취 효과를 가져오기 때문이다.

칼을 쥔 오른손에 힘을 주어보았다. 아직 힘이 들어간다.

빗줄기를 뚫고 익숙한 목소리가 들렸다.

"이런, 이런. 겨우 여기까지밖에 오지 못했나? 이거야 원… 사냥할 맛이 안 나는군. 견랑대의 사냥개들도 함께 몰아넣을 걸 그랬나? 그것들도 함께였다면 혼자 다니는 개새끼보단 나았을 텐데 말이야."

채석문이었다. 현조는 그의 목소리가 들려오는 방향을 향해 말했다.

"그런 개새끼에게 팔을 잘린 게 누구였더라?"

"크크크, 그렇기도 하군. 자, 계속 발버둥 쳐라. 결국 바뀌는 건 아무것도 없을 테니."

철퍽—

진흙탕이 발의 압력에 반응하여 내는 소리.

현조의 귀가 살짝 꿈틀거렸다. 이번엔 확실히 잡아냈다.

그대로 허리를 돌려 칼을 횡으로 휘둘렀다. 빗물의 장막 사이로 붉은 물이 솟구친다. 비명은 없었다.

채석문은 수하 한 명이 단칼에 명을 달리한 것을 보고 생각했다.

'아직인가? 만공화의 약 기운이 돌기 시작하면 움직일 수조차 없을 텐데……. 혹 소향이 이년이 실패한 건…….'

그는 고개를 저었다. 아니다. 분명 몸놀림이 뛰어나긴 하지만 어딘가 불안정하다. 저렇게 쉽게 접근을 허용할 실력이 아닌 것이다. 저리 쉬웠다면 이전의 천라지망에서 죽일 수 있어야 했다.

분석을 마치고 섬뜩한 미소를 짓던 채석문은 손가락을 튕겼다. 그러자 현조에게 다가가던 이들이 다들 한 발작씩 물러섰다. 다시 도망갈 틈을 준 것이다. 원래 사냥이란 사냥감을 지치게 하는 것이 원칙. 힘이 빠지길 기다려야 한다.

현조는 그 같은 틈을 거부하지 않았다. 그들의 의도를 명확히 알았지만 소향을 위해서라면 어쩔 수 없었다.

등 뒤로 채석문의 목소리가 들렸다.

"지금 몸이 많이 힘들지? 누가 독을 탔나 싶겠지? 가는 동안 잘 생각해 봐라. 의외로 기억해 내기 쉬울 테니까."

누군지는 짐작하고 있다. 아까 채석문과 함께 있던 목명의 모습을 보았으니까. 평소 자신을 싫어하던 녀석이니 동기는 충분했다. 더군다나 채석문과 손까지 잡은 놈 아니던가.

이성적으로는 그렇게 결론이 났지만 가슴에선 그게 아니라고 외치고 있었다. 뭔지는 모르겠지만 분명 자신이 놓친 것이 있었다. 하지만 점점 숨이 차오고 먹물이 번지듯 흐릿해지는 시야로 인해 생각을 길게 하기 힘들었다.

계월사로 향하는 걸 알기로도 하는 걸까? 그들은 종종 길목에서 기다렸다가 기습적으로 공격해 상처를 입혔다. 결코 서두르는 일이 없었다. 일단 작은 상처라도 하나 내면 도망치기 바빴던 것이다. 현조도 소향에 대한 걱정과 독 기운의 발작으로 인해 그들을 쫓을 여유는 없었다.

"하아, 하아……!"

다 쓰러질 것 같은 폐가의 귀퉁이에서 잠시 쉬었다. 벌써 두 시진쯤 달렸건만 얼마나 왔는지 감도 안 잡혔다.

손의 감각이 점점 희미해져 갔다. 얼마 안 있으면 칼을 쥐었는지도 모를 것 같았다. 해서 놓치지 않기 위해 동여맨 천의 끝을 이빨로 물고 잡아당기며 더욱 압박했다.

작은 수고였음에도 숨이 헐떡거렸다. 폐가 굳어가는 듯한 기분이랄까.

펑―!

다시 한 번 들리는 파공음. 현조가 급히 고개를 숙이자 폐가의 토벽에 화살이 박혔다.

몸 상태 때문에 자기 기척을 지울 여지도 없었다. 당장 거칠어진 호흡 때문이라도 위치가 발각되기 쉬웠다.

저들은 잠시 쉴 틈조차 주지 않았다.

"젠장."

폐가 안쪽으로 들어가 반대쪽 토벽을 뚫고 나온 현조는 그대로 경공을 펼쳐 달렸다. 하지만 정면에서 익숙한 얼굴과 함께 익숙한 도법이 튀어나왔다.

"천뢰명광도(天雷明光刀)! 우운뢰(雨雲雷)!!"

꽝!!

골을 울릴 만큼 강렬한 일격!

현조는 뒤로 일 장이나 물러나야 했다. 아니, 밀려났다. 오른손을 묶어놓지 않았다면 지금의 일격에 나락을 놓쳤을 것이다. 충격으로 다소 헐렁해진 천을 다시 한 번 이빨로 물어 잡아당긴 현조가 눈앞의 상대를 노려보며 말했다.

"목명."

"그래, 천한 놈. 목숨이 질기구나."

"너와는 별 유감이 없는데, 왜지?"

"몰랐냐? 난 옛날부터 네가 싫었어."

"그 정도는 알고 있었지만 날 죽이고 싶어하는 정도인 줄은 몰랐다."

그랬다. 목명과 현조는 껄끄러운 사이. 정확히는 목명이 그를 싫어하는 것이었지만 지금처럼 목숨을 노릴 만큼 나쁜 것은 아니었다. 사석에서 어쩔 수 없이 만나면 대화도 가끔 나눌 정도였다. 현조가 아무리 생각해 봐도 이럴 만한 이유가 없었다. 있다면 목자량 때문이랄까?

"목자량 때문인가?"

"길러준 분 이름을 너무 막 부르는군."

"사육된 거지. 그는 날 사냥개로 생각한다. 견랑대와 별다를 바 없어."

언제 나타났는지 채석문이 끼어들었다.

"그것들보단 고급 사냥개겠지. 적어도 그 지저분한 것들과 같이 두진 않으니까."

"어차피 개야."

견랑대와 현조는 천산목가의 입장에서 날이 잘 선 두 자루의 칼. 평상시라면 하나가 위험할 때 다른 하나가 도움을 줬을 것이다. 그러니 지금 미리 칼 한 자루를 부러뜨려 놓는 것이 나중을 위해 수월했다. 그의 복수 대상에는 견랑대도 들어 있었으니까.

"많이 생각해 보았느냐?"

독에 관한 물음일 것이다.

"……"

"이런, 아직도 모른단 말인가?"

그의 비아냥거림에 현조의 시선은 자연스레 옆에 있던 목명에게로 가 닿았다. 그러자 목명은 그의 시선을 즐기며 말했다.

"독은 분명 내가 구입했다. 하지만 그걸 내가 탔을까?"

역시 짐작했던 대로였다. 지난 사흘, 아니, 나흘간 그와의 접점이 없었다. 누군가를 시켰음이 분명하다. 하지만 자신은 시녀나 하인들과도 잘 마주치려 하지 않았다. 여행 물품을 구하느라 식사도 밖에서 했다.

"잘 생각해 봐. 너와 아주 가까운 사람이니까. 후후."

목명의 말에 현조는 진령을 떠올렸다. 그가 떠나는 것을 알고 선물을 준 것은 그 아이밖에 없었다. 하지만 곧 고개를 저었다. 진령이 건네준 내상약은 분명 진짜였으니까.

"날 혼란스럽게 할 생각이라면 관둬."

"아니. 넌 아마 짐작하고 있을 거야. 그저 인정하기 싫어서 배제하고 있을 뿐이지."

"무슨 소리냐?"

"스스로 알아내. 그리고 고통스러워해 봐. 나처럼."

순간 목명에게서 살기가 폭사되었다. 감각은 둔해졌어도 그것이 공격의 전조라는 것 정도는 알고 있었다.

빗물이 쫙 갈라지며 목명의 도(刀), 천패(天敗)가 도기를 흩뿌렸다.

쾅!!

애써 도기를 막아낸 현조의 입에서 코피가 쏟아졌다.

'제길… 호흡이 안 이어져.'

호흡이 이어졌다면 막아냄과 동시에 목명의 목을 따버리려 칼을 휘둘렀을 것이다. 겨우 호흡을 살리자 이번엔 뒤통수로 화살이 날아왔다. 고개를 옆으로 틀어 화살을 피한 현조는 그대로 몸을 돌려 화살이 날아온 방향으로 냅다 뛰었다.

"앗!"

자기에게 달려올 거라 생각하고 대비하던 목명의 입에서 당혹성이 튀어나왔다. 채석문은 이 같은 상황을 예상했는지 큰 소리로 외쳤다.

"모두 귀궁(鬼弓)을 보호해라!"

촤악—!!

가장 위험한 자를 해치우려 한 현조의 시도는 물거품이 되고 말았다. 사방에서 달려드는 아홉 무인의 압박에 부담을 느낀 것이다. 어쩔 수 없이 전면에서 자신을 향해 칼을 휘두르는 무인의 목만 베고 다시 경공을 펼쳤다.

빗줄기는 더욱더 거세어져 갔다.

*　　*　　*

소향은 초 하나 달랑 켜 있는 어두운 불당 안에 멍하니 앉아 불상만 바라보고 있었다. 아니, 정확히는 불상 아래에 있는 아비의 유골 단지였다.

호위 중이던 곽가열이 슬머시 다가와 말했다.

"연락이 왔다. 한두 시진 후면 그가 이곳에 도착할 거라는구나."

그녀는 멍한 표정을 풀지 않은 채로 고개를 끄덕였다. 곽가열은 왠지 가슴 한구석이 찡해지는 것을 느꼈다.

"원하지 않으면 하지 않아도 좋다. 어차피 우리 일이었으니까."

무엇을 안 해도 좋다는 것일까? 그녀는 대답하지 않았다. 곽가열 역시 대답을 바라지 않았다. 그저 조용히 불당 구석으로 가 밖의 동태를 살필 뿐이었다. 밖의 부하가 가져올 소식을 기다리며.

한참의 침묵 끝에 그녀가 처음으로 입을 열었다.

"아버지는 어떤 분이셨나요?"

곽가열은 작게 열린 문틈으로 밖에서 내리는 빗줄기를 구경 중이었다. 그는 고개도 돌리지 않고 대답했다.

"무뚝뚝했지. 그러고 보니 꽤 오래 알고 지냈는데도 대화는 그리 많이 해보질 않았던 거 같군. 명색이 친구였는데 말이야."

"그렇군요. 그럴 것 같았어요. 제 금을 들으러 오셔서도… 좋다 나쁘다 말씀없이 조용히 술만 들이켜셨거든요."

"…안주 안 먹었지?"

소향은 잘 기억이 나지 않아 한참을 생각해야 했다. 그녀가 '그렇다'고 하자 곽가열이 고개를 살짝 돌리며 말했다.

"네 금 타는 모습이 안주였을 거야. 세상 모든 아비들이란 다 그런 거거든."

"……."

곽가열과 소향의 대화는 거기서 끝났다. 그녀는 그에게 더 이상 아무것도 묻지 않았다. 방금 전의 한마디만으로도 아비가 자신을 얼마나 아꼈는지 충분히 느낄 수 있었기 때문이다.

조금이라도 나쁜 점을 찾아보려고 했다.

왜 엄마를 두고 떠나야 했는지, 왜 돌아오지 못했는지…….

이유를 들으니 이해가 갔다. 자신이라도 그런 사정이 있었다면 돌아오지 못했을 것이다.

결국 아비임을 부정할 수 없었다.

그녀는 슬픈 목소리로 정인의 이름을 불렀다.

"현 가가… 오지 마세요."

*   *   *

파각─!

"아악!!"

가슴뼈에 틀어박힌 나락의 칼날이 비명을 이끌어냈다.

"후우! 후우!"

현조는 어깨가 들썩일 만큼 숨을 크게 쉬며 얼굴에 묻은 적의 피를 닦아냈다.

멀리서 지켜보던 채석문의 얼굴이 처음으로 굳었다.

"도대체 저 괴물 같은 체력은 언제 떨어지는 거지? 만공화에 당했으면 진작 쓰러졌어야 정상인데……."

목명이 똑같이 굳은 얼굴로 말했다.

"저놈의 수련을 한 번이라도 본 적이 있다면 충분히 이해가 갈 거요."

산공독이란 게 본래 체력이 강할수록 오래 버티는 법이다. 단지 현조의 체력이 단순히 강하다는 수준을 초월했다는 것이 문제였다.

이제 잡았다 하고 생각할 때마다 기사회생하니 사냥꾼들 입장에선 맥이 빠질 일이다.

"혹… 이러다 독 기운이 풀려 버리는 건 아니겠지?"

"다른 산공독과 달리 만공화는 시간 제약이 없소. 해약을 복용해야지만 독 기운이 해소되니까."

채석문이 고개를 끄덕였다. 그런 거라면 좀 더 몰아치면 될 일이다. 그가 수하들을 독려했다.

"얼마 남지 않았다. 좀 더 공격해라."

현조는 치명상을 많이 입은 터라 정신이 몽롱했다. 그 원인이 출혈 때문인지 아니면 만공화의 독 기운 때문인지 구분하기 어려울 만큼 의식 상태가 좋지 않았다.

지금 그를 서 있게 하는 유일한 끈은 바로 소향과 그녀의 뱃속에 있다는 아기.

정신이 육신을 지배하고 있었다.

"죽어!!"

누군가의 창끝이 미간을 향해 날아왔다. 몽롱한 시선으로 위태롭게 서 있던 현조가 좌로 일 보 물러서자 창은 헛되이 허공을 갈랐다.

현조가 피를 뚝뚝 흘리는 칼날을 아래서 위로 슬쩍 올리자 창을 내지른 무인의 양팔이 무 잘리듯 잘려 나갔다.

"크아아악!! 캑!"

긴 비명이 이어졌으나 금세 단말마로 바뀌었다. 현조가 또 다시 이번엔 칼을 좌에서 우로 가볍게 휘둘러 그의 목젖을 베어버렸기 때문이다. 팔이 있었다면 목이라도 부여잡고 쓰러졌겠으나 그러지도 못한 채 눈만 부릅뜬 무인은 그대로 쓰러졌다.

현조가 멍하니 미소 지었다. 눈앞에 소향의 얼굴이 보였던 것이다. 그녀가 언제나처럼 웃으며 자신을 향해 손짓했다.

말소리는 들리지 않았으나 입 모양을 보니 빨리 오라고 하는 듯했다. 물론 현조의 시야가 닿는 곳에 그녀는 없었다. 이는 만공화 때문에 생긴 부작용이었다.

"소향… 곧 갈게. 기다려."

환각과 환청이 나타났다 사라지기를 반복하고 의식 또한 가물가물했다. 근육에 힘이 들어가지도 않았다. 그런데도 그는 움직였다. 이것 역시 이각의 훈련 덕분이었다. 모든 감각을 끊고 동굴 속에 누워서 청각만 열어놓고 산 적이 있었다. 그저 청각만 단련하는 건 줄 알았는데 지금 와서 보니 여러모로 쓸모가 많았다.

그때는 모든 신경을 차단하고 청각만을 살려놨을 뿐이지만 지금은 완전히 차단된 것이 아닌지라 움직일 만했다.

환각 덕분에 머릿속에선 수많은 기억이 환영이 되어 떠오르고 빠진 부분이 재구성되었다. 지난 나흘간의 움직임 중에 자신이 놓친 부분이었다. 그것은 목명의 말처럼 떠올리기 싫을 만한 기억이었다.

그렇지만 현조는 오히려 웃었다. 표정도 더 밝아졌다.

정체 모를 힘이 솟아나는 것도 같았다. 그러나 육신은 달랐다. 몸은 날아갈 것 같이 편한데 육신은 굼뜨기 그지없었다.

언제부턴가 경공도 펼치지 않았다.

채석문의 목소리가 들렸다.

"네게 독을 먹인 이는… 바로……."

현조는 목소리가 들려온 방향으로 칼을 휘둘렀다.

"듣고 싶지 않아!"

이번엔 다른 방향에서 목명의 목소리가 들려왔다.

"그 아이가 정말 임신을 했을까?"

이번에도 현조는 그 방향으로 칼을 찔러 넣었다.

"듣고 싶지 않아!"

허무하게 빗줄기를 가른 나락의 도기(刀氣)는 얼마 못 가 허공에 녹아 없어졌다.

사실 그들은 없었다. 현조가 채석문이나 목명이라 생각한 목소리는 바로 현조 자신의 목소리였다.

그리고 스스로 그러한 의문과 확신을 지우려 애썼다.

눈물이 고였다. 그러나 빗물이 그것을 가려준다.

그래서 실컷 울었다. 아니, 웃었다.

한 걸음 한 걸음 걷는 그의 몸에서 피가 흘러나와 땅을 적시고 빗물에 휩쓸려 사라지길 반복했다. 지혈도 안 시키고 무리를 하니 자연히 몸 상태는 더욱더 나빠졌다.

그는 그녀에게서 직접 확인하고 싶었다.

아니, 보고 싶었다.

뭐라 해도 좋았다. 그저 미치도록 보고 싶었다.

그녀의 금음을 한 번만 더 들을 수 있다면 좋겠다고 생각했다.

"크흐흐."

절로 웃음이 나왔다. 가슴 깊은 곳에서 알 수 없는 감정이 요동쳤기 때문이다.

생전 처음 느껴보는 감정, 배신감이었다.

그러나 미워할 수 없었다. 미워지지가 않았다.

목자량에 대한 증오로 점철된 삶에 유일한 빛이 되어준 그녀였다. 배신으로 인해 받은 상처조차도 애정을 뒤집진 못했다. 하지만 난도질당한 마음이 쉽게 치유될 리 없었다.

차라리 화를 냈다면 편했을 것이다. 그럴 수도 없다는 게 문제였다.

작은 소리로 시작된 웃음이 점점 더 커졌다.

"흐흐… 크흐흐… 크하하하하하하!!"

어떻게든 웅어리진 가슴을 풀어내야 시원할 것 같았다. 그래서 웃었다. 현조의 눈동자가 점점 진한 붉은색을 띠었다.

그가 웃을 때마다 붉은 기운이 일어나 몸에 떨어지는 빗줄기를 조금씩 밀어냈다. 그렇다고 비를 피한다거나 하는 건 아니지만 빗줄기가 약간씩 휘어지고 있었다.

거리를 두고 지켜보던 채석문과 목명은 깜짝 놀랐다. 드디어 약 기운이 다되었다고 생각하고 다가가려는데 미친 듯이 웃던 현조의 몸에서 어마어마한 살기가 폭사되는 것이 아닌가. 그것도 유형화되어서.

당황한 채석문이 공격을 명령했다.

"뭣들 하느냐! 놈을 빨리 죽여라!!"

붉은색의 기운은 어느새 사라지고 눈동자 색도 본래대로 돌아왔지만 현조의 몸은 경천방에서의 때처럼 폭주 중이었다.

주화입마에 빠진 것이다.

지금은 그때처럼 그를 말려줄 경천방주 같은 이도 없었다.
이대로라면 몸속의 잠력을 모두 소진한 뒤에 죽게 될 것이다.

다행인 것은 기절한 덕분에 주화입마의 원인이 된 정신적
갈등이 오래가지 않았다는 점이다. 게다가 만공화의 독 기운
이 몸 전체의 감각을 마비시켜 놓아서 폭주 중에도 고통을 느
끼지 못했다.

주화입마에 걸리는 무인들은 대부분 엄청난 고통으로 인
한 충격으로 죽는다. 그 고통은 팔다리가 잘려 나가는 것과는
비교도 안 되었다.

그야말로 뼈와 살이 촌(寸) 단위로 으스러지는 것과 같은
수준인지라 단순히 기절하는 정도로는 고통을 막을 수가 없
다. 때문에 몸을 마비시키는 만공화의 독기는 현조에게 행운
이나 마찬가지였다.

그러나 현조는 고통을 잊는 대신 이성을 잃었다.

처음 새어 나왔던 수라도 특유의 광기는 주화입마로 인해
몸 안으로 돌아가 만공화의 독기를 중화시키고 있었다.

단지 그러한 광기가 일깨워 놓았던 무인으로서의 잔혹한
본능만이 홀로 남아 그의 몸을 지배했다.

몰이꾼의 화살이 또다시 현조의 심장을 향해 다가왔다. 그
러나 현조의 눈에는 느리기 그지없었다. 화살을 피하지도 않
았다. 자신의 일곱 보 앞까지 다가온 화살을 향해 도리어 몸

을 날렸다.

보통은 화살을 피하거나 화살이 제 기능을 잃고 나서 움직일 텐데, 현조는 화살이 오는 동시에 몸을 날린 것이다.

이것은 죽음의 공포나 삶의 집착마저도 없는, 목숨을 도외시하는 공격법이었다. 오로지 본능만 남아 있었기 때문에 사용하는 어리석은 방법.

당황하지만 않는다면 누구나 현조를 제압할 수 있을 것이다, 당황하지만 않는다면.

순식간에 몰이꾼의 앞까지 달려간 현조가 칼을 수직으로 내리찍었다. 활시위에 다음 활을 재던 장년인, 귀궁(鬼弓)의 동공이 순식간에 커졌다.

파각―!

뼈가 갈리는 육체의 비명. 귀궁의 머리가 반으로 갈라졌다.

현조의 손은 거기서 멈추지 않았다. 정수리에서 칼을 빼낸 그는 곧바로 칼을 횡으로 휘둘러 그의 목을 잘랐다.

"귀궁!!"

누군가의 절규가 현조의 귀를 파고들었다. 현조는 그대로 몸을 날려 절규를 내지른 자의 목에 칼을 꽂았다. 그리고 비틀었다. 모든 것이 배운 대로다.

사람의 명줄을 확실히 끊어놓기 위한 지극히 합당한 몸놀림. 다만 의식이 있었을 때의 현조였다면 상대가 피하기 쉬운 목이 아닌 훤히 드러난 심장 부근에 칼을 찔러 넣었을 것이다.

목에 박힌 칼을 비틀어 뽑는 행위도 평소의 현조였다면 주변의 기척을 의식하고 대비하느라 하지 못했을 일이다.

장단점이 있다고나 할까? 똑같은 실력이었지만 지금의 현조는 몸을 사리지 않았고, 평소의 현조는 몸을 사렸다.

망설임이 사라진 현조는 좀 더 확실히 숨통을 끊어놓았지만 대신 상처가 많아졌다.

지금도 막 허리를 베이고 말았다.

의식이 없으니 고통을 못 느낀다. 아니, 만공화의 마비 효능 때문에라도 고통을 느낄 순 없다. 주화입마 덕에 만공화는 산공독이 아닌 단순한 통증 억제제가 되고 만 것이다.

현조는 자신의 허리를 벤 무인의 경추에 칼을 박았다.

그의 얼굴로 피가 확하고 튀었다.

적의 피와 흘러내리는 빗물로 얼굴이 엉망이 된 현조가 입꼬리를 말아 올렸다. 의식이 없으니 아마도 본능이리라.

피투성이 얼굴로 하얀 이를 드러내며 씩 웃는 그 모습은 마치 지옥의 악귀와도 같았다.

지켜보던 무인 하나가 굳은 얼굴로 중얼거렸다.

"도귀(刀鬼)라더니……."

"더 약해졌군."

　채석문의 중얼거림에 질린 얼굴로 현조의 몸놀림을 지켜 보던 목명이 말했다.

“저게… 말이오?”

채석문이 고개를 끄덕였다.

“공력이 더 강해진 것도 아니고 몸이 더 빨라진 것도 아닐세. 그저 배운 바를 무의식중에 펼치는 것뿐이야. 판단력 자체가 없으니 상처는 더 늘어날 테고 이대로 간다면 우리의 승리겠지.”

목명은 다행이라는 듯 다시 현조에게로 고개를 돌리며 말했다.

“그거 다행이군요.”

“그래, 이대로라면 말일세.”

그 말을 끝으로 채석문이 빗줄기를 뚫고 몸을 날렸다.

목명이 곧바로 채석문의 뒤를 따랐다. 그가 현조를 향해 몸을 날리는 것을 알아차렸기 때문이다.

채석문은 그대로 현조의 앞으로 뛰어들어 무릎으로 복부를 찍었다. 채석문은 팔만 잘리지 않았다면 현조조차 승부를 장담 못할 고수. 의식을 잃고 본능대로 행동하는 현조의 움직임 정도는 한쪽 팔이 없더라도 파악할 수 있었다.

복부에 가해진 충격으로 약간 몸이 숙여진 현조를 향해 채석문은 왼손의 손가락 세 개를 매처럼 구부리더니 그대로 올려 쳤다. 현조는 이번에도 본능에 몸을 맡겨 밑에서부터 올라오는 채석문의 손가락을 피했다. 하지만 손가락에 담긴 힘이 얼마나 매서운지 다 피하지 못한 현조의 이마에 작은 발톱 자국이 새겨졌다. 그나마도 예전 경천방주의 조호격을 당해보지 않았다면 피하지 못했을 일격이다.

뒤따라와 지켜보던 목명이 감탄한 얼굴로 중얼거렸다.

"남소림… 응조수(鷹爪手)."

원래는 소림용조수(小林龍爪手)가 진짜 이름이나, 남소림에서 소림을 존중하는 의미에서 응조수라 낮춰 부른 것이다.

대력금강장에는 한참 못 미치지만 이 역시 소림이 자랑하는 절기임에는 틀림없다.

실제로 지금 채석문이 펼치는 응조수는 상당한 경지로, 그의 손가락이 허공을 스칠 때마다 빗줄기 사이로 빈 공간이 생겨나는 듯 보였다. 현조는 의식이 없음에도 불구하고 용케 피하고 있었다. 그러나,

"그래 봤자 반쪽짜리 몸놀림."

그리 중얼거리며 씩 웃던 채석문이 팔꿈치로 현조의 광대뼈를 갈겼다. 손가락을 피하고 다음 공격을 예측하던 현조의 신경이 사각에서 오는 팔꿈치 공격을 예상하지 못한 것이다.

그대로 정타를 허용한 현조는 중심을 잃고 쓰러졌다. 하나 채석문은 그것을 허용치 않았다. 바로 달려가 현조의 옆구리를 걷어찬 채석문은 그의 맥문을 움켜잡고 내력을 불어넣었다. 이는 당하는 입장에서 굉장히 위험한 일이었다. 현조는

눈을 하얗게 까뒤집은 채 벼락이라도 맞은 것처럼 몸을 떨었다. 고통은 없다 해도 충격은 있다.

잠시 후 채석문이 맥문을 놓아주자 현조는 무릎을 꿇고 숨을 헐떡였다.

"이제 좀 정신이 드나?"

그의 물음에 현조가 조용히 고개를 들었다. 그의 눈빛은 이미 정상을 되찾은 후였다.

목명이 황당하다는 얼굴로 외쳤다.

"무슨 짓이오? 다 잡은 고기를……."

그는 말을 이을 수 없었다. 채석문이 싸늘한 눈으로 자신을 노려보았기 때문이다.

"자넨 상관 말게."

"뭐라고?"

"못 알아들었는가? 끼어들지 말란 말이네."

채석문은 현조를 내려다보며 다시 말했다.

"이놈의 운명은 이미 정해져 있지만… 그 과정만큼은 제대로여야 하거든."

"무슨 말이오?"

목명의 물음에 그가 웃으며 말했다.

"아직 겪어야 할 비참함이 남았다, 이걸세. 정말 재밌는 것은 아직 시작도 하지 않았으니……."

분노한 채 그의 뒤통수를 바라보던 목명은 등줄기에서 소름이 도는 것을 느꼈다.

"아, 알았소."

채석문은 그가 알아먹었든 말았든 상관없었다. 단지 자신의 달콤한 복수를 방해하지 말아줬으면 하는 바람뿐이었다.

그가 현조에게 말했다.

"어떠냐, 아직 할 만하나?"

"그쪽 간을… 씹어줄 힘은 남아 있지."

"하하하하, 다행이로군. 자, 아직 시간은 남았다. 계속할 테냐?"

"…그래. 쿨럭쿨럭!"

사실 대답할 힘도 없었다. 기침과 함께 목구멍에서 피가 튀어나왔다. 입을 한 번 스윽 닦은 현조는 무릎을 펴고 일어섰다. 그가 채석문을 향해 물었다.

"계속 막을 텐가?"

"당연하지. 계월사까지 육백여 명을 깔아놨는데 그놈들 모두 네게 한 칼씩 남기길 원하거든. 쉽게 죽였다간 내가 원망받는다."

그리고 마지막에 가서 더 큰 재미가 남아 있었지만 그것까진 말해주고 싶지 않았다. 모든 계획을 설계한 채석문은 알고 있었다. 지금 알든 나중에 알든 현조는 분명 배신감에 절망할 것이다. 하지만 계월사에 갈 수밖에 없다. 그는 그녀에게 반드시 확인할 것이 있을 테니까.

"그렇군."

"어떻게 우리가 너의 도주 계획을 알게 되었는지 궁금하지 않느냐? 더불어 독에는 어떻게 중독된 것인지도?"

"…알려줄 것도 아니잖아."

"원한다면 알려줄 수도 있지."

"아니, 됐다."

역시 채석문의 예상대로였다. 현조는 알면서도 그저 인정하고 싶지 않을 뿐, 정신적으로는 이미 구멍이 난 상태임이 분명했다.

아마 진실과 맞닥뜨리게 된다면 더욱더 큰 절망에 빠질 것이고, 채석문에게 있어서 그것은 복수의 완성을 뜻했다.

아끼는 아우를 잃고 팔이 잘렸다. 평생 충성을 다한 조직으로부터는 무능력하다 하여 버림받기 직전이었다. 그때 그가 느낀 절망감은 엄청난 것이었다.

죽이는 걸로는 부족했다. 그건 복수라 보기에도 힘들었다.

그는 자신이 느낀 절망감과 고통을 현조에게도 그대로 맛보여 주고 싶었다. 육체뿐만 아니라 정신까지 갈기갈기 찢어놓고 싶었던 것이다. 그래서 하나뿐인 조카까지 이용했다.

이미 정파를 대표한다는 무림맹의 적룡대 부대주라는 직위는 그의 머릿속에 없었다. 그저 복수를 위해서라면 뭐든 다 할 수 있는 복수귀만이 남아 있었다.

그가 몸을 틀어 길을 내주며 말했다.

"자~ 사냥은 다시 시작되었다. 절대 죽지 말고 사냥의 끝
에 뭐가 있는지 네 두 눈으로 똑똑히 확인해라."

현조는 비틀거리는 몸을 이끌고 채석문을 지나쳤다. 목명
은 애도 천패의 자루를 움켜쥔 채로 현조의 뒷모습만 바라봐
야 했다. 채석문의 살기 어린, 아니, 광기 어린 눈동자가 그의
행동을 막았기 때문이다. 만일 그가 여기서 현조의 등을 베려
했다면 채석문은 그 즉시 수하들을 불러내 그를 막든가 아니
면 죽였을 것이다.

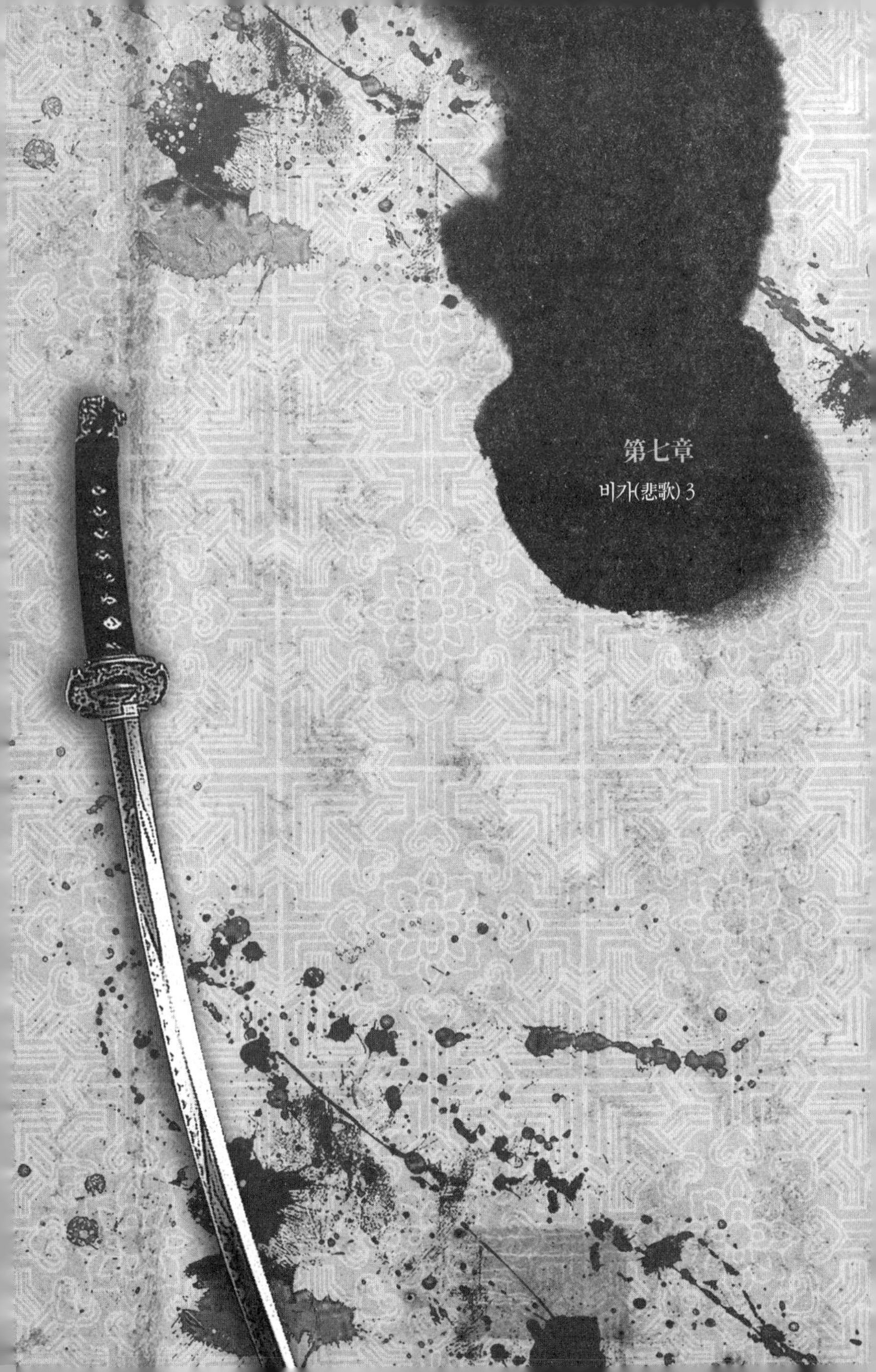

第七章
비가(悲歌) 3

귀도
풍운
鬼刀風雲

침소에서 잠을 자던 이각에게 뜻밖의 사람이 찾아왔다.

죽 총관이었다.

이각은 눈을 비비며 일어나 물었다.

"뭐요?"

"잠깐 일어나 보게. 갈 곳이 있네."

"아, 대체 뭐냐니까? 이 새벽에 무슨……."

"현조가 위험하네."

이각은 가슴 한구석이 덜컥 내려앉는 기분을 느껴야 했다.

돌처럼 굳은 얼굴로 그가 물었다.

"가주가 알아챘소?"

죽 총관이 이마를 찌푸린 채 고개를 끄덕였다.

"처음부터 알고 있었다네."

"……."

"그 기녀가 문제였지. 설마 걸리지 않을 거라 생각한 건가?"

"그저 기녀라고 넘어갔던 거 아니오?"

"단순히 기녀랑 노는 정도였다면 몇 달 동안 한 명만 계속해서 만날 이유가 없겠지."

"하긴……."

이각은 벌떡 일어나 옷을 갈아입고 낭아도를 챙겼다. 그런 그를 향해 죽 총관이 말했다.

"게다가……."

"게다가 뭐요?"

죽 총관은 약간 뜸을 들이자 이각은 답답한지 재촉을 시작했다.

"그 아이는… 그의… 딸이었다네."

"누구 말이오?"

"파검."

그의 입에서 익숙한 별호가 튀어나오자 이각의 전신에서 살기가 폭사되었다. 긴장했는지 죽 총관도 기세를 일으키며 몸을 보호했다.

이각이 살기 어린 목소리로 물었다.

"그 계집이 현조를 가지고 논 것이오?"

"아닐세. 채석문이 최근에 밝혔다더구먼."

"그렇다면… 채석문이 할 일을 당신과 가주는 이미 알고 있었겠지?"

죽 총관이 한숨을 내쉬며 말했다.

"처음엔 아주 작은 호기심에서 시작되었네. 가주는 왜 채석문이 그 기녀를 인질로 삼지 않았는지 궁금해했지. 그러다……."

"잠깐."

갑자기 이각이 그의 말을 막더니 방문을 열며 다시 말했다.

"한시가 급하니 가면서 얘기합시다."

죽 총관도 그제야 깨닫고 그의 뒤를 따랐다.

죽 총관의 설명은 다소 복잡하고 길었지만 이각이 이해 못할 정도는 아니었다.

현조와 육검문의 항쟁이 쭉 이어지고 그 천라지망이 깨어져서 현조가 크게 이름을 떨쳤을 때다.

도존은 궁금해졌다고 한다. 채석문과 같이 똑똑한 자가 왜 쉬운 길을 두고 어려운 길을 택했는지.

분명 소향이란 기녀를 인질로 잡을 기회가 여러 번 있었음에도 불구하고 어찌하여 그 기회를 단 한 번도 사용하지 않았는지를 말이다.

　　물론 현조와 소향이 그저 기녀와 손님의 사이라면 인질로 삼아봤자 소용없을 것이나, 분명 시도 정도는 하는 것이 정상이었을 텐데 그러한 시도조차 하지 않은 채석문에게 의문을 갖게 된 것이다.

　　하지만 그 같은 의문은 쉽게 풀렸다.

　　도존은 오랜만에 집으로 돌아온 셋째 아들 목명에게 기녀의 뒷조사를 시키려 했으나 그럴 필요조차 없었다. 목명이 현조와 기녀 사이를 아주 우연찮게 목격하여 알게 되었다고 알려온 것이다.

　　그 뒤부터는 모든 것이 목자량의 계략 대로였다.

　　아닌 척하면서도 현조에게 이상하리 만큼 집착하는 목자량은 이번 일도 역시 구 노인 때와 같은 하나의 기회로 삼았다. 그는 소향이라는 기녀를 얘기할 때마다 목명에게서 느껴지는 심각한 감정적 동요를 읽었다.

　　그에게 있어서 매우 익숙한 감정이었다.

　　그것은 바로 질투.

　　목자량은 일부러 목명을 화향루 주변에 배치시켰다.

　　명목상으론 현조와 소향을 감시하라는 것이었으나 그의 숨겨진 목적은 아들의 질투심을 더욱더 크게 키우는 것이었다.

　　때론 질투심이 증오보다 큰 역할을 한다는 것을 잘 알고 있었기 때문이다. 그는 채석문이 화향루 근처를 떠돈다는 것도 직접 관리하는 정보대를 통해 이미 파악 중이었다.

목명처럼 감정을 숨기지 못하는 녀석은 채석문 같은 여우에겐 밥이나 마찬가지였다. 현조와 소향에게 질투의 눈길을 보내는 천산목가의 셋째 아들은 이용해 먹기 딱 좋은 먹잇감일 것이다. 적어도 목자량 자신이라면 그리 생각할 것이라 여겼다. 그래서 그는 채석문이 목명이라는 미끼를 물 것을 확신했다. 실제로 채석문은 목명을 통해 꽤 괜찮은 제의를 해왔다.

그것은 앞으로 세워질 천왕련에 꽤나 도움이 될 것이다.

모든 것은 그의 계획대로였다.

채석문의 복수 계획도 목명에게 들은 것과 채석문이 서신에 대충이나마 언급한 것들, 그리고 채석문과 그 주변 인물들의 현재 동향을 끼워 맞춰 분석해 보았더니 쉽게 짐작할 수 있었다. 그는 감탄했다. 그가 하려고 했던 것보다 훨씬 뛰어난 계획이었기 때문이다.

목자량은 소향이라는 기녀를 단순히 죽이려 했지만 채석문은 좀 더 예술적으로 이용하려는 것을 알 수 있었다.

채석문의 계획대로만 된다면 현조는 이번에 그동안 넘지 못했던 선을 넘을 수 있을 것이다. 목자량은 그것을 즐거이 기다리기만 하면 되었다.

물론 목자량과 채석문이 바라는 것은 달랐다.

목자량은 현조의 각성이 목적이었고, 채석문은 현조의 목숨이 목표였다. 그러나 그는 자신이 행하는 것이 복수라 여길 테지만 사실 목자량의 손바닥 안에서 노는 중이다. 그게 설사 그의 목적에 따라 현조의 죽음으로 이어질지라도 그 같은 사실은 변하지 않는다.

죽 총관의 이야기는 그냥 듣기엔 쉬워 보이기까지 했다. 하지만 사람의 행동을 두 수, 세 수 앞서 예측하고 그에 맞춰 조종하다시피 한 목자량의 통찰력에 소름이 돋을 수밖에 없었다.

친자식일지라도 장기판의 말처럼 이용하는 것이며, 자기 의도대로 흘러오게끔 상황을 조종하는 것이며.

그리고 바보처럼 그대로 따라오는 군상들.

상황을 다 아니까 바보로 보이지 정작 자신이 그 같은 입장이었다면 똑같이 당했을 것임을 알았다.

도존은 무공만 강한 게 아니라 사람 자체가 교활하다.

이 교활함이 무공에도 적용될 거라 생각되니 이각은 두려웠다. 그저 무공만 강한 거라면 언젠가 따라잡을 자신이 있다. 그러나 교활함마저 갖추었다면 도저히 답이 안 나온다.

그가 죽 총관에게 물었다.

"그런데 영감은 어째서 현조를 도우려는 거요? 현조를 아끼는 건 아닌 듯하던데."

"난 가주는 싫지만 천산목가는 좋아한다네. 목가의 번영은 내 평생의 숙원이기도 하고. 현조는 목가에 필요한 인재이니 놓쳐선 안 돼. 쉽게 말해 가주가 벌여놓은 짓은 지극히 멍청한 일이란 말일세."

"응? 이해는 가지만… 영감 정도의 인물이 천산목가에 정 붙이고 산다는 건 놀라운 일이로군."

죽 총관은 씁쓸히 웃을 뿐, 대답하지 않았다. 뭔가 사연이 있는 것이리라. 이각은 입맛을 다시며 화제를 돌렸다.

"따라잡을 수 있겠소?"

"말[馬] 입에서 거품이 나게 달리고 중간 중간 갈아탄다면. 가능하지."

"빨리 갑시다, 그럼."

이각은 말의 엉덩이에 사정없이 채찍질을 했다. 본래 말 못 하는 짐승을 괴롭히는 성미는 아니었으나 이번만큼은 그도 급했다. 하나뿐인 제자가, 아니, 동생이 사지에 있는데 어찌 걱정이 되지 않겠는가.

*　　　*　　　*

발에 추라도 달아놓은 것처럼 무겁기 그지없었다.

걸음을 옮길 때마다 전신에 힘이 빠져나가는 듯했다.

그의 눈은 약이라도 한 것처럼 멍했다. 실제로 지독한 산공독에 당해 정신이 혼미하기도 했다.

여기까지 오는 동안 수십의 무인을 베고 수백의 무인에게 칼질을 당했으니 몸 상태가 이런 것은 당연하다. 사람이 이렇게 많은 피를 쏟고도 살아 있다는 건 기적에 가까웠다. 게다가 겨울 날씨에 끝없이 내리는 폭우는 몸의 체온을 저하시켰다. 이각의 지옥 같은 수련을 소화 못했다면 진작 쓰러져 죽었을 것이다.

얼마나 더 걸었을까.

멀리 계월사의 불빛이 보이자 현조는 희미하게 웃었다.

아무래도 좋았다. 이제 그녀를 볼 수 있다.

한 시진 전만 해도 이런저런 복잡한 생각을 했지만 지금은 생각하는 것에도 힘이 드는 것 같아 귀찮았다.

오직 한 가지 생각뿐이었다.

"보고 싶다."

*　　　*　　　*

쏟아지는 폭우를 바라보며 그녀는 그를 생각했다.

"현 가가… 제발… 제발 오지 마세요."

*　　　*　　　*

계월사에 도착한 현조는 나락을 지팡이 삼아 겨우 서 있을 수 있었다. 그가 사찰의 넓은 터에 서자 어림잡아 이백은 족히 되는 인원이 그를 둘러쌌다.

채석문이 앞으로 나서며 말했다.

"왔군."

"약속대로… 묘시… 전이다."

현조는 가물가물한 눈을 겨우 떠가며 그에게 말했다.

"하하하! 설마 그 제안을 믿었단 말인가?"

"소… 향은 어디… 있어?"

아주 작은 목소리인데도 그걸 알아듣는 채석문이 대단했다. 폭우까지 내리는 중이지 않은가.

그가 씩 웃으며 말했다.

"죽었다."

채석문의 대답에 현조의 어깨가 더 무거워진 것처럼 축 늘어졌다. 그가 말했다.

"진짜면… 넌… 죽어……."

"크크… 크크큭, 크하하하하하하하하!"

채석문이 하나뿐인 손으로 얼굴을 감싸 쥐며 웃었다.

미친 듯이 내뱉는 웃음. 하지만 그의 눈은 결코 웃지 않았다. 차가운 시선으로 현조의 몸 구석구석을 쓰윽 훑어볼 뿐이었다.

관찰을 끝낸 그가 웃음을 뚝 그치며 말했다.

"그 몸으로?"

딱—!

말과 함께 손가락을 튕기자 현조를 둘러싸고 있던 수많은 무인들이 각자 무기를 빼 들었다. 살기가 하늘을 찌르는 듯했다. 현조는 오로지 채석문에게만 눈동자를 고정시켰다.

반쯤 감긴 눈꺼풀 때문에 그를 제대로 볼 수 없었다. 그래도 그를 놓치지 않으려 했다. 하지만 인파의 숲에 묻혀 사라지는 그의 모습을 찾기란 쉬운 일이 아니었다.

집중.

날카로운 바늘처럼 정신을 모았다. 그리고 나락의 칼자루를 양손으로 쥐고 어깨까지 들어 올려 칼끝은 전면을 향하게 했다.

오른손과 칼자루를 이어주는 천은 느슨해진 지 오래.

기다란 천이 빗물에 맞아 춤을 춘다.

칼을 쥘 힘은 대충 짐작해 봐도 앞으로 네 번, 아니, 다섯 번 휘두르면 끝이었다. 현조는 계속해서 채석문의 모습을 찾았다.

시간이 멈춘 것처럼 세상의 모든 것이 느려졌다. 하늘에서 떨어지는 빗방울도, 자신을 향해 다가오는 무인들의 발걸음도 지금 이 순간 멈춰 있는 거나 마찬가지였다.

이 느릿한 세상 속에서 지극히 예리해진 감각으로 보았다. 그리고 찾았다, 채석문의 펄럭이는 옷자락을.

현조의 입꼬리가 쭉 찢어졌다.

"울부짖어라… 나락(奈落)."

수라도(修羅刀) 금마기(禁魔技).
음명수라구류도(蔭鳴修羅九劉刀).
수라환(修羅煥)!!

그것은 검은색의 기운, 아니, 칠흑과도 같은 밤의 어둠이었
다. 색으로는 표현할 수 없는 어둠, 그 자체.
그것이 타올랐다.
"크아아악!!"
"아악!!"
현조의 반경 삼 장 안에 있던 무인들이 불귀의 객이 되었
다. 이백이라는 인원이 사찰의 공터에서 현조에게 가까이 다
가가던 중이었으니 삼 장 안일지라도 그 인원이 적지는 않았
을 터.
사십은 넘는 인원이 한 번에 몸이 찢겼다.
바로 앞에서 정체불명의 도기에 의해 사람이 찢겨 나가는
것을 본 목명이 공포에 질린 눈으로 물러섰다.
이것은 수라도의 어둠. 수라도의 본질.
광기 어린 수라도에서조차 봉인된 악마의 기예이며 공력
여하에 상관없이 누구나 쓸 수 있지만 시전자의 생명을 갉아
먹는 최악의 기법, 그리고 그 도존조차도 익혀놓고 평생 단

한 번 쓴 적이 없는, 그야말로 마공(魔功)이었다.

　현조는 생명이 빠져나가는 이 순간 채석문을 향해 걸었다. 한 번의 휘두름으로 수십의 인간을 토막 내었다.

　두 번의 휘두름에서 또다시 수십의 인간을 토막 내었다. 현조의 얼굴에서 점점 생기가 사라져 갔다.

　세 번의 휘두름은 없었다. 이미 그에게 다가서는 사람이 없었기 때문이다. 모두 멀찌감치 떨어져 질린 눈으로 그를 바라보고 있을 뿐이었다.

　그의 정면엔 오직 채석문뿐이었다. 아니, 한 명 더 있긴 했다. 추한 몰골로 바닥에 주저앉은 채 공포에 질린 눈으로 자신을 바라보는 청년. 바로 목명이었다.

　현조는 그에게 시선조차 주지 않았다. 그저 뭐가 좋은지 절을 등진 채 실실 웃고 있는 채석문을 향해 걸음을 옮길 뿐이었다.

　한걸음 한걸음 옮기며 현조가 조용히 물었다.

　"소향은… 어딨어?"

　"죽었다니까. 크크큭."

　"그럼… 죽어……."

　현조가 다시 칼을 쳐들었다.

　그때였다, 채석문이 다시 손가락을 튕긴 것은.

　동시에 그가 등지고 서 있던 불당의 문이 열리고 익숙한 인영이 나타났다.

현조의 칼이 자연스레 멈추었다. 그곳엔 그가 그토록 보고 싶어하던 여인이 서 있었기 때문이다.

그녀가 불당 밖으로 나왔다.

현조도 칼을 떨어뜨리며 그녀를 바라보았다. 그의 눈은 곧 감길 것처럼 희미했다.

폭우가 내리는 중임에도 사위가 지극히 고요해졌다. 가까이 있던 채석문도, 멀찍이 떨어져 지켜보던 무인들도 지금 이 순간 숨소리조차 잊을 만큼 말이 없었다.

오직 쉴 새 없이 내리는 폭우만이 이 숨 막힐 듯한 고요함 속에 요동 칠 뿐이다.

피투성이에 상처 입은 현조가 한 걸음 한 걸음 그녀에게 다가갔다. 그가 가까워질수록 그녀의 두 눈엔 눈물이 고였다.

현조는 안타까운 마음에 손을 뻗었다. 눈물을 닦아주고 싶었다. 하지만 아직 닿지 않았다.

조금 더, 조금 더 걸어야…….

순간 돌부리에라도 걸린 건지 그가 비틀거렸다.

"아……."

그녀의 입에서 작고 안타까운 탄성이 흘러나왔다. 하지만 그를 부축하려 다가가진 않았다. 그저 터져 나오는 울음을 참기 위해 손으로 입을 가릴 뿐이었다. 눈물까진 막지 못해 입을 가린 손가락 위로 눈물이 타고 내렸다.

"가가… 흑."

현조는 웃었다. 그녀가 울기에 웃었다. 그녀를 달래주는 유일한 방법임을 잘 알고 있었기 때문이다. 잘 웃지 않는 자신이 웃어줄 때마다 그녀는 울음을 멈추었다. 하지만 웬일인지 그녀는 눈물을 멈추지 않았다.

'아, 내 몰골이 말이 아니라 또 화가 난 건가? 씻고 올 걸 그랬나 봐.'

다시 한 걸음, 또 한 걸음…….

그녀와의 거리는 이제 두 걸음 남았다.

그녀를 안고 싶었지만 피로 얼룩진 몸으로 안으면 그녀가 더러워질까 봐 그러지 못했다. 점점 닫혀가는 눈꺼풀이 아쉬웠다. 왜 이렇게 잠이 오는 건지…….

현조는 다시 한 걸음을 더했다.

푹—

뭔가 날카로운 것이 배를 뚫고 들어왔다. 하지만 고통은 느껴지지 않았다. 그녀가 마시라고 준 차 때문이라 생각하니 오히려 고마웠다.

"쿨럭!"

뭔가 말을 하려는데 소리 대신 피가 흘러나와 그녀의 앞섶을 적셨다. 현조는 어느새 그녀의 어깨에 머리를 기대었다.

"아… 아… 현… 가가."

뭐가 그리 고통스러운지 그녀의 고운 얼굴이 잔뜩 일그러져 있었다. 그녀는 말을 잇지 못한 채 눈물만 흘렸다.

현조는 다시 웃어주었다.

"울지… 마. 쿨럭!"

입에서 피가 계속 흘러나왔다. 그녀를 안고 싶었다.

푹—

그녀를 안자 배에 박힌 단검이 더욱 깊이 들어왔다. 여전히 아프지는 않았다. 급히 단검에서 손을 뗀 그녀가 현조를 안았다.

"흑… 흐흑……."

현조는 흐느끼는 그녀의 볼에 손을 가져갔다. 피에 젖은 손으로 그녀의 볼을 쓰다듬었다. 평소라면 그녀가 더럽혀질까봐 꺼릴 일이지만 이미 자신의 손도 보이지 않았다.

그가 말했다.

"아기… 이… 름은… 뭘… 로……."

"아… 아아… 흐흑… 아기는 없어요. 거짓말이란 말이에요. 흑."

"그래… 그랬구나……. 좋은… 아빠가… 되려고 했…는……."

그의 목소리가 점점 작아졌다. 입에서 흘러나오는 피도 점점 줄어들었다. 소향은 그가 점점 무거워지는 듯했다.

"가가… 가가? 안 돼요, 가가!! 현 가가!! 아아아아악!!"

그녀가 절규했다. 엄청난 슬픔과 후회가 범벅된 한(恨)…….

차라리 원망을 들었다면, 욕을 들었다면 좋았을 텐데……,

그는 모든 걸 다 알면서도 용서했다. 이유조차 묻지 않았다.

현조가 흘린 피로 범벅이 된 그녀가 끝없이 절규했다.

미안했다. 미안했다 .미안했다…….

누구 하나 원망할 수가 없었다. 자기 탓이었으니까.

왜, 왜 따랐던가. 어째서 자신은 이곳에 남아 있었던가.

오지 않길 바라면서도 어째서 그의 배에 검을 찔러 넣었던가. 천천히 식어가는 그의 가슴에 얼굴을 묻고 그녀는 끊임없이 절규했다.

비록 복수를 위해서였다지만 그 모습을 지켜보는 채석문과 무인들은 착잡한 얼굴을 감추지 못했다. 정당하다 느끼면서도 몹쓸 짓을 한 기분인 것이다.

유일하게 단 한 명만이 그 같은 기분에서 벗어나 있었다.

"하하… 하하하하! 정말 죽은 거냐? 지긋지긋한 천출이 정말 죽은 거냐? 하하하하하하!!"

목명이었다.

"여동생도… 내 여인도 다 뺏어갔던 놈이 드디어 죽은 거냐?"

그렇게 중얼대던 그가 천천히 소향과 현조의 주검 앞으로 다가갔다.

그의 손엔 천패가 들려 있었다.

곽가열이 그를 만류하려 하자 채석문이 손을 들어 막았다.

이것은 그와의 계약. 마무리는 그에게 맡기기로 했던 것. 이제 와서 돌이킬 수는 없다.

그가 칼끝을 현조의 심장을 향해 겨누었다.

소향이 재빨리 현조의 가슴을 가렸다.

"안 돼요!!"

"비켜!!"

"안 돼!! 하기만 해봐!! 죽여 버릴 거야!! 죽여 버릴 거야!!"

그녀의 기세에 도리어 목명이 흠칫했다. 한이 깊게 배인 그녀의 눈동자는 무인이 내뿜는 살기와는 다른 무언가가 있었다.

그때였다.

"네 이놈!!"

귀청이 떨어질 듯한 커다란 외침과 무서운 살기에 목명이 급히 고개를 돌렸다. 그러자 웬 거한이 거대한 낭아도를 휘두르며 자신을 향해 폭사해 오는 것을 볼 수 있었다.

"헉!!"

콰아아아아앙!!

천패를 들어 급히 막았으나 엄청난 굉음과 함께 낭아도의 칼날이 천패를 박살 내는 것을 보며 피를 토하고 뒤로 날아갔다. 그가 부딪친 절간의 두터운 기둥이 두 개나 박살 났지만 그는 계속해서 뒤로 날아가다 사찰의 입구에 세워진 사천왕상 중 하나에 부딪치고 나서야 겨우 멈추었다.

어마어마한 괴력.

채석문이 그를 알아보고 아랫입술을 깨물었다.

"첩혈도… 이각."

도객이 많기로 유명한 하북에서도 손가락 안에 든다는 고수. 천리투광과도 비견될 만큼 어마어마한 실력을 자랑하며 다음 대의 십존구마로 거론되는 젊은 고수이기도 했다.

그리고 그는 현조의 스승.

채석문은 계획의 마무리가 허술했음을 깨달았다.

너무 현조에게만 맞추다 보니 이런 변수를 생각지 못한 것이다. 비록 복수는 성공했을지라도 온전히 빠져나가지 못하면 그게 더 문제였다.

온전한 현조와 싸웠어도 고전했을 판에, 그보다 몇 배는 더 강하다는 그의 스승이라니. 잘못하면 이곳에 뼈를 묻을지도 몰랐다. 더구나 방금 전 목명을 날려 버린 일격은 채석문의 팔이 둘 다 붙어 있었어도 막기 불가능한 공격이었다.

모두가 그의 출현에 긴장하고 있었지만 정작 그 자신은 목명 하나를 작살낸 것만으로 만족했는지 급히 현조에게 다가가 맥을 짚었다.

잠시 고개를 갸웃거린 그는 다소 침통한 얼굴로 소향을 바라보다 한순간에 십 년은 늙어버린 듯한 그녀의 얼굴을 확인하고는 한숨과 함께 고개를 내저었다.

그는 현조의 시신을 어깨에 걸치며 소향에게 말했다.

"잘 묻어주마."

"……."

그녀가 다시 울었다. 그러자 이각이 말했다.

"울지 마라. 현조는 네가 우는 걸 제일 무서워했어."

하지만 그녀는 우는 걸 멈추지 않았다. 이각의 어깨에 축 늘어진 현조를 향해 떨리는 손을 내밀며 소리 내어 흐느꼈다.

"흑, 현 가가……."

이각은 그녀의 손이 현조의 몸에 닿기라도 할까 봐 급히 걸음을 옮겼다.

"현 가가아아!!"

그녀의 울음이 더 커졌지만 이각은 개의치 않았다. 낭아도를 강하게 움켜쥔 그가 채석문을 향해 칼을 들어 올렸다.

엄청난 살기에 채석문의 목젖이 움직였다. 이런 살기는 목자량 앞에서도 느껴보지 못한 것이었다.

"넌 언제고 내 손에 죽는다, 갈기갈기 찢겨서."

그 말을 끝으로 이각은 어디론가 사라졌다.

채석문은 등 뒤로 식은땀이 흘러내리는 것을 느꼈다.

"첩혈도… 명불허전… 이로군. 하지만 나도 만만한 놈은 아니다."

곁에 있던 곽가열이 이해가 안 된다는 얼굴로 그에게 물었다.

"한데… 시신은 왜 가져가는 걸까요?"

"모르지. 어쨌든 이젠 상관없다. 넌 소향이나 챙겨라. 애들 시켜서 목명도 챙기고, 동료들 시신도 수습하고."

곽가열은 씁쓸히 웃으며 소향에게 고개를 돌리더니 채석문에게 고개를 숙인 후 그녀에게 다가갔다.

채석문은 곽가열이 그녀의 팔을 잡아 일으켜 부축하는 것을 보며 혀를 찼다.

"쯧, 저래서야……."

목명이 데리고 살더라도 그리 좋은 꼴은 못 볼 것이 분명했다. 하지만 그것도 목명이 선택한 것. 그가 상관할 바는 아니었다. 비록 조카가 불행해질 테지만 이미 현조의 배에 단검을 꽂을 때부터 그녀의 불행은 정해진 것이었다. 그러니 여기서 더 나빠질 것도 없다고 생각했다.

이제 그녀는 자신의 재기를 위한 발판이 될 것이다.

죽은 채국성에겐 미안했지만 어쩔 수 없었다. 복수를 위해 잃은 게 많으니 어떻게든 보상을 받아야 했다.

그게 비록 조카의 인생일지라도.

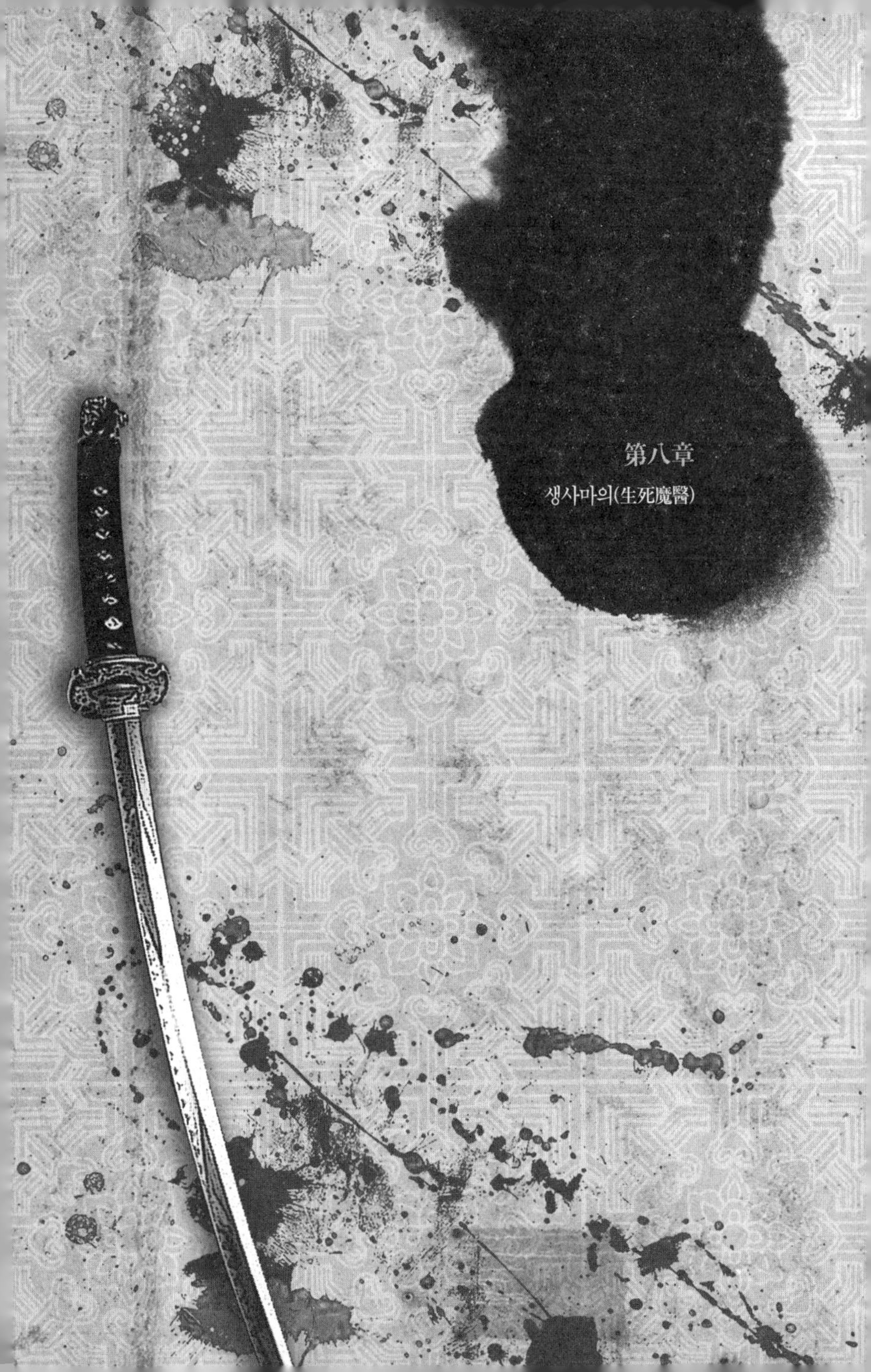

第八章

생사마의(生死魔醫)

칼도
풍운
鬼刀風雲

생사마의(生死魔醫) 유택(由擇).

별호에 마(魔)가 들어가긴 해도 그는 어디까지나 의원일 뿐, 사파나 마도의 인물이 아니었다.

단지 실력은 뛰어나지만 안 좋은 소문이 있었다.

같은 병이나 부상에 걸린 사람도 때에 따라서 고칠 수도 있고 못 고칠 수도 있다는 괴상한 소문이었다.

예를 들어, 감기에 걸린 환자를 받았는데 쉽게 치료하여 완쾌되었다 치자. 그다음에 그 환자가 똑같은 병으로 다시 왔다 해도, 그리고 그가 똑같은 방법으로 약을 쓰고 치료를 한다 해도 환자가 완쾌된다는 보장이 없는 것이다. 오히려 죽는 경우도 있었다.

오죽하면 그를 무작위 의원이라고 부르는 사람마저 있겠는가. 물론 실제로 그리 부르는 사람은 첩혈도 이각이 유일했다.

그리고 그가 매년 이맘때에 천산에 석 달씩 머물며 약초를 채집한다는 것을 아는 이도 이각이 유일했다.

"아저씨!!"

파팍

초옥의 싸리문이 박살 나며 나는 소리였다.

"아저씨!! 없어?"

초옥 안으로 거칠게 들어선 이각이 계속 외쳤다.

"없으면 이 집구석 확 다 엎어버린다!!"

"야야야! 이 미친 새꺄! 그만두지 못하겠냐!!"

초옥 안쪽에서 오십대 초반 정도로 보이는 사내가 인상을 잔뜩 찌푸린 채 나타났다. 이각이 안심한 얼굴로 투덜댔다.

"아, 있었네!! 왜 이제 대답해요?!"

"니미, 너 같음 이 새벽에 곤히 처자고 있는데 어떤 곰 같은 놈이 불러댄다고 바로 대답하겠냐? 그나저나 뭔 일이야? 어깨에 매달린 그 시체는 뭐고? 이상한 취미냐?"

그의 물음에 이각이 털썩 무릎을 꿇으며 말했다.

"…이놈 좀 살려주십쇼, 아저씨."

생사마의 유택은 깜짝 놀랐다. 이각과 격없이 지내긴 해도 그가 자존심으로 똘똘 뭉친 사내라는 건 누구보다 잘 알고 있었다. 그런 만큼 그가 누군가에게 무릎을 꿇는다는 건 단 한 번도 상상해 본 적이 없었다. 그는 의아함보다 호기심부터 피어오르는 것을 느꼈다.

“일단 내려놔 봐.”

이각이 자신의 어깨에서 현조의 시신을 조심히 내려놓았다.

시신을 똑바로 눕힌 유택은 심각해진 얼굴로 현조의 몸을 살폈다.

“어린놈 같은데 뭔 칼자국이 이렇게도 많냐?”

“내 제자요.”

“어쩐지…….”

“좀 어때요?”

“이제 보기 시작했는데 뭘 바라. 기다려 봐.”

그리 말한 유택은 현조의 맥을 짚어보기도 하고 기다란 장침을 하나 꺼내어 가슴 인근에 찔렀다가 빼내며 냄새를 킁킁 맡기도 했다.

그러기를 이각여. 그가 약간 상기된 얼굴로 일어서서 허리를 폈다.

“으그그그그, 허리야.”

“어, 어때요, 아저씨?”

“니미, 이 새끼는 서른도 넘은 새끼가 아직도 아저씨래.”

“……..”

이각의 얼굴은 심각하게 굳어 있었다. 농담할 분위기가 아님을 깨달은 유택이 입맛을 다시며 말했다.

“걱정 마라. 전화위복이다.”

“예?”

“언 놈이 만공화의 독을 쓴 모양인데, 그게 얘 목숨을 살렸어.”

무슨 소린지 하나도 모르겠다는 얼굴로 이각이 쳐다보자 유택은 한심하다는 듯 고개를 저으며 말했다.

“전장에서 사람이 죽는 건 여러 가지 이유가 있지만 대부분 고통 때문이야. 그건 알지? 팔이나 손가락만 잘려도 세상 하직하는 사람들 많으니까. 그래서 만공화라는 마취약이 필요한 거고.”

“예.”

“하지만 너 같은 무인들은 만공화가 필요없다. 고통을 잘 견디게끔 스스로를 개조한 놈들이 바로 너희 무인이란 변태 놈들이니까.”

“……..”

“암튼 니들한텐 만공화가 산공독이나 마찬가지라 문제지. 복용하면 근육에 마비가 오는데, 그게 무인에겐 치명적이야. 차라리 일반 사람처럼 먹고 바로 기절이라도 하면 다행인데 무인이 복용하면 정신은 말똥말똥한데 몸이 점점 굳어가는 거지.”

“그런데요?”

“근데 이 어린놈의 꼬라지를 봐라. 좀 돌아다녔을 거 같
냐?”

“…….”

“뭐, 가끔 체력 좋은 애들은 오래 돌아다니기도 해. 너랑
관련있는 놈이면 분명 체력이 좋을 테지. 안 그래?”

그의 물음에 이각이 뒤통수를 긁으며 대답을 대신했다. 일
종에 긍정이었다.

“하여튼 여기 이 어린놈은 만공화의 독 기운이 상처 부위
를 마비시키고 지혈도 시켜준데다 끊임없이 움직여 준 덕분
에 전신에 퍼져 버리기까지 했네? 고통이 전혀 없었을걸? 그
러니 자기 죽는 줄도 모르고 좋다고 계속 움직였겠지. 드문
경우긴 한데 아마도 통각만 효과적으로 마비되고 몸은 꾸준
히 움직일 수 있게 된 듯하다. 통증이 없으니 제 몸 안 사리고
싸웠을 테고, 이 꼴이 났겠지. 뭐, 살아남은 것만 봐도 충분히
전화위복이라 할 수 있는 거 아니겠어? 만약 맨 정신에 이만
큼 칼질을 당했다면 너라도 죽었을걸. 그리고 어찌어찌 주화
입마도 이겨낸 듯하고. 여러모로 운이 좋은 꼬마로군.”

“주화입마에도 빠졌단 말이오?”

“아, 몰랐냐? 만공화란 게 잘만 사용하면 주화입마에 빠졌
을 때 좋거든. 지혈 효과도 있고. 고맙게도 전신에 골고루 퍼

진 덕분에 고통도 덜하고 출혈도 잡힌데다 친절하게 누군가 배를 찔러 울혈도 풀어주었네? 뭐, 내장이 흘러나올 만큼 심하게 찔리긴 했지만, 허허, 계집이 찔렀는지 곱게도 찔렀더군. 내장이 하나도 안 상했어."

"그럼 산 거유?"

"만공화를 좀 과하게 쓴데다 추운 날 다친 몸으로 심하게 움직이기까지 했으니… 못 깨어날 수도 있다. 가사 상태야."

"그러니까 산 거냐고요?"

"넌 대가리가 없냐? 이렇게까지 얘기했는데 감 안 잡혀?"

"산 거네. 휴!"

"새에끼, 좋냐? 그래도 중상은 중상이야. 안 죽은 게 기적에 가까울 만큼. 만공화 어쩌고 한 건 최소한의 생존 조건은 채웠다, 이거지. 네가 반 시진만 늦게 왔어도 지금 이 어린놈 관 짜고 있었을 거다."

"언제 깨어나겠수?"

"몰라."

"의원이 그걸 모르면 어떡해요!!"

"니미, 내가 신선이라도 되냐? 정말 모르겠는 걸 어쩌라고. 가사 상태라 당장 오늘 일어날지 내년에 일어날지 몰라!"

"무공은 다시 할 수 있겠소?"

"병신 된 건 아니니까 할 수는 있을 거야. 병신 됐어도 팔다리 잘린 거 아닌 이상 내가 있으니 병신은 면한 거고."

그의 설명을 들은 이각이 벌떡 일어나며 말했다.

"그럼 됐수다."

"야, 어디 가?"

"누가 좀 기다려서요. 금방 올 테니 그놈 좀 잘 살펴주쇼."

이각은 산을 한참 내려가는 도중 한 관제묘 앞에 서 있는 꼽추노인을 발견하고 발걸음을 빨리했다.

꼽추노인이 먼저 알은체를 해왔다.

"현조는 어떤가?"

"살 거는 같소."

이각의 대답에 죽 총관이 한숨을 내쉬며 말했다.

"다행이로군."

"다행이기는 개뿔, 언제 깰지도 모른다는데."

"죽었다는 소식보단 낫지 않은가."

"그렇긴 하네. 쩝, 앞으로 어쩔 거요? 나야 돌아가긴 그른 것 같고."

"난 자네처럼 모습을 보이진 않았다네."

"잔머리 제법이셔, 영감."

"연륜이라 불러주게."

"아무튼 나중에 봅시다. 나중에 내 방에서 전표 가져다주는 거 잊지 말고. 혹시나 한 장이라도 비면 알아서 하쇼."

이각이 주먹을 들어 보이며 말하자 꼽추노인이 한심하단

얼굴로 고개를 저었다.

"알았네. 현조나 잘 보살피게."

이각이 코를 훌쩍이며 대답했다.

"걱정 마슈. 내 제자나 다름없는 놈이니까."

죽 총관은 슬쩍 미소 지으며 격려를 대신했다. 이각이 그런 그를 향해 손을 살짝 흔들어주었다.

*　　　*　　　*

목자량이 의아한 목소리로 물었다.

"첩혈도가 가져갔다?"

시신을 가져가 봤자 소용없을 텐데 왜 가져갔는지 이해가 가지 않았다. 죽 총관은 다른 때보다도 약간 더 허리를 숙이며 말했다.

"채석문의 보고에 따르면 그렇습니다."

"이각이 내 계획을 어찌 알고……."

죽 총관은 이각과 미리 짜놓은 말을 떠올렸다.

"제 생각입니다만……."

"말해보게."

"명이 도련님 때문이 아닌지……."

"명이?"

"예, 아실지 모르겠지만, 도련님은 미행에 취약합니다. 거의 백지나 다름없지요.”

“명이가 실수했을 거라 보는군.”

“이각 그 친구가 눈치는 보통이 아닙니다. 명이 도련님이 뭔가 실수를 하셨으리라 봅니다.”

목자량은 검지로 무릎을 두드리며 생각에 잠겼다. 그것은 아주 잠시간의 침묵이었으나 죽 총관에겐 꽤나 길게 느껴졌다.

“그나저나 왜 가져갔을까? 확실히 죽었다 하던가?”

그의 물음에 죽 총관은 채석문을 다시 한 번 강조했다.

“예, 채석문 그자가 일 처리는 보통이 아니더군요. 보고서가 제법 꼼꼼했습니다. 최소 일흔 곳 이상의 치명상, 만공화로 인한 산공 효과, 대량의 출혈, 마지막으로 그 기녀에게 배를 찔리기까지 하였다고 합니다.”

“확실히 죽은 것이로군.”

그리 말하는 목자량의 표정은 어딘지 아쉬워 보였다.

“그렇습니다.”

“한데 대체 왜 가져간 것일까?”

“둘 사이가 제법 돈독했으니 그런 거 아닐까요? 가주님과 척을 져야 할 만큼 무모한 일을 저지른 자입니다. 가르치면서 정이라도 들었나 보지요.”

“…글쎄, 난 딱히 척을 졌다고는 생각 않는데 말이야. 어차피 채석문이 승리한 순간이었고, 그 반대였다고 해도 그쯤에서 이각이 나와줬다는 건 꽤 극적인 연출이지 않나. 개인적으로 꽤 재밌는 상황이었다고 생각 중이네. 이각에게 상을 줬으면 줬지, 척을 질 이유가 없어.”

역시 이자에게 있어서 현조나 채석문의 일은 한낱 유희거리에 불과했다. 그러다 가슴 한구석이 서늘해지는 것을 느꼈다. 지금 역시도 슬쩍 떠보는 것이다.

만약 죽 총관이 이런 소리를 이각에게 말해서 그가 정말 돌아와 버린다면 자신에 대한 의심이 진해질 것이 분명했다.

그리되면 그의 말처럼 이각에게 유감은 없더라도 자신에겐 유감이 생길 것이다. 그래서 이각에겐 당분간 이 같은 사실을 숨길 예정이었다. 적어도 현조가 회복할 때까지는.

“명아는 어떤가? 이각에게 호되게 당했다던데.”

“듣기로는 일도(一刀)에 당했다고.”

“일도에? 그가 자군이 정도의 실력자였던가?”

“예.”

“후후후, 다음 대의 내 지위를 노린다더니…….”

“어림없는 일이라 생각합니다.”

“큭큭, 그렇겠지? 자넨 가끔 적절할 때에 아부를 해서 사람 기분 좋게 만드는군.”

“사실을 얘기했을 뿐입니다.”

‘누가 당신처럼 교활한 자를 이길 수 있겠소.’

유희는 여기까지. 목자량에겐 더 중요한 일이 있었으므로 그는 화제를 돌렸다.

"천왕련의 본단을 지을 터는 정했나?"

"예. 애초 전대 가주님의 목적대로 산 아래의 상화(狀和)에 지을 예정입니다. 다음달부터 공사를 들어간다면 봄에는 완공될 것 같습니다."

상화란 현조가 소향을 만나러 자주 들르고 육검문과 항쟁을 치렀던 마을의 이름이었다.

"지금보다 상권이 발달하겠군."

"아무래도 그렇겠지요."

"어떤가? 경천방을 먹은 게 잘한 짓이었지?"

죽 총관은 고개를 숙여 긍정하였다. 확실히 경천방이 보유한 상인들은 상재가 뛰어났다. 위험한 암염상에 단련된 이들인만큼 상인으로서의 배짱도 크고 신용도 높다. 암염뿐만 아니라 뭘 맡겨도 잘할 것이다.

정말 그런 것까지 계산하여 경천방을 친 것이라면 천산목가의 성세는 꽤 오랜 동안 지속되리라. 그리고 그것은 죽 총관이 바라는 일이기도 했다.

*　　　*　　　*

유택은 젓가락으로 머리를 긁적이며 입맛을 다셨다. 머리카락의 간지러움이 해소되자 뒤이어 같은 젓가락으로 콧구멍을 후볐다. 이 비위생적인 모습을 현조가 볼 수 없다는 것이 다행이었다.

"…대체 왜 깨어나지 않는 걸까?"

만공화의 독기도 다 해소하였고, 외상도 꼼꼼하게 치료했다. 생명력이나 다름없는 진원지기도 어느 정도 복구시켰다.

완치되려면 꽤 시간이 걸릴 테지만 의식을 못 차릴 이유는 없었다. 이각에겐 언제 깨어날지 모른다고 했지만 경험상으론 지금쯤 깨어나는 게 옳았다.

평생 의술에 매진했지만 이렇게 심한 상처를 입고도 살아 있는 사람을 보는 것은 이번이 처음이었다. 이각에겐 큰소리 쳤지만 숨을 붙여놓은 것만도 대단하다 여겼다.

누군가 만공화를 쓴 건 악의에 의해서였겠으나 그것이 천운이 되어 돌아오다니, 세상사는 참 알다가도 모를 일이라는 생각도 들었다.

"그런데 왜 안 깨어나느냔 말이다."

그리 말한 유택은 기다란 목곽에서 장침을 하나 꺼내 들고 백회혈 부근에 갖다 대었다.

"아니지. 잘못 찔렀다간 정말로 영영 안 깨어날 수도 있어. 아니야. 그래도 혹시 의식을 깨울 수도… 아니지. 영영 안 깨어나면 이각에겐 뭐라고 변명하냐고. 난 거짓말 못하는데."

그렇게 일다경 가까이 갈등 중이던 그의 고민은 다른 사람이 덜어주었다.

“시… 끄러…….”

“응, 응, 그럴까? 엥? 누구냐?”

깜짝 놀라 좌우를 둘러보던 유택은 뒤늦게 떠오르는 것이 있어서 침상에 누워 있는 현조를 바라보았다.

현조는 이마를 잔뜩 찌푸린 채로 그를 올려다보고 있었다.

“오오! 깨어났구나!”

“누… 구…….”

“아, 난 유택이라고 한다. 널 살려준 고마운 분이지. 이각과는 잘 아는 사이고.”

현조는 눈동자를 여기저기 굴리며 상황을 파악하려 애썼다.

“나락… 은……?”

“나락? 그게 뭐냐?”

“내… 칼.”

“그런 거 없었다. 넌 여기 도착했을 때 이미 반시체 상태였어. 칼 같은 건 신경 쓸 겨를도 없었다만 내 기억으론 분명 칼은 없었다. 이각이 알지도 모르니 녀석이 돌아오면 물어보마.”

현조가 고개를 끄덕였다. 그것은 아주 미세하여 집중하고 보지 않는다면 알아챌 수 없을 만큼 작은 동작이었다.

유택이 그런 그를 만류했다.

“억지로 끄덕이려고 하지 말고 한숨 더 처자라. 의원 말 들어서 나쁠 건 하나도 없으니까.”

“시… 끄럽… 게나 하……”

“아, 그래그래. 시끄럽게 하지 말라고? 알아들었다.”

현조는 미간을 살짝 찌푸린 뒤 다시 잠에 빠졌다.

이 와중에도 할 말은 다 하다니……. 보통 놈은 아니란 생각이 드는 유택이었다.

“방금 막 잠들었다. 내가 재웠어.”

“보름 만에 깨어났는데 그걸 다시 재웠다고요?”

이각이 입에서 불이라도 뿜을 것처럼 따지자, 유택은 작은 키에도 불구하고 손을 뻗어 그의 머리에 꿀밤을 먹이며 말했다.

“잠이야말로 보약이다. 잠은 몸의 회복에 큰 도움이 되거든. 거기에 나의 의술까지 합쳐졌으니 더욱 빨라지겠지.”

“돌팔이면서.”

생사마의 유택은 실제로도 돌팔이라 불린다. 단지 가끔씩 천하의 어떤 의원들도 고치기 어려워하는 병이나 부상을 뚝딱 고치기 때문에 아직까지 찾는 사람이 있는 것이다.

그래도 부정할 수 없는 사실이기에 그가 헛기침을 하며 말했다.

“너무 초조해하지 마라. 덩치는 큰 새끼가 속은 좁아갖고는. 흠흠, 그나저나 저놈 살리려면 돈이 필요해. 돈 내놔.”

이각은 어딘지 미심쩍어하는 얼굴로 그에게 말했다.

"에이, 침 몇 번 박고 상처 좀 꿰매던 거뿐이던데 그게 그리 돈이 많이 들어요?"

"앞으로 말이다, 앞으로. 약은 달여 먹여야 할 거 아니냐!"

"약이야 직접 캐면서."

"…이 좀만 한 새끼가 무릎까지 꿇기에 도와줬더니, 이젠 날로 먹으려 들어?"

칠 척에 가까운 이각을 올려다보는 주제에 할 말은 아니었다. 그래도 듣던 이각은 괜히 뜨끔해져서 어쩔 수 없이 품속에 손을 집어넣었다.

그의 품에서 빠져나온 것은 백 냥짜리 전표.

유택은 전표가 보이자마자 잽싸게 채가더니 전표를 햇빛에 비춰보며 이리저리 살폈다.

"위조라도 했을까 봐 그러쇼?"

"허험, 뭐, 그럴 리야 있겠냐. 그만한 손재주도 없는 놈인 거 알고 있고."

"한마디를 안 지네."

"타고난 걸 어쩌라고. 하여간 이 돈으로 마을에 가서 약 좀 사 와야겠다."

"여기 다 있는 거 아니오? 무슨 의원이 이래?"

"미친, 천하 모든 약초가 천산에 모여 있다더냐? 여기서 안 나는 약재는 당연히 사 와야 하지."

"쩝, 알았수. 조심해요. 날 찾는 놈들이 제법 될 거요."

“뭔 사고를 쳤냐?”

“천산목가 셋째 아들을 작살내 놨거든.”

순간 유택의 얼굴이 굳어졌다. 그가 낮은 목소리로 말했다.

“…제라도 올리지 그랬냐?”

“그게 무슨 소리요, 아저씨?”

유택은 몰라서 묻느냐는 표정으로 크게 소리쳤다.

“제발 저 좀 데려가십쇼 하고 하늘에 제라도 올리지 그랬냐고, 이 곰 같은 새끼야!! 아니지, 너 같은 놈에게 곰을 비교하면 곰이 수치스러워할 거다.”

그 목소리가 얼마나 컸는지 이각은 귀가 떨어져 나가는 듯했으나 그가 자신을 염려해서 화내는 것을 알았기에 뭐라 대꾸할 수는 없었다.

유택이 다시 말했다.

“괜히 처돌아다니다가 칼 맞지 말고 여기 짱 박혀 있어라. 알았냐?”

“예예, 알았으니 소리 좀 지르지 마요.”

“에잉!! 망할 놈 같으니!”

유택이 투덜대며 사라지자 이각은 귀를 후비며 중얼거렸다.

“사자후라도 익혔나, 무슨 놈의 목소리가.”

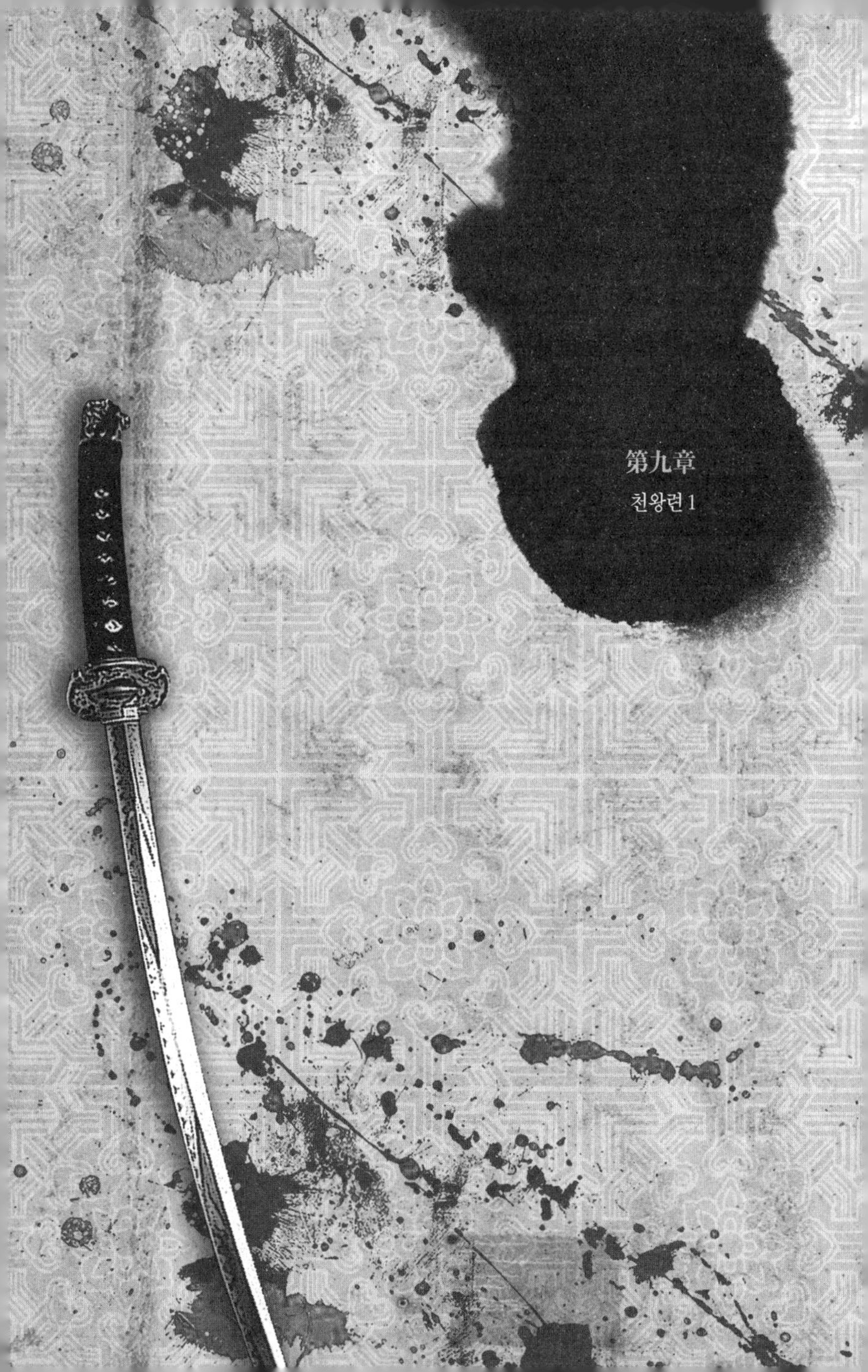

키도 풍운
鬼刀風雲

"**첩**도 아니고 정실이다. 왜 싫다는 거냐?"

"백부님과의 약속은 이미 지켰어요."

소향의 말에 채석문이 피식 웃으며 물었다.

"정말 다 지켰다고 생각하느냐?"

"예."

대답이 끝나자마자 짝! 하는 소리와 함께 그녀의 고개가 돌아갔다. 하지만 그녀는 비명 한 번 내뱉지 않았다. 그저 서늘한 눈빛으로 자신의 뺨을 때린 채석문의 얼굴을 노려볼 뿐이었다.

"왜? 억울하냐?"

채석문의 물음에 그녀는 입술이 터져 흐르는 피를 한 번 스윽 닦으며 대답했다.

"…제게 뭘 원하시는 건지 모르겠어서 그래요."

"그게 궁금했던 거군. 별거 없다. 단지 너에 대한 목명의 집착이 필요할 뿐이지."

"왜요? 현 가가 하나로는 부족하셨나요? 천산목가에게도 복수하시려나 보죠?"

채석문이 서늘한 미소로 답했다.

"눈치가 제법 있구나. 당연하다. 모든 일의 원흉은 도존, 그리고 천산목가. 그 두 이름이 이 세상에서 사라질 때까지 너의 복수는 아직 끝나지 않은 것이다."

"자기 힘으론 복수를 못하나 보죠? 아녀자를 이용하는 걸 보면."

"복수를 위해 도구를 사용하는 건 당연한 일. 그것 역시 힘이다."

"도구……."

그녀는 조카가 아닌 도구에 불과함을 채석문 스스로가 인정해 버렸다. 그녀는 잠시지만 정신이 아득해져 옴을 느꼈다.

채석문이 다시 말했다.

"왜? 도구라 부르니 어이가 없나 보지? 흥! 국성이가 살아 있다면 모를까, 아비를 죽인 놈의 품에 안긴 천하디천한 기생년을 내 피붙이로 인정할 성싶으냐? 불쌍히 죽은 국성이가 아니었다면 네년 역시 진즉 씹어 먹었을 것이다. 말이 나온 김에 다 하도록 하지. 잘 들어둬라. 아직 네 주제를 모르는 듯한데, 네년이 죄를 청산할 기회는 네 아비의 복수에 최선을 다하는 것이다. 그러니 고운 말로 할 때 말 들어라. 죽기 싫으면. 알겠느냐?"

채석문의 독설에도 그녀는 멍한 얼굴로 앉아 있을 뿐, 아무런 대꾸도 하지 않았다. 채석문은 미간을 살짝 찌푸리다 방문을 열고 나가 버렸다.

방 안에 홀로 남은 그녀의 눈에서 눈물이 흘려내렸다.

"현 가가……."

채석문이 하려는 복수. 표면적으로는 채국성을 내세우긴 했으나 그에게 있어서는 이미 개인적인 복수다. 자신의 인생을 뒤틀리게 한 목자량에 대한 복수인 것이다.

현조가 죽었을 때 그는 이미 채국성에게 할 노릇은 다했다고 생각했다. 그가 지금 소향을 이용하는 것은 어디까지나 천왕련에 몸을 담기 위한 수단에 불과했다. 복수를 위해서라면 최대한 높은 곳까지 올라갈 필요가 있었다. 그런 의미에서 소향은 최고의 패라 볼 수 있었다.

이번 일에 꽤 공을 세운 목명, 그리고 그가 집착하는 소향.

아비의 양자이며 자신의 형제나 다름없는 이를 죽이는 데 일조한 것이 무슨 공이 되겠느냐만 목자량은 그랬다.

자신의 일을 그대로 따라주고 충성하는 사람에겐 한없이 관대했던 것이다. 그게 아들이든 수하든 그에겐 무조건 충성할 자가 필요했을 뿐이다. 결과적으로 잘 드는 칼인 현조가 죽긴 했으나 체면 때문인지 아님 다른 이유가 있는 건지는 몰라도 목명은 천왕련에서 꽤 높은 자리를 약속받았다.

그것은 채석문도 마찬가지였다.

목자량은 약속을 꽤 잘 지키는 성격.

쓸모가 있다고 생각하면 적대시하는 무림맹 출신이라도 받아주는 대범함도 있었다.

낯설고 자신을 적대시하는 방파에 몸을 담게 되면 지지해 줄 자가 필요한데 목자량에게 그 같은 것을 바라기란 힘들다.

그는 능력있고 충성스러운 자를 원하지 자신이 신경 써야 할 애물단지를 원하는 게 아니었기 때문이다. 그러니 목명을 잡는 게 옳았다. 혼사가 성사만 된다면 천산목가의 셋째 공자이자 도존의 셋째 아들인 자의 지지를 얻게 됨과 동시에 목자량의 사돈이라는 눈에 보이지 않는 지위도 얻을 수 있는 것이다. 물론 이 같은 계획에는 소향의 역할은 아주 중요했다.

채석문이 향한 곳은 천산목가. 겨우 보름 정도 지났을 뿐인데도 이곳을 드나드는 것이 어색하지 않았다.

익숙한 방향을 따라 걷던 그가 도착한 곳은 바로 의각.

목명이 몸을 회복 중인 곳이었다.

이곳의 의원이 꽤 뛰어나다는 소문은 듣고 있었지만 첩혈도의 강력한 일격에 얻어맞고 사경을 헤매던 목명을 불과 사흘 만에 깨어나게 할 줄은 몰랐다. 채석문이 봤을 때 그 정도 일격이라면 즉사하지 않더라도 며칠 못 넘기고 죽는 게 정상이었기 때문이다. 하지만 목명은 살았고, 지금은 채석문과 혼사에 대해 논의할 정도로 몸이 회복되어 있었다.

의각 안으로 들어서자 의원 몇이 그를 보고 알은체를 했다. 하지만 눈으로만 인사를 할 뿐, 일어서서 그를 반기는 이는 하나도 없었다. 이는 그들이 건방진 것도, 거만한 것도 아니었다. 의각 안에 있는 환자들을 위한 배려였던 것이다.

누군가 찾아왔다고 괜히 호들갑을 떨었다간 의각주에게서 불호령이 떨어질 것은 분명하고, 환자에게도 그리 좋지는 않다. 실례로 그들은 목자량이 오더라도 별로 놀라 하지 않는다. 놀라는 건 오히려 누워 있는 환자들이다.

채석문은 그들의 눈인사에 고개를 숙여 보답하고 이층으로 향하는 계단을 올랐다. 이층에는 개인적인 병실이 있었는데, 그곳 중 한 곳에 목명이 있었다.

목자량의 셋째 아들쯤 되면 그 처소로 의원을 보내도 될 터인데 의각에서의 치료만큼은 예외가 없었다.

일정 수준 이상의 부상이나 병증은 의각에서 치료받아야 하는 것이 규칙인 것이다.

이는 의술에 필요한 모든 것이 갖추어진 의각에서 의원이 환자에게 보다 효과적으로 대처하게 하기 위한 최소한의 규율.

지위를 무기 삼아 함부로 의원을 불러내어 다른 환자들이 중요한 치료를 받지 못하는 경우를 막기 위함이었다. 때문에 이 규칙을 만든 목자량조차도 만약 부상이나 병중이 심하다면 따라야 했다.

채석문은 이러한 점에서조차 목자량의 뛰어남을 느낄 수 있었다. 평소에는 권위적인 듯 보이지만 실제 그는 꽤 계산적이고 효율을 추구하는 인물이 틀림없었다. 편집광이라는 소문이 있기는 해도 자신을 흔쾌히 받아준 걸 보면 소문이 믿을 게 못 되는 것도 알 것 같았고.

의심 많은 편집광은 결코 적이었던 자를 받지 않는다. 스스로 걱정거리를 만드는 짓이었기 때문이다.

이층으로 올라선 채석문은 일 장여를 더 걷다가 우측의 작은 방문을 열었다. 그곳엔 상체를 붕대로 감싼 한 청년이 침상 위에 비스듬히 누워 있었다.

"여, 깨어 있었군."

"무슨 일이오? 어제도 왔다 가놓고선."

"뭐, 근처에 들렀다 왔다네. 겸사겸사 소향이 소식도 전할 겸해서."

소향이란 이름이 나오자 목명의 눈빛이 달라졌다. 경계가 반가움으로 바뀐 것이다.

“그녀가 허락했소?”

“아니네. 하지만 내가 누군가. 조만간 허락할 걸세.”

“아, 아버님께 말씀드렸더니 천왕련의 개파식에 맞추어 혼인을 올리는 게 좋을 거라 하셨소. 경사는 겹치는 게 좋다 하시면서.”

“좋은 생각이시네. 한데 개파식은 언제로 정했는가?”

“별 이상이 없다면 초봄에 본단이 완공될 거라 하셨소. 개파식은 그때 하기로 하고 이미 첩지도 돌리셨다던데…….”

그의 대답에 채석문은 고개를 갸웃거리며 말했다.

“자네 아버님은 무슨 생각인지 모르겠군. 본단이 완공도 되지 않았고 그 날짜도 확실치 않은데 초대장을 돌리셨단 말인가?”

“원래 성격이 좀 급하시오. 남에게 맞춰주는 것이 아닌, 남이 맞춰줘야 하는 것이랄까? 아마 그 첩지에 적힌 날짜에 맞추려고 꽤나 고생할 사람이 많을 거라 보오.”

‘상당히 합리적이면서도 피곤한 인물이로군.’

채석문은 좀 전에 의각에 들어서며 느꼈던 그에 대한 평가를 수정해야 함을 느꼈다. 분명 효율을 추구하고 계산적인 면이 있지만 이렇게 어이없는 일을 쉽게 저지르기도 한다. 상당히 이기적인 인물인 것은 확실했지만 도무지 그 성품이나 성향을 파악할 수가 없는 자이기도 했다.

단순히 말해 변덕이 심한 자였다.

　　　　　　*　　　　　*　　　　　*

천산목가에는 가주 직속의 정보 단체가 있었다. 이는 무림맹의 밀원과 같은 역할을 하지만 딱히 정해진 이름은 없었다.

이름이 있다면 오히려 그 정체가 드러나게 될 가능성이 높으므로 일부러 이름을 짓지 않은 것이다.

그들은 신강과 청해 전역에 흩어져 정보를 수집하고 그것을 모처에서 전서구를 통해 모아 목자량에게 전해온다.

목자량은 하루에 읽어야 할 분량을 정해놓고 어떻게든 정해진 시간 안에 다 읽는다.

그리고 침소에 들기 전 그 정보의 조각들을 머릿속에서 모아 하나하나 끼워 맞추며 하루를 정리한다. 그의 머릿속엔 신강과 청해에 존재하는 모든 문파의 내력과 현 상황이 들어 있고, 그들을 어떤 식으로 이용해야 할지에 대한 구체적인 계획도 세워져 있으며, 그것이 매일매일 조금씩 더 나은 방향으로 변하는 중이다. 그는 이 같은 일을 결코 남과 공유하는 경우가 없었다. 있다면 죽 총관 정도이나 그 역시 목자량에게 있어선 잘 드는 도구 정도로 인식되고 있을 뿐이라, 생각을 완벽히 공유하거나 하지는 않았다.

그런 그가 요즘 하는 일은 바로 이각을 찾는 일이었다. 하지만 그의 이름없는 정보대조차 이각을 찾아내지 못하고 있

었다. 워낙 신출귀몰한데다 마지막에 목격되었던 마을 이후
로는 산을 타고 다니는지 찾을 수가 없다는 것이다. 유명한
사냥꾼을 고용해서 산을 뒤지기도 했지만 이각의 종적은 완
전히 사라지고 말았다. 해서 정보대의 인원들은 다른 지방으
로 도주했을 의견을 보내오는 중이었다.

목자량 역시 그 같은 의견엔 동조하지만 그래도 그를 찾고
싶었다. 왜 현조의 시신을 가져갔는지가 궁금했던 것이다.

자기였다면 실력에 완벽한 자신감이 없는 이상 결코 강자
에게 밉보일 짓을 하지 않았을 테니까.

아니면 뭔가 희망을 보았을지도 모른다. 가령 현조가 살아
있다던가 하는 희망 말이다. 정보대의 요원들이 보내온 서찰
을 읽던 목자량의 입가에 슬며시 미소가 떠올랐다. 그가 들여
다보는 서찰에는 한 의원의 이름이 적혀 있었다.

"그래, 생사마의라면 현조를 구할 수도 있겠군."

그의 뇌가 재빨리 회전했다.

생사마의는 일이 년을 주기로 천산에 들러 약초를 캐고 있
다. 꽤 오랫동안 그 같은 일을 해왔고 봄이 되면 고향이자 주
활동지인 하북으로 돌아간다.

하북?

하북은 이각의 고향이나 마찬가지인 곳.

실제 고향은 알 수 없으나 그가 정식으로 무공을 배우고 출
도했던 곳이기도 했다. 너무 앞서 가는 것일지도 모르나 하북

땅이 넓다고는 하지만 이름있는 의원인 유택과 비무에 빠져 부상을 몸에 달고 살았다는 첩혈도 이각이 과연 단 한 번도 만난 적이 없을 것인가 하는 의문이 들었다.

의문이 들면 반드시 풀어야 하는 성미인 목자량은 전서구의 다리에 묶인 작은 통에 새롭게 쓴 서신을 집어넣었다.

서신 안에는 유택을 감시, 미행하라는 새로운 명령이 들어 있었다.   .

*   *   *

푸드득.

손에 잡힌 비둘기의 다리에서 서신이 든 통을 발견한 한수검은 서신을 꼼꼼히 읽었다. 그리고는 다시 통 안에 서신을 밀봉하고 전서구를 풀어주었다. 그가 다소 초췌한 얼굴로 중얼거렸다.

"유택이라……."

보름 동안 갈피도 못 잡았던 일에 겨우 실마리가 보이는 듯했다. 전서구가 출발했던 가주의 집무실 방향을 슬쩍 바라보던 그는 분노로 흔들리는 눈동자를 겨우 가라앉히며 자리를 떴다.

*   *   *

"아, 니미, 곰탱이가 일을 제대로 쳤나 보구나. 그러니 사
람 팰 땐 봐가며 패라고 했건만."

유택은 뒤통수를 긁적이며 중얼거렸다. 벌써 산을 두 개나
돌았는데도 미행이 안 떨어졌다. 골치가 아팠다. 무림인은 아
니지만 경신법 정도는 익혔다. 방랑벽도 있었고, 약초 캐느라
여기저기 다니는 곳이 많았기 때문이다.

꽤 오랫동안 수련해 왔던지라 경공에는 꽤나 자신있었는
데 이 감시자들은 도무지 떨어질 생각을 않는다.

아무래도 집으로 돌아가기까지 많은 시간이 걸릴 듯했다.

＊　　　＊　　　＊

이각은 다소 걱정스런 얼굴로 밖을 내다보았다.

유택이 올 시간이 지난 것이다. 알아온 시간이 꽤 되는 터
라 그의 경공 실력 정도는 알고 있었다. 무림에 뼈를 묻은 자
신조차 경공으로는 그를 따라잡지 못할 만큼 뛰어나다. 그도
그럴 것이, 개방 방주에게 직접 사사한 경신법 아니던가.

진산절기에 속할 만큼 뛰어난 경신법은 아니었지만 그것
을 가르친 이가 개방 방주라면 다르다. 때때로 가르치는 이
에 따라서 배운 이의 무공의 경지가 정해지듯 그의 경신법
역시 무공으로 따지자면 상승의 고수라 불릴 만큼 뛰어난 것

이었다.

그 같은 행운을 겨우 감기 하나 고쳐 주고 얻었다는 게 믿기지 않았지만 그것이 유택의 목숨을 여러 번 구해준 것만큼은 사실이었다. 그런 그가 이리 늦는다는 것은 확실히 무슨 일이 생겼음이 분명했다. 당장 낭아도를 들고 밖으로 나설까도 생각해 봤지만 침상 위에 홀로 누워 있는 현조를 생각하니 그럴 수가 없었다. 갔는데 유택에게 변고가 생겼고, 자신마저 돌아오지 못할 상황이 된다면 어쩐단 말인가.

자신의 무공이 강하긴 했지만, 패혼각의 고수들이 몰려온다면 장담할 수 없었다.

패혼각 자체는 무섭지 않으나 신임 각주인 천리투광 목자군만큼은 감당하기 힘들었던 것이다. 남들은 그와 자신을 자주 비견한다. 하지만 이각은 알고 있었다. 겨루어보진 않았지만 분명 수준 차가 있었다. 물론 목자량이나 한수검만큼 까마득히 멀게 느껴지는 것은 아니나 거리가 있는 것만큼은 확실했다.

그가 유택에 대한 걱정으로 고민이 많을 때였다. 등 뒤에서 익숙한 목소리가 들려왔다. 침상 쪽이었다.

"뭐… 하… 세요?"

급히 고개를 튼 이각이 침상으로 향했다.

"좀 괜찮냐? 마지막에 잠들고 나서 오 일 정도 흐른 것 같다."

현조의 눈동자가 다른 이를 찾았다. 분명 오 일 전에 잠들었을 땐 이각이 아닌 다른 사람이 있었던 것이다.

이각이 눈치를 챘는지 말했다.

"그분은 어디 가셨다. 나중에 감사드려. 널 살려준 분이니까."

현조가 고개를 끄덕이며 대답을 대신했다.

"이제 목도 움직일 수 있나 보구나. 아저씨가 아주 돌팔이는 아니셨군. 정말 잠이 보약이었어."

"내 칼… 은……."

"네 칼? 아쉽게도 거기에 떨어뜨려 놓은 듯하다. 네놈이 다 낫거든 같이 찾아보자."

현조가 다시 고개를 끄덕였다. 그는 누운 채로 뭔가 묻고 싶은 것이 있는 듯했다. 이각은 이번에도 쉽게 짐작할 수 있었다. 단지 이번엔 화를 냈을 뿐이다.

"그 병신 같은 년 생각하는 거냐?"

"……."

"나 살다 살다 제 배때기에 칼 박아 넣은 년 생각하는 놈은 네가 처음이다. 눈에 살기라도 어려 있으면 말해줬겠는데, 표정을 보니 보고 싶어 죽겠다고 쓰여 있구만. 절대 말 못해. 아니, 안 해!!"

현조는 이마를 살짝 찌푸리며 인상을 썼다. 아니, 사실은 웃으려던 것인데 웃는 것조차 힘이 들어 인상이 찌푸려진 것이다. 이각은 그것을 오해하고 다시 말했다.

"답답해 미치겠네. 그런 년이 뭐가 좋다고 그리도 걱정하냐? 나 같음 단칼에 모가지를 따줬을 거다."

현조는 이번엔 웃는 데 성공했다. 단지 쓸쓸함이 가득 배어 있는 미소일 뿐이었지만.

그 모습에 이각은 차마 더 화를 내지 못하고 한숨을 내쉬었다. 앞으로야 어떻든 지금 현조가 살아 있고, 점차 회복되어 간다는 것에 감사하기로 했다.

"그 애, 파검의 딸이었다더라."

누워 있던 현조의 눈이 크게 뜨였다. 이각은 그의 정신 상태가 이 정도 충격은 견딜 수 있을 거라 예상했다. 아니, 확신했다. 자신이 가르쳤으니 누구보다 가장 잘 알았다. 수련을 시킬 때 정신력에 상당히 공을 들이기도 하지 않았던가.

그의 예상은 들어맞아 다행히 정신적 충격으로 인한 부상의 악화는 없었다.

현조는 눈을 풀고 조용히 중얼거렸다.

"그랬나… 그랬… 었구나."

이각이 몇 마디 덧붙였다. 본래 말하지 않아도 될 일이지만 현조가 겪었을 배신감을 조금이라도 줄여주고 싶은 마음에서 하는 말이었다.

"그 사실을 안 건 얼마 안 되었나 보더군. 적어도 너에 대한 그녀의 감정은 사실이었다."

현조는 작게 고개를 끄덕였다. 그 정도야 굳이 말해주지 않아도 알고 있었다. 아직도 식어가던 자신의 몸을 껴안고 끊임없이 절규하던 그녀의 목소리가 귓가에 아련히 들려오는 것 같았다.

그때 밖에서 유택의 목소리가 들렸다.

"야, 이 곰탱… 아니, 이 대협! 밖으로 잠깐 나와… 보게."

말투가 좀 이상했지만 이각은 한숨을 쉬었다. 좀 전과는 달리 안도의 한숨이었다. 유택의 몸에 변고가 없었음이 확인된 것이다.

하지만 그는 밖으로 나가자마자 익숙한 얼굴을 봐야 했다.

"오랜만이군. 보름 만인가?"

이각이 자기도 모르게 유택과 함께 온 자의 이름을, 아니, 별호를 불렀다.

"검존……."

검존 한수검의 얼굴에 사람 좋은 미소가 떠올랐다.

한수검은 초옥에 들어오자마자 걱정스런 얼굴로 현조에게 다가갔다. 현조는 그를 향해 눈으로 인사했다. 그 역시 현조의 팔을 두드리며 걱정을 표현했다.

뒤에 서 있던 이각이 유택에게 어찌 된 영문인지 묻자, 그는 이각에게 따라오라는 손짓을 하며 밖으로 나갔다.

밖으로 따라 나온 이각을 향해 유택이 허허 웃으며 말했다.

"허허허, 궁금한 것이 있다면 다 물어보게. 내 다 말해줌세."

이각이 꺼림칙한 얼굴로 그에게 물었다.

"아저씨, 약 먹었소? 말투가 왜 그래?"

"아니, 내 말투가 어떻다고 그러나. 난 원래 이랬네."

"개방의 그 욕쟁이 방주한테 경신법만 배운 거 아니잖수. 그냥 하던 대로 해요. 검존 앞이라고 체면 세우지 말고."

그제야 유택의 말투가 원래대로 돌아왔다.

"쳇, 그렇게 티 나냐?"

"엄청 나요!"

"쩝."

"그나저나 어찌 된 일이우? 저자는 어떻게 만났고?"

유택은 어깨를 으쓱하며 대답했다.

"별일 아니었다. 그냥 언놈들에게 감시당하고 미행당하고 있는데 저 괴물이 나타나서 나를 업고 후다닥 뛴 거지. 오래 살다 보니 개방의 그 쭈그렁 할배만큼 빠른 사람 등에도 업혀 보고. 암튼 별일 아니었지?"

"왁!! 검존이 우리 편이라 다행이지, 만약 적이었으면 어쩌려고 그랬어요?"

"난 대가리 없냐? 검도쌍절이 앙숙인 건 천하가 다 아는데 설마 너랑 적이려고. 그래서 믿었지, 뭐. 자고로 적의 적은 친구라니까."

“예예, 그러시겠죠. 대가리 커서 좋으시겠수다.”

“알면 됐고.”

“윽.”

역시 한마디를 지지 않는다.

이각은 조금 피곤해지는 것을 느끼며 검존과 현조가 이야기 중인 초옥 쪽으로 시선을 돌렸다.

한수검은 조금 복잡 미묘한 얼굴로 현조를 바라보았다. 볼이 움푹 들어갈 정도로 말라 버린 현조의 얼굴 속에서 또다시 익숙한 여인의 모습을 발견했기 때문이다.

“괜찮으냐?”

“그럭… 저럭.”

“말은 그만하거라. 괜찮으면 눈을 한 번 깜빡이면 돼.”

현조가 눈을 깜박였다. 그러자 그가 다시 말했다.

“어찌 된 일인지는 모르겠지만 하나는 알 것 같다. 또 도존 그 친구가 연관되어 있다는 것을.”

현조는 아예 눈을 감아버렸다. 대충 짐작하고 있었던 것이다. 그 자리에 목명이 나타난 것부터가 그 증거였다.

“목가는 지금 아주 바쁘더구나. 천왕련 설립 문제로.”

그것은 현조 자신도 아는 일이다.

거기에 큰 공을 세운 것도 자신 아니던가.

“…그래서 말인데, 허험.”

한수검은 무슨 말이 하고 싶은 건지 자꾸 뜸을 들이며 말을 잇지 못했다. 현조는 잘 안 열리는 입을 애써 열며 그를 재촉했다.

"말… 하… 세요."

현조의 말에 그는 용기가 솟았는지 몇 번 더 헛기침을 한 후에 입을 열었다.

"그래, 이제 목자량과의 연도 끊어졌다고 본다. 이대로 그가 널 죽었다 생각해 주면 좋은 일 아니겠느냐? 허험, 그래서 하는 말인데, 나와 함께 떠나는 것이 어떻겠느냐? 일단 그의 영향력이 강한 신강과 청해만 벗어난다면 네가 살아 있다는 게 들키더라도 큰 문제는 되지 않을 것이다."

가만히 듣던 현조가 입을 열었다. 말을 하려고 자꾸 시도하니 좀 더 편해져 가고 있었다.

"왜… 당신과… 가야 합니까……."

"너희 어미와의 인연이 있었다고 말했지? 네가… 남 같지 않아서 하는 말이다."

현조는 눈을 잠시 감고 생각하는가 싶더니 얼마 지나지 않아 다시 눈을 뜨며 말했다.

"도망치려고… 했다면 진작… 도망쳤을 겁니다."

"어째서 도망치지 않았더냐?"

"그에게 복수… 하… 려고. 그리고 소향… 그녀… 와 함께 하고 싶어서……."

한수검은 여기 들어오기 전, 이각에게 사정은 대충 들어 알고 있었다.

"그랬군. 복수라……. 복수를 하고자 한다면 날 따라오면 된다. 그만한 힘을 건네주마. 최고의 검법을 가르쳐 주지."

현조는 고개를 저었다.

"이제 와… 검법을 배울 수는… 없습니다."

한수검은 자신이 얘기를 꺼내놓고도 한심했음을 깨달았다.

도법이 특기인 아이에게 검법이라니, 말이 안 된다. 더군다나 수라도 같은 절세의 도법을 익히고 있지 않은가.

아니, 사실상 이 아이가 수라도의 당대 전승자. 다른 검법을 가르쳐 준다는 소리 자체가 이 아이를 무시한 것이나 다름없었다.

"그래, 하지만 복수란 것은 본래 십 년이든 이십 년이든 시간에 구애받지 않는 법이다. 도존처럼 장수할 놈에게 하는 복수라면 더욱더 그렇지. 그러니 일단 나와 함께 떠나서 힘을 키우는 게 더 나을 것이야."

현조는 다시 고개를 저었다. 그러자 한수검은 약간 다급해지는 것을 느꼈다. 그리고 그것이 집착임을 알았다.

오랜만에 느껴보는 감정이었다. 예전 현조의 어미를 포기할 때, 아니, 버릴 때는 이 같은 감정을 무시했었다. 그리고 그것은 평생의 후회로 남았다. 그는 똑같은 후회를 반복하고 싶지 않았다.

"소향이란 아이 때문이냐?"

현조가 한수검의 얼굴을 쳐다보았다.

한수검은 굳은 얼굴로 말했다.

"널 배신한 아이라 들었다. 미련을 버려라."

현조는 대답하지 않았다. 아무 말도 하고 싶지 않다는 듯 그저 조용히 눈을 감을 뿐이었다. 답답했는지 한수검이 다시 입을 열려고 할 때였다. 현조가 먼저 말을 하기 시작했다.

"그저… 알고… 싶을 뿐입니다."

"뭘 말이냐?"

"…왜 울었는지, 날 죽여야… 하는데… 왜 운 건지……."

이각에게 들었기 때문에 이유는 알고 있었다. 단지 그녀의 입을 통해 직접 듣고 싶었다. 그리고 그녀가 보고 싶을 뿐이었다. 또 어디선가 홀로 울고 있지는 않을지도 걱정이 되었다.

그의 눈동자에서 그리움이 잔뜩 묻어 나오자 한수검은 더 이상 설득이 불가능하다는 것을 느끼며 말했다.

"그럴 기회가 올지는 모르겠지만, 둘이 꼭 다시 만나길 바라마."

"…기회?"

한수검이 입맛이 쓴 듯 씁쓸히 웃으며 말했다.

"그 아이와 목명이 혼인한다더구나."

“쿨럭!!”

“억!! 무슨 일이냐!!”

현조의 입에서 갑자기 피가 울컥 튀어나오자 대경실색한 한수검이 큰 소리로 외쳤다. 그와 동시에 바깥에서 유택과 이각이 황급히 들어왔다.

“뭐야? 뭐야?”

유택이 호들갑을 떨며 현조에게로 다가와 맥을 짚고 이각은 현조의 목 부근의 혈을 짚어 피를 멈추게 했다.

그때 유택이 이각의 뒤통수를 퍽! 하고 후려치더니 장침을 하나 들어 방금 전 이각이 짚었던 혈을 풀어버렸다.

“야, 이 미친놈아, 튀어나오는 피를 가둬 버리는 놈이 어딨어? 기도 막혀 뒈지는 꼴 보고 싶은 거냐?”

“미안해요, 아저씨. 당황해서 그랬수.”

“알면 저기 찌그러져 있어.”

그러면서 그가 손가락으로 가리킨 곳에는 한수검이 초조한 얼굴로 현조를 지켜보고 있었다.

이각이 그에게 다가가 물었다.

“어떻게 된 거요?”

“소향이란 계집 얘기를 하다 이렇게 되었네.”

이각이 현조를 돌아보며 중얼거렸다.

“뭐야, 내가 말할 땐 그냥 참은 거였냐? 그 정도 정신력은 있는 줄 알았더니.”

“…….”

사실 현조는 파검의 이야기에서 이미 크게 충격을 받은 상
태였다. 단지 그게 겉으로 드러나지 않고 속을 갉아먹고 있었
던 것이라 문제였지, 곧이어 곧바로 터진 소향의 혼인 소식에
겨우 눌러놓은 내상이 다시 재발하고 만 것이다.

유택이 검존 앞이라는 것도 잊은 채 험한 말을 내뱉어냈다.

“아, 신경 쓰여. 니미, 누군 날밤 까며 쌔빠져라 고쳐 놨더
니 언놈 둘이 개지랄 떨어서 일을 만들어? 아, 씨발! 의원질
확 때려치워 버릴까 보다!”

뜨끔한 한수검과 이각은 서둘러 바깥으로 나갔다.

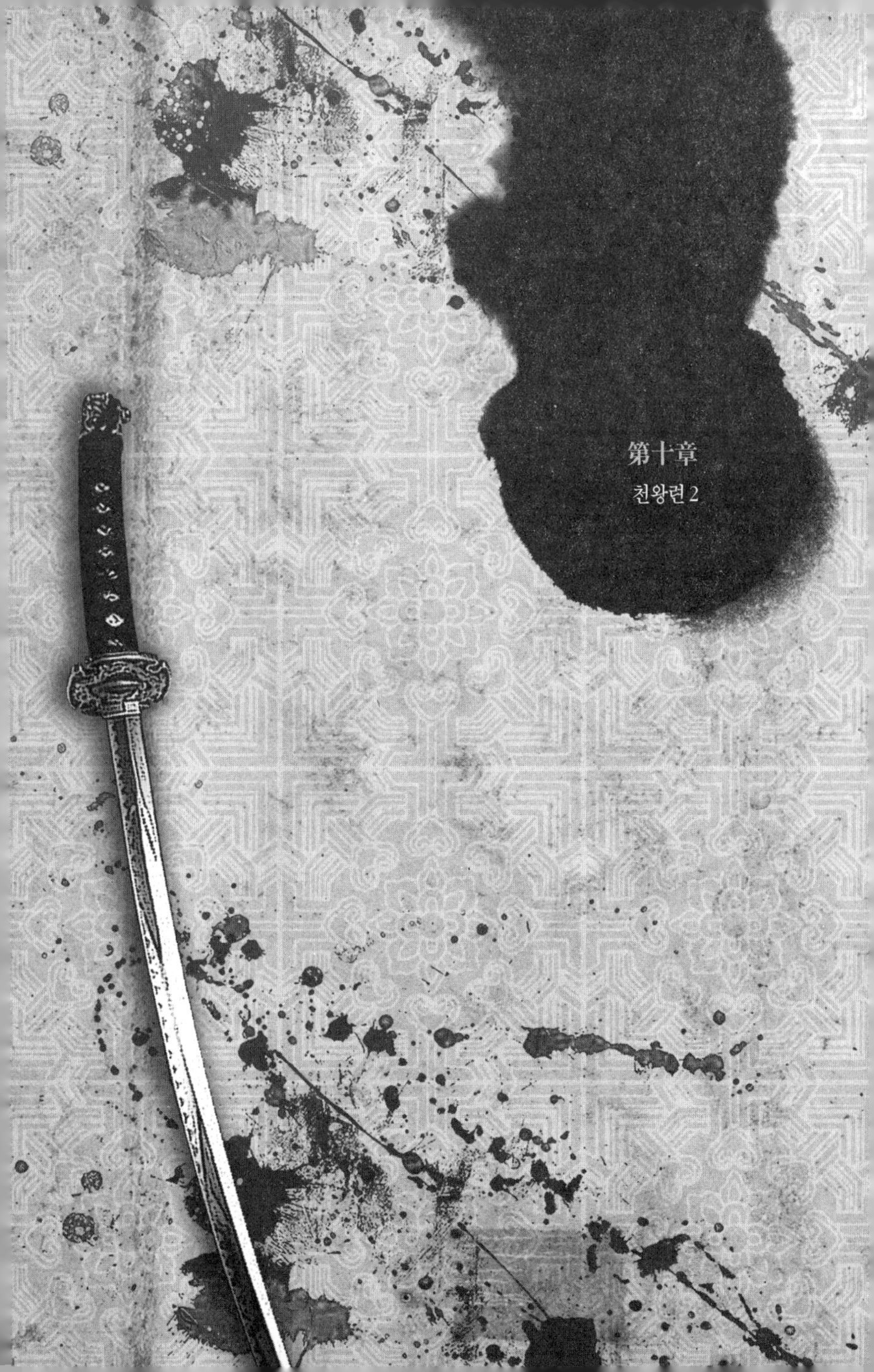
第十章
천왕련 2

키도

풍운

鬼刀風雲

목자량은 기분이 좋았다. 이제 곧 그의 목표가 실현되는 날이 다가오기 때문이다.

드디어 천왕련 본단이 완공되었다. 예상보다 하루나 빨랐다. 이제부터가 중요했다. 앞으로 천산목가가 천왕련의 최상층에 군림하여 천하를 호령하고 대대손손 그 가치를 이어가기 위해서는 자신이 많은 것을 이룩해 두어야 한다.

내일은 그 역사적인 일보를 내딛는 중요한 날.

모든 것이 그의 뜻대로 되는 듯하여 기분이 이루 말할 수 없을 만큼 좋았다. 한 가지 아쉬운 점이 있다면 자신이 공들여 키우던 유희거리인 현조가 없다는 점이었는데, 그 아쉬움조차도 거대한 계획의 시발점을 눈앞에 뒀다 생각하니 크게 와 닿지는 않았다.

　공사 자금 일천만 냥. 완공 시간을 줄이기 위해 다섯 달 동안 공사 인원만 총 일만 명이 동원된 엄청난 구조물이었다.
　높은 성벽과 마흔두 개의 크고 작은 전각들과 즐비한 이 거대한 구조물은 앞으로 천왕련이라 불리게 될 거대 세력의 본거지이기도 했다.
　총 삼만의 인원이 상주할 수 있으며 그만한 인원이 이 년을 버틸 만한 곡식이 저장되어 있다. 본단 앞에 위치한 상화 마을은 지금 때 아닌 호황을 누리고 있었는데, 마을 근처로 천왕련이 들어서게 된 덕분에 많아진 인구수와 그에 걸맞게 커진 상권 때문이었다.
　불과 몇 달 사이에 이 마을은 더 이상 마을이라 부를 수도 없는 소도시가 되어 있었다. 천왕련에 소속된 문파에서 꽤 많은 무사를 보내주고 있었기 때문이다. 촘촘히 모인 유곽 거리 정도가 유명했던 이 작은 도시는 이제 천왕련 덕분에 탈태환골하였다. 아마 앞으로도 꾸준히 발전할 것이다.
　이 도시 안에는 작은 장원이 하나 있었는데 이름은 없었다. 단지 몇 달 전부터 육검문 용검당주 출신의 채석문과 그의 질녀가 함께 살고 있다는 정도였다. 천왕련 본단의 완공으로 인해 들뜬 마을의 분위기가 이곳에도 전염된 것인가?

늦은 밤임에도 불구하고 안쪽이 꽤 소란스러워 보였다.

아닌 게 아니라 실제로 이곳은 내일 중요한 행사가 하나 있었다. 바로 채석문의 질녀이자 파검 채국성의 하나뿐인 딸인 채소향이 천산목가로 시집을 가는 날이었기 때문이다.

수많은 사람이 와서 축하해 줄 만한 일인데도 지금 이곳에는 장원의 시녀와 채석문, 그리고 그의 수하들 정도가 나와 소향의 혼례복을 구경하는 중이었다.

붉은 면사로 얼굴을 가린 그녀는 조용했다. 그저 눈을 감고 시녀나 하인들이 떠드는 축복의 말들을 무시하려 애쓰고 있을 뿐이다.

내일, 드디어 내일 운명의 날이 다가온다.

그녀는 잠시 눈을 뜨고 하늘을 바라보았다. 하얀 보름달이 하계의 들뜬 기분과는 별 상관 없다는 듯 세상을 비추고 있었다. 그녀는 이제 이 세상에 없을 누군가를 떠올리며 기도했다.

'달님, 현 가가를… 현 가가가… 보고 싶어요.'

면사 안쪽으로 흐르는 눈물은 누구도 보지 못했다.

*　　　*　　　*

그의 의식은 어둡고 음침한 망각의 바다를 유영하며 점차 자신을 잊어가는 중이었다. 이대로 망각의 흐름 속에 자신을 녹인다면 그는 영영 깨어나지 못하리라.

그렇게 얼마나 시간이 지났을까, 또 의미없이 공허한 시간을 보내던 중 그는 얼핏 스쳐 지나가는 느낌에 고개를 돌려야 했다. 분명 들리지는 않았다. 하지만 누군가 자신을 애타게 부르는 것 같은 기분이 들었다.

아주 익숙한, 그러나 몹시 슬픈.

그는 목소리가 들려올 법한 곳을 향해 천천히 걷기 시작했다.

*　　　*　　　*

"언제 깨어날지 내가 어떻게 알아, 사고 친 놈들이 잘 알겠지! 에잉!!몰라!! 배 째!"

"……."

이각은 할 말이 없었다. 다 무식이 죄였다. 아픈 환자한테 할 말이 있고 하지 말아야 할 말이 있건만.

가장 책임있는 한수검은 이미 천왕련의 개파식에 참여한다고 가버렸다. 덕분에 하루에 두 번 꼴로 있는 유택의 짜증을 들어주는 것은 이각의 몫이 되고 말았다.

"응?"

귀를 가리고 한쪽 눈을 감은 채 유택의 잔소리를 듣던 이각의 다른 쪽 눈에 뭔가가 포착되었다. 바로 현조의 손가락이 아주 작게나마 떨리고 있는 것이다.

"앗!! 저… 저거!!"

"뭐가 저거냐!! 이 새끼가 말 돌릴라고!"

"아니, 그게 아니라 방금 저놈 손가락이 움직였어요!!"

"오오!!"

기쁨인지 안심인지 알 수 없는 탄성을 내지른 유택은 품에서 목곽을 하나 꺼내더니 그 안에 가지런히 놓인 금침을 들고 현조의 몸에 하나씩 하나씩 꽂기 시작했다.

그 모습이 얼마나 진지하고 조심스러운지 이각은 보는 내내 침 한 번 삼키지 못하고 얼어붙은 듯 서 있어야 했다.

*   *   *

"도존이 제대로 사고를 쳤구먼."

십결의 매듭을 두르고 지저분한 몽둥이를 손가락으로 돌리며 길을 걷던 거지노인이 저 멀리 보이는 천왕련의 웅장한 자태에 혀를 차며 중얼거렸다.

"남쪽의 혈교, 북의 무림맹, 그리고 천하를 아우르는 우리 개방, 이에 더하여 서쪽의 천왕련이라……. 세 개의 하늘[三天]이 네 개의 하늘[四天]으로 바뀌는 것인가?"

거지노인은 씁쓸한 눈으로 천왕련의 성채를 바라보았다.

"칼날 위에서 겨우 지탱되던 힘의 저울이… 한낱 야인에 불과하던 도존의 손에 달리다니. 쯧쯧."

*　　　*　　　*

이십대 중반을 갓 넘은 듯한 청년. 그는 사내라 부르기도 힘들 만큼 뛰어난 미모를 자랑하고 있었는데, 여인처럼 가느다란 턱 선과 사슴처럼 쭉 뻗은 목, 그리고 붉은빛이 감도는 긴 머리카락 사이로 보이는 영롱한 눈동자와 오뚝한 콧날은 천하제일의 미녀도 울고 갈 만큼 뛰어났다.

게다가 아직 쌀쌀한 초봄임에도 푹 들어간 쇄골과 탄탄한 가슴을 반쯤 내보인 얇은 옷은 어딘가 퇴폐적인 분위기를 내보이기까지 했다.

그는 나른해 보이는 눈동자를 굴려 자신이 타고 있는 가마의 휘장 밖을 둘러보다가 한숨을 내쉬며 말했다.

"구주십삼세가 어찌 이런 꼴이 된 것인지… 정녕 우리 쪽엔 인물이 없단 말인가?"

"…사실 그렇긴 합니다. 옛날에는 무림에 내로라하는 고수들이 대부분 구주십삼세에서 나왔지만… 강호를 독보하던 야인들 중에 나온 경우는 거의 없었습니다. 그러던 것이 전대의 천외삼성 때부터 뒤틀려 버렸지요."

밖에 있던 하위 제사장(下位祭司長) 마백이 특유의 설명조로 대답하자 청년은 심통 맞은 얼굴로 말했다.

"그러기에 고수를 키우는 것을 게을리하면 안 된다고 했건
만."

"어쩔 수 없습니다. 무림의 방파라는 게 무림에 속해 있기
는 해도 어디까지나 이익 집단 아니겠습니까? 거기 속해 있는
무인들은 대부분 직장이나 일터라 생각하지, 사문이라고는
생각지 않습니다. 무공 외에도 일터에서 할 일이 얼마나 많은
데 무공을 수련하겠습니까? 표국의 표사들이나 별다를 바 없
습니다."

"쩝, 그런가?"

"아시지 않습니까, 우리보다 세력이 떨어지는 무림맹이 우
리 혈교와 동수를 이루는 것은 그들이 무를 연구하고 단련하
는 무림 문파들 위주로 모였기 때문에 가능한 겁니다. 개방이
야 알짜배기 고수들을 정파, 사파 가리지 않고 천 년간 영입
해 왔으니 당연히 강한 거고, 우리야 자체 조달 아니면 고용
하는 방식 아닙니까. 차이가 날 수밖에 없습니다. 더군다나
이 무림이 세력 대 세력 싸움으로 변질되어 가는 통에 많은
무인들이 수련보다는 쪽수 싸움을 좋아하게 됐습니다. 이른
바 대가리 수엔 장사 없다 전법이지요. 당연히 무공 자체가
퇴보할 수밖에요. 십존구마 중 대부분이 구주십삼세와는 무
관한 그저 그런 문파나 무가 출신입니다. 아니면 도존처럼 스
승에서 제자로 직접 무공을 내려받는 형식의 전승 무인들이
고요. 그들은 수행에 힘쓸 시간이 상당히 많기 때문에 강해질

수밖에 없어요. 아주 당연한 겁니다. 그리고 그러한 자들이
문파를 만들면 강할 수밖에 없지요. 머릿속에 똥만 찬 윗대가
리들과는 달리 무림에서 살아남으려면 뭐가 중요한지 잘 알
고 있거든요."

"하긴 우리 교의 영감들도 현실에 안주하려고만 하고, 젊
은 애들이 뭐 좀 해보자고 하면 앞뒤 꽉 막혀 예산 타령이나
하고 자빠졌지. 아, 천왕련이 정말 부럽다. 확~ 무신론자 돼
버리고 도존 밑으로 들어가 버릴까?"

"마음에도 없는 소리 하지 마십쇼."

마백의 코웃음이 휘장 밖에서 들려왔지만 청년은 그것을
무례하다 생각지 않았다. 어릴 때부터 자신을 업어 키운 마백
은 자신에게 함부로 말할 수 있는 몇 안 되는 친구 중 하나였
으니까.

청년은 혈교의 팔대제사장 중 하나였으며 혈교의 십대마
공의 상위에 속한 적염신마공(赤炎神魔功)을 오성이나 익힌
고귀한 존재였다. 그러나 너무 일찍 고귀한 지위를 얻었기 때
문인가? 마음을 터놓을 만한 친구는 손으로 꼽을 정도로 적었
다. 그나마 있는 이 역시 마백과 같은 상하 관계였지 동등한
관계는 없었다. 그러한 사정의 청년이었기에 마백의 존재는
소중하기 이를 데 없었다.

마백이 다소 진지한 얼굴로 청년을 향해 말했다.

"그러한 교의 정점에 오르셔서 모든 것을 뜯어고쳐야 할

분이 바로 소공(少公)이십니다."

또 잔소리냐?

청년은 귀찮았는지 비스듬히 누운 채 손으로 턱을 받치고 자는 시늉을 했다. 하지만 그의 두 눈은 뜨여 있었다.

휘장 너머 저 멀리 천왕련의 웅장한 성채가 보였기 때문이다.

"벌써인가? 어이, 마백. 저 정도면 본 교의 성지에 맞먹지 않겠어?"

"규모 면에선 저희를 따라오기 힘들지만… 앞으로 인구가 늘어나고 증축을 한다면 맞먹을 수도 있을 것 같습니다."

"흠, 그렇군. 하여간 빨리 가보자고. 도존이란 자를 빨리 보고 싶어."

"예, 소공."

*　　　　*　　　　*

사부로부터 물려받은 애검 성뢰(星雷)를 정성스레 닦던 유성환(柳星煥)은 바깥의 소란스러움에 인상을 살짝 찌푸렸다. 검을 닦을 때는 수련 때와 마찬가지로 조용한 곳에서 정신을 집중하여야 하건만.

기분이 살짝 불쾌해진 그는 왠지 모를 호기심에 객방의 창문을 열었다. 이층인지라 아래쪽의 소란이 한눈에 다 보였는데, 소란이라기보다는 일종의 축제 분위기였다.

"혼인이라도 하는 건가?"

천왕련의 개파식 날 코앞에서 혼인이라니. 꽤나 대담한 집안이라는 생각이 들었다. 잠깐의 호기심을 거두고 창문을 다시 닫은 그의 귀로 익숙한 목소리가 들려왔다.

"준비는 다 했느냐?"

유성환은 벌떡 일어나더니 정중히 자세를 낮추며 예를 표했다. 그럴 만도 한 것이, 그에게 말을 건 이는 그의 하나뿐인 스승이자 세상으로 부터 검존이라 불리고 천하제일검이라 칭송받는 절대의 고수, 한수검이었다.

그가 제자인 유성환을 이곳으로 부른 이유는 강호 경험을 쌓게 하기 위함이었다. 이미 독립하여 이름 높은 고수로 활약 중인 제자였으나 자기가 보기엔 아직 부족한 점이 많았기 때문이다. 현조를 소개해 주기 위한 것도 있었지만 몇 달 전 자신의 불찰로 인해 현조는 여전히 혼수상태. 아직은 때가 아님을 느꼈다.

"가자꾸나."

"예, 스승님."

*　　　*　　　*

천하에는 구주십삼세가 있다.

무림맹과 개방, 혈교를 뜻하는 삼천(三天).

유성곡, 귀마곡, 생사곡, 진왕곡, 이 네 개의 금지를 뜻하는 사곡(四谷).

장강수로연맹, 천하녹림연맹, 사천무림련, 철마련, 천외육가가 만든 육가련, 칠대세가가 만든 금왕련 이하 육련을 합하여 구주십삼세라 부른다.

이들 열세 개의 세력은 세워진 초창기부터 지금까지 어느 하나라도 쉽게 자리 잡은 적이 없다. 모두 수많은 시행착오와 성공과 실패를 겪고 나서 천하에 이름을 널리 떨치는 거대 세력으로 솟아오른 것이다.

한데 천왕련은 달랐다.

어떠한 시행착오도 없이 정해진 수순을 밟듯 순식간에 컸다. 오직 단 하나의 가문에 의해 청해와 신강의 모든 방파가 접수되고 천왕련이 발족됐다. 이 놀라운 성과를 이룬 가문의 주인은 바로 천하제일도 목자량.

도존이라는 별호로 더 유명한 자였다.

전무후무한 업적을 이룬 목자량에 대한 관심은 지나칠 정도라 천산목가와 천왕련의 본단이 지어진 곳 근처에는 구주십삼세를 비롯한 천하 각지에 산재한 수많은 문파와 방파들의 첩자들로 붐볐다.

변경 취급받던 신강과 청해가 순식간에 천하인의 이목과 관심이 집중된 돌풍의 핵이 된 것이다. 아니, 정확히 말하자면 천하의 모든 눈이 천왕련을 향하고 있었다.

천왕련이 구주십삼세의 육련과 경쟁하는 수준이었다면 천하인 모두 놀라기는 할지언정 이렇게까지 관심을 두진 않았을 것이다. 문제는 천왕련이 구주십삼세 최강의 방파인 상위의 삼천(三天)과 자웅을 겨룰 만큼 커져 있었다는 데 있었다.

이는 마교가 새롭게 부활한 것만큼이나 큰 화젯거리였다. 적게는 수십 년, 많게는 천 년간 이어온 전통의 방파들과 어깨를 나란히 할 세력이 단 한 사람의 손에 의해 주도되어 만들어진 것이다. 더구나 그자는 천외육가가 만든 육가련의 수장이기도 했다. 사람들은 혹시 육가련마저 천왕련에 흡수되는 것이 아닌지에 대해 귀추를 기울였다.

정말 그리된다면 천하라는 저울추를 관장하던 중립 개방은 새로운 도전자를 맞이하게 된다. 어쩌면 천하에 피바람이 불지도 몰랐다.

천왕련이 특정 세력의 손을 들어주면 그동안 억눌려져 있던 서로에 대한 불만과 힘이 한꺼번에 터져 나오게 될 것은 불 보듯 뻔한 일이었으니 말이다.

요 며칠 사이 천왕련에는 두 가지 경사가 있었다. 하나는 천왕련의 역사적인 개파식이었고, 다른 하나는 도존 목자량의 셋째 아들이자 천왕련 신룡전의 전주인 목명의 혼인식이었다. 혼인이야 닷새간 열리는 개파식의 과정 중에 딸린 하나의 순서 정도로만 여겨졌던 터라 많은 관심을 받지는 않았다. 다만 미래의 천왕련을 이끌어갈 후기지수에게 많은 관심과 선물이 쏟아졌을 뿐이다.

엊그제 혼인식을 끝내고 계속되는 개파식을 돕던 목명은 아비인 목자량에게 허락을 받고 신부인 소향을 보러 갔다.

"뭐야, 그 눈빛은?"

목명은 방에 들어서자마자 그녀를 타박했다.

그럴 만도 한 것이, 신혼인 아내의 눈빛은 다 죽은 사람처럼 힘없고 처량해 보이기까지 했다. 정상적인 남편이라면 결코 기분 좋아할 눈빛은 아니다. 특히 제 어미를 닮아 체면과 권위를 소중히 하는 목명으로선 결코 용납할 수 있는 일이 아니었다.

짝!

소향의 고개가 돌아갔다. 자신의 비위를 맞춰준다며 온갖 보석과 아름다운 시를 써서 선물하던 목명의 모습이 다 가식이었다는 것은 진즉 알고 있었다. 해서 신혼 첫날 처음 뺨을 맞을 때와 지금 이 순간도 그리 놀라운 일은 아니었다.

목명은 비명 한마디 내지르지 않고 공허한 눈으로 자신을 바라보는 소향의 눈을 피했다.

아랫입술이 저절로 깨물렸다. 그녀의 뺨을 올려붙인 손끝이 떨렸다. 이러려고 혼인한 게 아니었는데, 이러려고 현조를 죽이는 데 동조한 게 아니었는데…….

　모든 것이 그가 상상하던 미래와는 달랐다. 그는 현조만 없으면 그녀가 자신에게 올 줄 알았다. 하지만 실상은 달랐다. 그녀는 계속해서 반쯤 넋이 나간 채로 행동했고, 도무지 자신에게 마음을 열지 않고 있는 것이다.

　비참함을 느낀 그는 방문을 부서져라 닫으며 나가 버렸다.

　그녀는 빨갛게 부은 뺨을 슬쩍 어루만지며 창문을 열었다.

　그녀의 눈은 여전히 공허했으나 초저녁에 살포시 떠오르는 달의 잔영으로 동공이 가득 찼다.

＊　　　＊　　　＊

　거구의 사내는 거친 산길을 오르며 숨을 길게 토해냈다. 하얀 입김이 허공에서 서리가 되어 비산했다. 봄이 맞는 건지 의문일 정도로 혹독한 날씨였다.

　그는 등에 커다란 상자를 하나 짊어지고 있었는데 꽤 무거운 듯 그의 얼굴엔 땀이 송골송골 맺혀 있었다. 그가 엄청난 수련을 거친 절정의 도객임을 감안한다면 상자 안에 든 물건의 무게가 어느 정도인지 짐작할 수 있을 것이다.

　짐이 없을 땐 한 시진이면 충분하던 거리가 오가는 데 두 시진이나 걸렸다. 그나마도 사내의 경신법이 제법 괜찮아서 이 모양이었지, 보통 사람이었다면 하루도 더 걸렸으리라.

　그는 산길의 나무 숲 사이로 익숙한 초옥이 모습을 드러내자 발걸음을 재촉했다. 아직 녹지 않은 겨울의 잔재인 눈 무덤들이 산 곳곳에 쌓여 있었지만 그는 춥다고 느끼지 않았다.

초옥에 도착한 그는 자기 덩치만 한 나무 상자를 마당 앞에 던져 놓고 큰 소리로 외쳤다.

"나 왔다!!"

잠시 후 안에서 오십대 정도로 보이는 장년 사내 하나와 약관의 청년이 나왔다. 청년은 병상에서 막 일어난 듯 눈이 퀭하니 들어가 있었지만 그에 대비되게 장년의 사내는 약간 통통한 볼 살에 염소수염을 하고 있었다.

장년의 사내가 투덜댔다.

"니미, 넌 칼을 만들어 오냐?"

거구의 사내 이각은 유택의 타박에도 아랑곳하지 않고 몸을 숙여 마당에 눕혀진 상자를 열었다. 그러자 도갑에 몸을 감춘 수백 자루의 칼이 와르르 쏟아졌다.

"원하는 만큼 구해왔다."

청년은 약간 비틀거리는 몸짓으로 천천히 칼들을 향해 다가갔다. 그러며 칼을 한 자루 한 자루 뽑아보고 균형을 보는 등 꽤 고심하는 듯했다.

이윽고 일각 정도가 지났을 때 그는 총 아홉 자루의 칼을 선택한 뒤였다. 이각이 볼 때 그가 선택한 칼은 대부분 청년이 평소 지니고 다니던 애도(愛刀) 나락과 비슷한 길이와 형태였다.

칼을 이렇게 많이 쓸 수는 없을 텐데…….

이유를 몰랐던 이각이 청년에게 물었다.

"너무 많은 거 아니냐?"

청년은 힘없는 표정으로 대꾸했다.

"…해볼 게 있어요."

"그래, 그렇군. 해볼 게 있다면야 어쩔 수 없지만… 어쩔 테냐, 현조. 야밤에 습격이냐, 아니면 정면으로 쳐들어갈 거냐? 내 생각엔 가지 않는 것이 제일 좋겠다만……."

현조라 불린 청년은 대답하지 않았다. 그저 자신이 선택한 칼을 하나하나 허리춤에 꽂거나 등에 차고 있을 뿐이었다.

그 일이 다 끝났을 땐 다소 우스꽝스러운 형상이 되었으나 현조는 개의치 않는 듯했다. 현조가 이각을 똑바로 쳐다보며 말했다.

"지금 갈 겁니다."

*　　　　*　　　　*

대낮임에도 만취한 목명은 자신의 방으로 돌아와 소향을 찾았다. 여전히 그녀는 자신을 반기지 않는다.

그가 소향을 보자마자 내뱉은 첫마디는, 아니, 첫 외침은 이랬다.

"왜!!"

소향의 몸이 잠시 움찔했다. 비록 그녀의 마음이 워낙 크게 상처받은 터라 타인에게 벽을 쌓고 있는 중이라지만, 무인으로서의 목명이 살기를 담아 외치는 목소리는 그녀를 놀라게 하기에 충분했다.

목명은 그녀에게서 약간의 반응이 오자 그것을 즐기며 다시 말을 이었다.

"내가 널 먼저 봤잖아! 그 현조새끼보다 내가 널 먼저 봤잖아!"

그가 천천히 그녀에게 다가갔다. 그녀는 두려운 눈빛을 보이며 조금씩 뒤로 물러섰다.

"그런데 대체……."

그녀가 두려워하는 것이 역력하자 목명은 또다시 수치심을 느꼈다. 그가 이를 갈며 다시 말했다.

"대체… 왜 그 녀석을 사랑한 거지?!"

그가 그녀의 어깨를 강하게 움켜쥐었다. 소향이 고통에 인상을 찌푸렸다. 그가 말했다.

"내가… 내가 널 더 사랑해. 그 녀석보다 더 사랑한단 말이야!!"

"꺄악!"

목명이 얼마나 힘을 줬던지 그녀의 한쪽 어깨뼈가 빠지고 말았다. 그녀의 입에서 자연스레 비명이 튀어나왔다.

그러나 목명은 멈추지 않았다.

퍽!!

"학!"

그녀의 복부에 주먹이 박혔다. 고개 숙인 그녀의 얼굴이 세차게 돌아갔다. 그가 뺨을 때린 것이다. 그로 인해 한쪽 고막이 터지며 피가 흘러나왔다.

그녀의 가녀린 몸에 폭력을 행사하는 목명의 얼굴이 광기로 얼룩졌다. 쓰러진 그녀의 몸에 올라타고 얼굴에 주먹질을 하던 목명이 흉소를 흘리며 말했다.

"크흐흐… 그렇게 상처받은 척할 필요는 없지 않았을까? 어차피 현조를 사랑한다면서 비수를 찌른 건 네년이었잖아. 내숭도 정도껏 떨었으면 이렇게 맞을 일은 없었을 텐데 말이야."

몸의 상처가 아닌 마음의 상처를 건드렸기 때문인가? 심하게 맞아 부어 오른 소향의 눈에서 한줄기 처량한 눈물이 흘러나왔다. 목명의 흉소가 더욱더 진해졌다. 지금 이 순간 그의 얼굴은 아비인 목자량을 가장 많이 닮아 있었다.

그가 천천히 일어서더니 바지를 내리며 말했다.

"처맞으면서도 그 새끼가 생각나나 보지? 좋아, 날 사랑하지 않겠다면 대신 그 몸이라도, 그 껍데기라도 확실히 내 걸로 만들어주마. 새끼 한둘 낳고 나면 너도 언젠가는 포기하겠지."

그녀의 눈에서 끊임없는 눈물이 흘러나왔다. 피투성이가

되어 부은 그녀의 입이 아주 작게 들썩였다. 그녀의 옷을 벗기느라 정신이 없는 목명은 그 소리를 듣지 못했다.

"현… 가가……."

*   *   *

천왕련의 개파식은 절정에 달했다.

오늘은 천왕련의 련주가 하늘에 제를 올리고 하늘 아래 정식으로 천왕련이 개파했음을 선포하는 날이었다.

그 같은 행사는 천왕련 본단의 정문 아래에서 이루어지고, 이윽고 정문이 열리면 개파식의 모든 일정은 끝이 난다. 남은 것은 개파를 기념하는 연회 정도랄까?

정문 앞에 세워진 제단 밑으로 사람들이 하나둘 모이기 시작한 게 근 한 시진. 벌써 천왕련 앞에는 칠만에 달하는 인파가 모여 있었다. 초청을 받고 온 무인뿐만 아니라 역사적인 개파식에 참석하러 온 천하 각파의 무인들과 인근의 주민들까지 모이니 그 숫자가 어마어마했다.

현조는 그 틈을 타 천왕련 내부로 진입할 수 있었다. 다행히 그를 알아보는 자는 없어서 순찰에게 걸리더라도 개파식에 구경 왔다가 안에서 길을 잃은 무인이라 대답하면 그만이었다. 새로 충원된 순찰무사들도 순찰 경로를 이탈할 수 없는지라 대충 어디로 빠져나갈지만 알려주지 현조를 데리고 나가거나 하지는 않았다.

지금 그는 미리 알아낸 목명의 처소를 찾아가는 중이었다.

그곳에 그녀가 있었기 때문이다.

반쯤 찢긴 옷을 주섬주섬 주워 모은 소향은 피가 흐르는 입술을 손으로 훔치며 중얼거렸다.

"현 가가 말대로… 달님은 소원을 들어주지 않나 봐요."

그녀는 반라의 몸으로 방 안을 두리번거렸다. 그러다 채석문이 주었던 아비의 유골 항아리를 발견하고 엷은 미소를 흘렸다.

"아버지… 왜… 제 앞에… 나타나셨어요. 아무것도… 하시지 말지… 가련한 기녀 인생답게… 여기저기 팔려가게 두시지… 왜 절 찾으셨나요."

어느새 취기가 싹 가신 목명은 처소를 빠져나오며 생각했다. 힘없는 여인을 때리는 것, 그것도 아내를 때리는 일은 처음이었다. 그런데도 거부감이 없었다. 오히려 시원하기까지 했다. 좀 더, 좀 더 심한 폭력을 휘두르고 싶었다.

그녀의 뼈에 금이 가게 하고 얼굴이 돌아갈 만큼 주먹을 휘두를 때 그는 묘한 청량함이 전신을 감싸는 기분을 느끼기까지 했다. 이 같은 유희거리엔 앞으로 좀 더 연구가 필요함을 느꼈다.

현조는 그가 처소에서 나오는 것을 보았다.

그다! 녀석이다!

피가 섞이지 않은 형제. 하지만 이젠 적이다.

먼저 건드린 적이 없건만 녀석은 자신을 건드렸다.

소향마저 빼앗아갔다. 게다가 허리춤엔 자신의 칼 나락마저 차고 있었다.

용서할 수 없었다.

어린 시절, 구 노인을 앗아간 목자량의 둘째 목유도 우선순위에 있었지만 목명을 최상단에 놓을 예정이다. 반드시 가만두지 않을 것이다.

현조는 목명에 대한 결의를 확고히 하며 처소를 향해 다가갔다. 이제 그녀를 만날 시간이다.

사실 만나도 뭘 해야 할지 모른다. 이미 그녀의 사정은 다 알고 있었다. 자신이 목자량에게 복수를 해야 하듯이 그녀 역시 아비의 복수를 하는 것은 마찬가지이다.

단지 물어보고 싶은 것이 있었다.

그때 왜 머뭇거렸는지, 왜 그리 울었는지…….

사랑하는지, 아니, 정말 사랑했는지…….

알고 싶었다. 이미 답을 알았지만 그녀의 입을 통해 확인하고 싶을 뿐이었다. 그보다는 그 핑계로 미친 듯이 보고 싶은 마음을 달래는 것이었다.

만약 그녀가 자신을 다시 죽이려 한다면…….

그는 기꺼이 죽어줄 것이다. 단순한 치명상이 아닌 확실히 죽음에 이르게 하는 방법을 그녀에게 알려줄 수도 있었다.

그저 한 번만 다시 볼 수 있다면 그는 그것으로 족했다.

처소 깊숙한 곳에 위치한 빙문 앞에서 현조는 그녀의 익숙한 향기를 느꼈다.

반라의 몸으로 유골 항아리를 품에 안고 고개 숙여 울던 그녀는 침상으로 다가가 침대 밑에 손을 뻗었다. 그녀가 침대 밑에서 찾은 것은 한 자루 시퍼렇게 날이 선 단검. 그녀가 현조의 배를 찌를 때 썼던 것이다.

그녀는 검날에 비친 자신의 얼굴을 보며 웃었다. 앞니가 서너 개 정도 나가고 양쪽 눈과 볼 한쪽이 크게 부어 있었다. 특히 양 눈은 부어 오른 살이 눈을 거의 뒤덮어서 눈동자가 보이지 않을 정도였다.

그래도 그녀는 웃었다. 하지만 눈에서는 눈물이 흘렀다. 자신의 처지가 처량하여 울었고, 현조가 보고 싶어 울었다.

매일같이 달님을 향해 소원을 빌었지만 응답은 없었다. 하긴 자신이 직접 현조를 죽였는데 현세에서 다시 볼 수 있을 리가 없었다. 어쩌면 달님은 소원을 이루어주려고 했지만 그녀 자신이 깨닫지 못하는 것일 수도 있다는 생각이 들었다.

그녀가 단검을 거꾸로 잡고 그 끝이 심장을 향하게 했다.

"어쩌면… 어쩌면… 볼 수 있을 거예요. 그렇죠, 가가?"

왠지 저 문밖에 현조가 있을 것 같았다. 분명히, 분명히…….

슬프게 웃던 그녀가 칼을 쥔 손에 힘을 주었다.

작은 파육음이 방 안을 울리고 그녀가 쓰러지는 소리가 뒤를 이었다.

현조는 떨리는 마음을 가다듬고 문을 열었다. 문을 반쯤 열었을 때 익숙한 소리와 뒤이어 누군가가 쓰러지는 소리가 들렸다. 그는 첫 번째 소리가 들렸을 때 이미 문을 열어젖혔다. 그것은 너무나도 익숙한 소리. 날카로운 금속이 누군가의 살과 뼈를 꿰뚫는 소리였다.

현조의 얼굴이 일그러졌다. 평생 이렇게 찡그려 본 적이 있는가 싶을 만큼 완전히 일그러졌다.

그는 급히 앞으로 달려갔다. 반라의 몸으로 가슴에 비수를 꽂은 채 쓰러져 있는 그녀.

그가 애타게 보고 싶어했던 소향이었다.

그는 무릎을 꿇고 그녀의 손을 잡았다.

"소… 소향… 소향… 소향……."

아무런 말도 못하고 그녀의 이름만 불렀다.

그녀가 눈을 떴다. 현조를 보고 잠시 놀랐는지 입을 살짝 벌렸던 그녀가 떨리는 목소리로 말했다. 그러나 그 소리는 너무도 작아서 현조는 그녀의 입가에 귀를 바짝 붙여야 했다.

"달님이… 소원 들어주었네……. 내 낭군, 데려다 주셨네."

그녀는 스스로의 가슴에 비수를 꽂은 자신의 판단이 옳았다고 생각했다. 죽었으니 그를 볼 수 있는 거라 여긴 것이다.

"이제 계속 함께할 수 있겠죠?"

그녀의 눈은 폭행으로 인해 심하게 부었지만 눈동자만큼은 여전히 아름다웠다. 현조는 웃으며 고개를 끄덕였다. 그의 눈에서는 소향처럼 눈물이 흘러내리고 있었다.

이에 소향이 안쓰러웠는지 손을 들어 현조의 볼을 쓰다듬으며 엄지로는 눈물을 닦아주었다. 그녀가 다시 작은 목소리로 말했다. 하지만 이번엔 귀를 붙일 필요가 없었다. 웬일인지 그녀의 목소리가 아주 또렷이 들렸던 것이다.

"현 가가, 왜 이리 말랐나요……."

"네가 너무 보고 싶어 식사를 안 해 그런가 봐."

"거기서도… 밥을 먹는군요……."

현조가 고개를 끄덕였다. 계속 말을 이었다간 울음이 터질 것만 같았기 때문이다.

"현… 가가."

"응."

"달님이… 너무 예쁘죠?"

아직 해가 남아 있는 오후였고 방 안이었다. 하지만 그녀의 눈엔 다른 것이 보이는 듯했다. 그녀가 다시 말했다.

“그때… 많이 아팠나요?”

“아니, 하나도 안 아팠어.”

“그래요. 잘… 됐… 다. 두고… 두고… 마음에… 걸려… 미안했는데…….”

현조가 그녀를 품에 안으며 머리를 쓰다듬어 주었다.

“괜찮아. 괜찮아…….”

“현 가가아… 현 가가아…….”

“응.”

“나… 졸려요…….”

“응.”

“벌써 어두워졌는지… 달님이 마중 나오셨어요.”

“그래…….”

“…달님 미워하지 마세요… 가가…….”

“그래… 그래…….”

그녀의 젖은 눈이 천천히 감기기 시작했다. 현조의 얼굴이 더욱 일그러졌다. 소리도 나오지 않건만 입이 다물어지지 않았다. 그는 손으로 자신의 입을 틀어막았다. 혹시나 그녀가 걱정할까 봐 울 수가 없었던 것이다.

눈물이 끊임없이 새어 나왔다. 눈꼬리가 찢어져 눈물이 피와 섞여 흘러내리는 것은 스스로도 몰랐다.

그녀의 몸에서 생기가 완전히 빠져나갔다. 현조는 그녀를 안은 채로 멍하니 허공을 응시했다. 눈물은 그치지 않았다.

　그렇게 반 시진가량 멍하니 앉아 있던 그가 조용히 중얼댔다.

　"아직 가지 마……."

　그는 곁에 있던 침상의 이불 하나를 빼낸 뒤 소향을 등에 업었다. 그리고 이불로 소향을 가리고 이불보 끝을 허리춤에 단단히 동여맸다. 가지고 온 아홉 자루의 칼 중에 등에 찼던 두 자루의 칼은 도갑을 버리고 칼만 양손에 쥐었다. 그가 다시 입을 열었다.

　"내가… 갈 때까지……."

　현조는 방문을 열고 처소를 빠져나갔다.

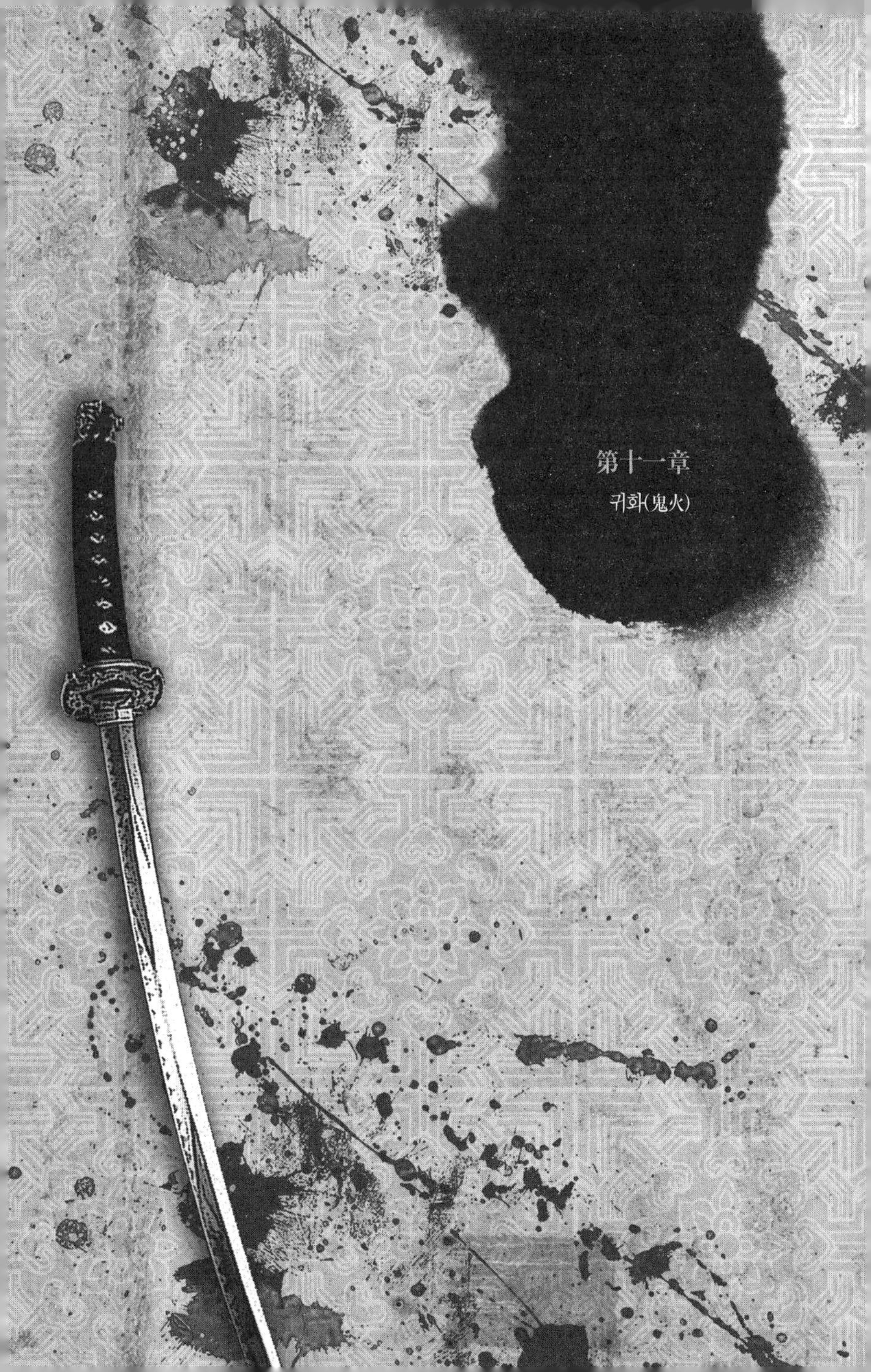

第十一章
귀화(鬼火)

카도
풍운
鬼刀風雲

하늘에 제를 올려 천왕련의 개파를 고하고 땅 위에 모인 인파 앞에서 천왕련의 새 시작을 선포하는 것을 끝으로 천왕련의 개파대전은 막을 내렸다.

이로써 목자량의 오래된 염원이, 아니, 계획의 첫 단추가 채워진 것이다.

천왕련의 연회장은 천 단위의 사람을 수용할 만큼 넓은 곳으로 지금 현재 이곳에는 각계각층의 주요 인물들이 모여 있었다. 천하에 산재한 아흔여덟 개의 무림 방파에서 온 대표들과 명성이 높은 고수들, 그리고 현 천왕련에 속한 신강과 청해에 위치한 무림 방파들의 대표였다. 개중에는 천외육가의 인물들도 있었는데, 많은 이들이 천왕련과 육가련은 이미 한 배를 탔음을 알게 되었다.

연회의 상석에서는 천왕련의 초대 련주이자 천산목가의 가주이고 육가련의 수장이기도 한 도존 목자량이 사람들에게 술을 권하고 있었다.

그의 좌우로 길게 늘어선 자리에는 여든 명 정도가 서로를 마주 보고 있었는데, 왼쪽은 주로 초청받아 온 이들이었고 오른쪽은 천왕련의 인물들이었다.

왼쪽의 가장 상석, 목자량과 가장 가까운 곳에 앉아 있는 인물은 놀랍게도 늙은 거지노인이었는데 몸에서 풍기는 지독한 냄새 때문이라도 다들 멀리할 법도 하건만 목자량에 뒤지지 않을 만큼 사람들이 그를 찾아 허리를 숙이고 있었다.

그럴 만도 한 것이, 그는 천하제일의 방파라는 개방의 용두방주 석후경이었다.

다른 방파에서는 대부분 장로 급의 인물들이 왔건만 개방에선 방주가 직접 찾아왔을 정도이니 사람들은 천왕련에 대한 평가를 더 상향 조정해야만 했다.

그리고 그같이 쟁쟁한 인물은 하나만 있는 것이 아니었다.

바로 검존 한수검과 그의 제자 천지검협 유성환이 연회장 안으로 들어선 것이다.

물론 그를 발견한 도존의 표정이 슬쩍 찌푸려졌다는 것을 발견한 이는 얼마 없었다. 있더라도 그저 호적수 관계인지라 껄끄러운 거라 생각하는 정도였다.

사실 현조의 일 때문이라도 두 사람의 감정은 좋지 않았기 때문에 목자량으로선 그가 반가울 수가 없었다.

자신의 위대한 행보의 첫날에 훼방을 놓게 두고 볼 수만은 없는 것 아닌가.

하지만 기우에 불과하였는지 한수검은 제자를 데리고 여기저기 안면있는 이들에게 인사를 하더니만 곧 아무 데나 자리를 잡고 앉아 음식을 즐겼다.

목자량이 신경 쓸 곳은 그뿐만이 아니었다.

혈교의 팔대제사장 중 한 명인 사도광이 나타난 것이다.

물론 목자량은 그가 첫날 도착한 것을 알았기 때문에 놀라지는 않았지만 설마 그가 연회에까지 참석할 줄은 꿈에도 몰랐다.

그가 붉은 옷을 입고 장내에 들어서자 여인들은 얼굴을 붉히고 칼 든 사내들은 적의를 보였다. 그럴 만도 했다. 그는 굉장한 미남인데다 천하의 공적이라는 혈교의 제사장이기까지 했으니까.

갈수록 쟁쟁한 이들이 모여들고 연회는 깊어져만 갔다.

이런 날은 편집광인 목자량조차 기분에 취해 흥겨워질 정도였다. 평소에는 그리 좋아하지 않던 아첨이 끝도 없이 이어졌지만 그마저도 관대하게 받아들일 수 있었다.

하늘은 그러한 목자량의 흥을 돋우려고 작정한 듯하였다.

연회 말미에 이르자 그가 기뻐할 만한 일이 생긴 것이다.

*　　　*　　　*

"왜 그랬소?"

"뭘 말인가?"

"왜 내게 거짓말을 했는지 궁금해서 물었소."

"난 자네에게 거짓말을 한 적이 없네."

이각은 눈을 부릅뜨며 죽 총관에게 말했다.

"개소리! 목가에 필요한 인재라서 현조를 살려주고 싶다는 양반이… 현조가 도존에게 이를 갈고 있는 걸 모를 리가 없잖소!"

"그야 그렇지. 하지만 난 거짓을 말한 적이 없다네."

"자꾸 헛소리할 거요? 나랑 의절하고 싶지 않거들랑 빨리 해명하는 게 좋을 거요."

이각이 이렇게까지 나오자 죽 총관도 별수 없었다.

"사실 현조에게 기대하는 것은 도존에 대한 견제일세."

"견제? 그딴 애송이한테?"

"애송이지. 확실히 애송이일세. 하지만 자넨 몰라. 수라도의 무서움을."

“흥! 무공이 아니라 사람이 강한 거요.”

“그랬었지. 그게 자네 지론이었지. 하나… 때론 예외도 있다네.”

현조는 멍한 눈으로 걸었다. 저 멀리 어딘가에서 음악 소리와 함께 왁자지껄한 웃음소리가 들려오자 고개를 슬쩍 돌렸다. 현조의 멍한 눈이 조금씩 붉은빛으로 물들었다.

이각이 눈살을 찌푸리며 되물었다.

“무슨 소리요, 대체?”

“자네 말처럼 무공보다 사람이 강한 게 맞지. 천하제일의 무학이라도 사용하는 사람이 약하면 소용없는 법이야. 그러나 수라도는… 그 시전자의 모든 걸 태워서 이루는 무학.”

“태워?”

“감정도… 정신도… 자신에게 소중한 건 모두 태워 버려야 하지. 그리고 그 시작점은 증오일세.”

“무슨 말도 안 되는…….”

“수라도는 마교의 호교마공(護敎魔功)이었네.”

이각의 얼굴이 돌처럼 굳었다.

“웬 놈이냐!”

순찰을 돌던 무사들 중 하나가 현조를 보며 외쳤다.

그도 그럴 것이, 양손에 날카로운 칼을 들고 등 뒤에 웬 여
인의 시신을 업고 있는데 수상하지 않으면 이상한 일이다.

현조의 눈동자가 점점 더 시뻘게졌다. 그는 자기도 모르게
웃었다. 그 웃음이 너무나도 슬퍼 보였으나 어느새 무사들은
칼을 빼 들고 있었다.

마교(魔敎).

본래의 이름은 천마신교(天魔新敎).

옛 시대에 존재했던 지상 최강의 종교이자 방파.

모든 사마의 종주, 저 미쳐 버린 혈교의 뿌리.

이각이 경악에 차 있을 때 죽 총관이 담뱃대를 꺼내 들어
불을 붙이더니 한 모금 길게 빨며 말했다.

"호교마공은… 그 뜻 그대로 마교를 지키는 사명이 있는
무공이지. 그만큼 강해서 금제도 강했다네. 무공보다 무공을
익히는 사람이 강해야 한다는 자네 말은 옳아. 하지만 수라도
를 익힌 이는 수련한 만큼 성과를 얻지 못해. 수련을 하면 할
수록 칠 할에 달하는 힘이 봉인되니까."

"현조는 지금도 충분히 강하오. 그 또래들 중에선 최강이
나 다름없으니."

"그건 자네가 그만큼 굴려서라네. 그리고 그동안은 삼 할
의 힘으로도 충분했었지. 도존이 딱 그만큼의 과제만 내줬으
니까."

"…봉인이 풀리면 어떻게 되오?"

그의 물음에 죽 총관이 웃으며 답했다.

아홉이나 되는 무사를 단칼에 베어 넘긴 현조는 칼끝에서 뚝뚝 떨어지는 피를 한번에 털어내며 다시 걸음을 옮겼다.

붉게 물든 그의 눈동자는 여전히 연회장 쪽을 향하고 있었다.

"무공을 쓰면 쓸수록 수라도의 광기에 먹힐 테지. 자네는 모르겠지만…저 도존도 처음부터 미친놈은 아니었어."

"그럴 리가……."

"수라도의 올바른 도해가 없는 한… 심성이 틀어지는 건 시간문제일세. 옛 마교에서조차 구전으로만 전수되던 도해법을 잃어버린 후론 전수를 꺼렸다고 할 정도이니까. 마교가 사라진 후에 수라도는 마공으로서의 흔적을 거의 씻어버렸지만 아직도 그 금제는 남아 있다네. 도해법이 없으니 증오에 의한 감정적인 폭주 상태를 이용해 남은 칠 할의 힘을 이끌어 내는 것이 지금의 수라도이고."

죽 총관의 설명이 끝나자 이각이 싸늘히 웃으며 말했다.

"그래서… 그런 현조를 이용해 도존을 견제하려 했단 말이오?"

"이해가 빠르군."

“…목자량보다 당신이 더 무서운 사람이었군, 죽 총관.”

죽 총관은 부정하지 않았다.

“내 아버지의 아버지, 그 아버지의 아버지도 천산목가의 가신이었다네. 천산목가가 멸문하였을 땐 피눈물이 났었지. 시간이 흘러 도존이 날 찾아왔고 난 희망을 갖게 되었다네. 이후 목가의 재건을 위해 수십 년간 피땀을 흘렸어. 한데 내가 피땀 흘려 세운 천산목가를 도존에게 계속 맡길 것 같은가? 그 미친놈에게? 적어도 정치가 뭔지 아는 놈에게 맡길 생각이네. 목가의 대를 이을 핏줄도 넷이나 있고 말이야.”

“넷? 진령이는 여아가 아니오?”

“목자군 말일세.”

“목자군도 연관되어 있었소?”

평소 야망과는 거리가 먼 인물이라고 생각해 왔기 때문에 이각으로서는 질문을 할 수밖에 없었다.

“그 아이는 형이라 하면 껌뻑 죽는 아이지. 그러니 형에게 문제가 생겼을 때 가문을 나 몰라라 방치할 아이가 아니야. 뭐, 그 아이가 싫다면 목강이나 목유 같은 아이들도 괜찮고.”

“설마 현조의 손에 도존이 다치리라 보는 건 아닐 테고…….”

“반반일세. 견제만 해도 감지덕지이지만 죽여주거나 중상을 입혀준다면 더할 나위 없을 테지. 그 정도라면 내가 손을 쓸 수도 있을 테니까.”

이각이 고개를 끄덕이며 동조했다.

"하긴 중상을 입은 상태에서 감숙제일, 아니, 천하제일의 살마(殺魔)가 손을 쓴다면 도존이라도 목숨을 구명하기 힘들 테지."

"어떤가, 그냥 눈감아줄 텐가?"

"당신이 무얼 하든 내가 상관할 바는 아니오. 하지만 현조는 살려야겠소."

"이미 늦었을지도 모르네."

"그 아이가 폭주할지도 모를 일이오."

"금제가 풀리든 안 풀리든 그곳에서 살아남기란 힘든 일일세."

"흥!"

이각이 콧방귀를 뀌며 자리를 뜨자 홀로 남은 죽 총관은 담뱃대의 연기를 코로 빨아들이며 생각했다.

'예상대로 흘러가는가.'

"크흐흐."

천왕련의 경비와 순찰을 책임진다는 정명각(正明閣)의 무사들은 귀를 파고드는 귀곡성에 소름이 돋는 것을 느꼈다.

산발한 머리에 등에는 축 늘어진 여인의 시신을 업고 눈에서는 붉은 안광을 내뿜는 현조의 모습은 결코 정상인의 것이 아니었다. 제아무리 철석간담의 무인일지라도 그 모습에 오

싹한 기분이 드는 것은 어쩔 수 없으리라.

이자의 뒤편으론 무려 일백에 달하는 정명각 무사들의 시신이 즐비해 있었다. 상황이 상황인만큼 윗선에 연락을 취했지만 그때까지 막아낼 여력이 없었다.

그저 현조가 한 걸음 앞으로 나오면 그들이 한 걸음 뒤로 물러서는 형식을 취할 뿐이다.

정명각의 설립 취지와는 다소 어긋났지만 어쩔 수 없었다.

막아낼 수 없으니 물러설 수밖에.

*   *   *

"왜 늦었느냐?"

목자량의 물음에 목명은 뒤통수를 긁적일 뿐, 대답하지 않았다. 목자량은 아들에게서 나는 묘한 향기에 눈살을 찌푸렸다. 이 시간에 아내와 방사라도 치르고 온 것인가? 그는 아들의 행위가 못마땅했는지 다소 싸늘한 어조로 말했다.

"계집에 빠지더니 나태해졌구나."

"……."

"이 연회는 중요한 자리다. 자리가 자리인만큼 더 꾸짖지는 않겠다만, 자리를 비우는 일은 없도록 해라."

"예, 아버지."

"어서 가서 손님이나 접대해."

접대란 별거 아니다. 그저 연회를 즐기는 사람들에게 다가가 인사를 주고받으며 안면을 익히는 일이 전부였다. 목명은 그 자신이 아비인 목자량에게 살짝 밉보였음을 깨달았다. 잘못하면 그동안 쌓아놓은 공이 한순간에 무너질 일일지도 모를 일이라 열심히 인사를 하고 다녔다.

다행히 신룡전의 전주라는 자리는 주목을 받기에 충분했다.

자기보다 더 선배인 자들이 먼저 다가와 고개를 숙이니 아직 약관에 불과한 그로서는 으쓱한 마음을 숨길 수 없었다.

그러나 그에게 쏟아지는 관심이 일순 걷어진 것은 연회장 안으로 들어서는 여섯 사람 때문이었다.

정명각의 무사 오백이 단 한 명의 걸음걸이에 뒤로 밀리는 것은 장관이었다. 멀리서 그 모습을 확인한 패혼각주 목자군이 인상을 찌푸리며 나타났다.

"무슨 일인가?"

정명각주 소지태는 비록 목자군과 계급은 같았으나 스스로가 같은 선상에 놓일 수 없다는 것을 잘 알았다. 일단 목자군은 다음대의 십존구마로 거론 될 만큼 어마어마한 고수인데다 패혼각주는 천왕련의 가장 강력한 힘이라는 천산목가의 정예들로 구성되어 있었다. 소지태는 끗발이 안 되면 알아서 기어야 함을 아주 잘 알고 있는 이이기도 했다.

"미친놈이 한 놈 들어왔습니다. 등에 여인의 시신을 짊어
지고 있는데… 그것이……."

"뭐지?"

"이번에 신룡전주와 혼인한……."

"소향이 말인가?"

목자군이 놀란 음색으로 그의 뒷말을 대신이었다. 그는 급
히 정명각의 무사들을 물리고 앞으로 나섰다.

그의 얼굴이 그대로 굳어졌다.

"현… 조……."

연회장으로 여섯의 젊은이가 들어서자 여기저기서 웅성거
리기 시작했다.

"견랑대?"

"젊군."

"젊어도 열두 문파의 장문인과 장로들을 죽인 최고의 살행
부대일세."

"난 돌격부대라 들었네만."

"암습을 하는 경우에만 살수였다고도 하고, 대부분 정면으
로 깨부수었다고 하더구먼."

목명은 자신에게 향하던 관심이 견랑대에게로 향하자 이
를 바드득 갈았다. 그는 가장 가운데 서 있던 산발의 청년 태
성에게로 향했다.

"여긴 왜 왔지?"

태성은 그저 두리번거리기만 할 뿐, 목명의 물음에 답하지 않았다. 그러다 음식이 차려진 상 중 한곳에 가서 음식을 손에 잔뜩 쥐고 입에 넣기 시작했다. 그를 시작으로 다른 오 인의 견랑대도 음식을 찾아 먹었다.

"정말 개새끼들 꼬라지로군. 이름대로야."

목명이 다소 비꼬는 어투로 들으라는 듯이 견랑대에게 말했지만 음식을 먹으며 자기들끼리 대화를 나누기만 했지 어느 하나 대꾸하는 이가 없었다.

더욱더 자존심이 상한 목명이 발끈하여 한마디 하려 했으나 목자량의 음성이 그를 가로막았다.

"내가 불렀다. 가장 큰 공을 세웠으니 참석할 이유로는 충분하지."

"비밀로 할 계획 아니셨습니까?"

사실 견랑대는 정파의 입장에서는 치부나 다름없다. 스스로를 정의라 지칭하는 정파에서는 음성적으로 살수 문파들과 연관이 있거나 스스로 살수들을 키우기도 하지만 어디까지나 기밀 사항. 다 알면서도 모르는 척하는 비밀 아닌 비밀인 것이다. 하지만 그것을 노골적으로 드러낸다면 그때부턴 스스로를 정파라고 인정하지 않는 것과도 같았다. 하지만 어디까지나 일개 가문에 불과하던 천산목가 시절의 이야기.

천왕련이라는 거대한 세력을 일군 마당에 이미 정사의 도리 정도는 우스운 것이다. 무림맹에서도 첩보와 암살을 담당하는 밀원이 대놓고 활동하지 않는가.

때문에 목자량의 입장에서는 더 이상 견랑대를 숨길 이유가 없었다. 그러한 사정을 알 리가 없는 목명으로서는 당연한 물음이었으나 목자량은 그러한 목명이 멍청하고 무능하다는 생각이 들었다.

그때였다.

신룡전의 무사 한 명이 급한 걸음으로 다가와 목명의 귓가에 뭔가 속삭였다. 목명은 얼굴이 살짝 굳은 채로 목자량에게 다가가 말했다.

"내부에 수상한 자가 스며들어 소란을 피우고 있답니다."

"정명각은?"

"그들로는 상대가 안 되어 저희를 부른 듯합니다. 숙부님께서 가신다고 했으나 일단 저희 쪽으로 보고가 들어왔으니 가볼 생각입니다."

"자군이의 패혼각이 떴으면 네가 가봤자일 텐데."

목명은 송구스럽다는 듯이 고개를 숙이며 다시 말했다.

"어찌 저희 일을 숙부님께 맡기겠습니까. 닭 잡는 데 소 잡는 칼은 필요없는 법이지요."

목자량은 귀찮았는지 손을 흔들며 허락하였다.

"그래, 어서 가봐라."

"예."

목명으로선 이런 연회 따위 빨리 벗어나고 싶었다. 연회의 주인공이 자기가 아닌 데에 불만도 있었고, 견랑대 따위는 꼴도 보기 싫은 탓도 있었다.

그래서 업무 평계를 대고 사라지는 것이다.

"정말 현조냐?"

잔뜩 굳어버린 표정의 목자군이 다시 입을 열었다. 그러나 현조는 대답이 없었다. 그저 웃는 건지 우는 건지 알 수 없는 표정과 함께 느릿한 걸음걸이로 자리를 옮길 뿐이다.

한 걸음씩 걸을 때마다 목자군을 제외한 모든 무사들이 물러섰다. 그중에는 자신이 각주로 있는 패혼각의 무사들도 있었다.

"누가 물러서라 했더냐!"

목자군의 으름장에 정신을 차린 무사들이 눈을 부릅뜨고 자리를 지켰으나 목자군은 고개를 흔들며 혀를 찰 뿐이었다.

그가 다시 현조를 향해 말했다. 현조를 바라보는 그의 눈빛에는 안쓰러움이 가득했다.

"무슨 일인지 모르겠지만 그 아이는 내려놓고 이야기하자꾸나."

아마도 등에 업힌 소향을 얘기하는 것이리라.

현조가 히죽 웃었다. 동시에 목자군의 이마가 찌푸려졌다.

그의 옷깃이 살짝 베여 허공에 나부끼고 있었던 것이다.

분명 칼을 휘두르지도 않았는데 옷깃이 베였다. 이는 기세에 도기를 실어 담을 수 있음을 뜻했다.

목자군이 미간에 주름을 만들며 말했다.

"정녕 멈추지 않을 셈이냐!"

현조는 여전히 대답이 없었다. 목자군과의 거리가 가까워질수록 그의 기세는 점점 더 강해졌다.

목자군이 정명각과 패혼각의 무사들을 향해 외쳤다.

"모두 들어라! 너희는 연회장으로 가서 혹시 있을지도 모를 적도의 난입에 대비하라!"

"예? 그게 무슨……."

정명각주 소지태가 무슨 소리냐며 물으려 하자 목자군이 한 손을 들어 말을 막았다.

"그냥 따라주게."

"그래도……."

"부탁이네."

"예."

패혼각의 무사들은 끝까지 남으려 했으나 목자군이 단호히 명령하자 따를 수밖에 없었다.

모든 무사를 물린 목자군이 현조에게 물었다.

"그만 멈추고 내 말 좀 들어보거라."

"……."

비록 천하가 좁다고 날뛰던 목자군이었으나 현조에게는

연민의 감정을 가지고 있었다. 굳이 이유를 찾자면 첫 만남에
서 현조가 보여주었던 쓸쓸한 눈빛이 잊혀지지 않았기 때문
이다. 게다가 형인 목자량은 자신이 생각해도 문제가 많은 사
람이었다.

"네가 이대로 연회장까지 가려 한다면 난 막아야 한다. 그
리되면 넌 죽겠지."

"……."

"장부의 복수는 십 년이 지나도 늦지 않는다. 형님에게…
아니, 련주에게 복수하고 싶다면 실력을 키우고 다시 오는 것
이 어떻겠느냐?"

현조는 반쯤 넋이 나간 얼굴이었다. 히죽거리며 웃는 것이
전혀 말이 통할 상태가 아니었다. 그런데도 목자군은 설득하
려 애썼다.

그때였다.

"그쯤 하시오."

"뭐요? 그래서 숙부님을 홀로 두고 왔단 말이오?"

목명의 외침에 소지태는 고개를 숙이며 송구스러워했다.
하지만 그의 얼굴은 잔뜩 찌푸려져 있었다. 사실 각주인 그가
전주인 목명보다 더 계급이 높지 않던가. 자신이 왜 이렇게
비굴하게 굴어야 하는지 이해가 가지 않았다.

'실력도 없으면서 아비 하나 잘 만나 그 자리를 꿰어찬 주

제에 감히 이 독룡불패 소지태님을 업신여기다니, 이 자리에서 단칼에 확 베어죽이고는 싶지만 내가 어른이라 참는다. 결코 네 아비가 도존이자 천왕련주인 목자량이라서 참는 게 아니다. 그리고 네가 죽으면 슬퍼할 사람이 얼마나 많겠냐.'

속으로 별의별 명분을 내세워 합리화를 시키던 중인 소지태는 갑자기 아무 소리도 없자 고개를 들어 앞을 바라보았다.

목명은 사라지고 없었고 대신 씁쓸한 얼굴로 자신을 바라보는 정명각과 패혼각의 젊은 무사들의 얼굴이 보였다.

소지태는 멋쩍게 웃으며 말했다.

"신룡전주께서는 가셨는가? 허허, 그야말로 신룡이로세."

정명각 무사들의 얼굴이 더욱더 뻘게졌다.

목자군이 날카로운 눈을 돌려 좌측에서 기척도 없이 나타난 거한을 바라보았다.

"첩혈도인가?"

"그렇소."

목자군이 고개를 끄덕였다.

"이름은 많이 들었지."

"몇 번 마주친 적도 있소만."

"그땐 자네가 별 볼일 없었거든."

휘잉—

사나운 기세가 바람이 되어 두 사내 사이를 지나쳤다.

이각의 살기 어린 미소가 더욱더 진해졌다.

"별 볼일 없는 놈의 칼 맛 한번 보고 싶소?"

목자군은 곁눈질로 현조를 흘겨보며 대답했다.

"그럴 때는 아니라고 보내만……."

그가 양손의 주먹을 마주치더니 다시 이각을 바라보며 씨익 하고 웃었다.

"그냥은 못 넘기겠군."

현조를 향해 보내던 연민의 눈빛은 이각이 나타난 이후로 씻은 듯이 사라졌다. 그는 힘에 굶주린 야수, 강한 자를 보면 결코 지나치지 못했다. 그것은 천리투광이라 이름 붙은 그의 별호가 증명해 주고 있다.

이각도 마찬가지였다.

자신은 힘을 탐하는 늑대.

이런 좋은 기회를 놓칠 이유가 없었다.

선공은 목자군이었다.

그가 주먹을 한껏 젖히며 앞으로 튀어나오자 현조의 옆에 서 있던 이각은 현조를 힘껏 떠밀어 이동시켰다. 경력에 휘말리지 않게 하기 위해서였다.

동시에 그의 낭아도가 목자군의 정수리로 쇄도했다.

콰—앙!!

엄청난 굉음과 함께 먼지가 솟구쳤다.

쉬이이익—

먼지가 걷히고 나타난 것은 이각의 몸집에 걸맞게 거대한 낭아도가 목자군의 교차된 양팔에 막혀 있는 모습이었다.

이각이 이를 드러내며 웃었다.

"철환마신체(鐵煥魔神體)라……. 명불허전이로군."

목자군 역시 눈빛을 마주하며 웃었다.

"이게 자네가 개량했다는 구련도인가? 확실히 철혈도문의 그것과는 차원이 다르군."

"아직 먼 거 같지만 말이오, 이름 정도는 지어뒀소. 승천순뢰도(昇天瞬雷刀)라고."

"…승천?"

"오해는 마쇼. 아.직.은 당신이 상상하는 그것이 아니니까."

뭐가 아니라는 걸까. 조용히 떨어진 둘은 다시 자세를 잡았다. 둘 모두 현조는 안중에도 없는 듯했다. 현조 역시 둘의 싸움 따위는 개의치 않고 가던 길을 계속 걸었다.

이각이 그러한 현조를 보며 목자군에게 말했다.

"안 잡아도 되겠소?"

목자군이 진심이냐고 되묻는 듯한 표정으로 답했다.

"정말인가?"

"그냥 해본 말이오. 맛있는 먹이를 내버려 두면 광포한 늑대 소리는 못 듣지."

"자네도 어지간히 싸움을 좋아하는군."

그의 말이 끝나기가 무섭게 이번엔 이각이 먼저 달려들었
다. 그의 얼굴에는 회열이 가득했다.

주먹과 칼날이 부딪쳤다. 어깨와 어깨가, 이마와 이마가 맞
부딪치며 살기가 폭발하듯 요동친다.

"크하하하하하!!"

"흐하하하하하!"

짜기라도 한 듯 두 사내의 입에서 광기 어린 웃음이 터져
나왔다.

"멈춰!!"

신룡전의 고수 아흔아홉을 이끌고 나타난 목명이 현조와
맞닥뜨린 곳은 전각 하나만 돌면 바로 연회장일 만큼 가까운
곳이었다. 그가 정명각주 소지태와 마주쳤던 곳이 바로 십 장
뒤였으니 연회장까지는 사실상 삼십여 장 정도밖에 남지 않
았다. 이러한 소란이 아비의 귀에 들어간다면 과연 무슨 소릴
듣게 될 것인가.

연회까지 빠지며 자신있게 나왔는데 현조를 막지 못해 연
회장까지 들여보낸다면 아비의 눈 밖에 나는 것은 불을 보듯
뻔했다.

아마 채석문을 끌어들였다는 공도 모두 소용없는 게 되어
버릴 테지. 거기까지 생각이 미친 목명은 당황한 얼굴로 주변
을 돌아보았다.

이미 근처에는 연회장에 못 들어간 손님들도 아주 많아서 현조의 일이 연회장 안쪽까지 퍼지는 것은 시간문제일 것이다. 도귀의 얼굴은 꽤나 알려져 있을 테니까.

그는 본래 현조의 칼이었던 나락을 뽑아 들며 외쳤다.

"살았으면 쥐 죽은 듯 조용히 지낼 것이지, 왜 기어들어 온 거냐!!"

"……".

목명은 문득 현조의 등에 업혀 있는 한 여인에게로 시선을 주었다. 여인이 누군지는 금세 알아볼 수 있었다. 아니, 알아볼 수밖에 없었다.

"뭐야? 소향이 왜… 왜……?"

목명의 얼굴이 추하게 일그러졌다. 그가 절규했다.

"왜!! 거기 있는 거냐!!"

나락의 칼날에서 무형의 도기가 뻗어 나와 천지사방을 가득 채웠다. 천뢰명광도법의 절초인 뇌운천하(雷雲天下)였다.

현조는 양손에 쥔 두 자루 칼을 무서운 속도로 휘둘러 모든 도기를 막거나 튕겨냈다. 지켜보던 이들의 입이 떡하고 벌어졌다. 저 공격을 저리 쉽게 막아낼 자는 적어도 지금 이 자리에 있는 이들 중에는 단 한 명도 없었기 때문이다.

연회에 참석할 자격도 못 되는 자들이니 당연한 일이었다. 그들이 이 싸움에 끼어들 정도의 명성과 실력을 가지고 있었다면 연회장 안으로 초대되어 만찬을 즐기고 있으리라.

목명의 분노로 가득 찬 목소리가 모두의 귀로 파고들었다.

"뭣들 하는 거냐!! 저놈을 죽여!!"

신룡전의 무인들은 너나 할 것 없이 현조에게 달려들기 시작했다.

현조는 쏟아질 듯 한꺼번에 달려드는 무사들을 향해 몸을 날리며 칼을 휘둘렀다. 아니, 몸을 날렸다는 표현보다는 몸을 던졌다는 표현이 더 잘 어울리리라.

그는 방어 자체가 없었기 때문이다.

붉은 핏물이 현조의 어깨에서 솟아올랐으나 그는 그저 허무한 낯빛으로 웃을 뿐, 마치 고통을 못 느끼는 듯했다. 그의 양손에 쥐어진 칼이 교차한 상태에서 바깥쪽으로 세게 뻗어져 나가며 그대로 무사 둘의 몸통을 찢어발겼다. 그 붉은 육편을 온몸으로 맞으며 지나친 현조는 진각을 밟듯 한쪽 다리로 땅을 크게 밟아 지탱하고 그대로 허리를 틀며 두 칼을 횡으로 휘둘러 또다시 전면에서 달려드는 무사의 몸을 갈랐다.

촤하학!!

야차혈인의 강력한 도기가 칼 전체를 타고 흐르니 시신이 온전할 리 없다. 그대로 톱질당한 나무처럼 찢긴 무사의 혈육이 현조의 얼굴에 들러붙었다. 현조의 안광이 점점 더 진해지더니 얼굴을 붉게 물들인 핏물과 어우러져 귀기(鬼氣)를 품기 시작했다.

챙!

한 자루의 칼이 어느 무사의 등뼈에 박혔다가 부러졌다.

현조는 부러진 칼을 미련없이 버리고 허리춤에서 칼 한 자루를 또 뽑아 들었다. 그가 가져온 칼은 아홉 자루. 이제 겨우 한 자루가 부러졌을 뿐이다.

전진하는 현조의 발걸음은 멈추지 않았다. 양옆에서 누군가 자신의 양팔을 잡았다. 그래도 현조는 멈추지 않았다. 이마를 오른쪽으로 돌리며 찍으니 어느 무사의 콧잔등이 박살 나며 피가 터졌다. 오른팔이 자유로워지자 현조는 칼을 들어 자신의 왼팔을 잡은 무사의 목에 꽂아 넣었다. 동작이 얼마나 깔끔하고 빠른지 무사는 알고도 피하지 못했다.

무사의 목에서 칼을 뽑자 붉은 피가 얼굴로 잔뜩 튀었다.

"크ㅎㅎㅎ."

흐느끼는지 우는지 알 수 없는 현조는 붉은, 아니, 핏빛 안광을 거세게 일으키며 다시 걸었다. 이미 그의 눈은 산 사람의 것이 아니었다. 귀신의 눈.

누군가의 입에서 익숙한 별호 하나가 튀어나왔다.

"도…귀."

뒤에서 지켜보던 목명이 수하들을 닦달했다.

"뭘 하고 있는 거냐! 냉정히 생각해라! 차분히 포위해서 공격하면 죽일 수 있다!"

그 말을 들은 신룡전의 무사들은 그제야 뒤로 물러서서 진을 짰다. 사실 진이랄 것도 없었다. 아흔 명가량의 무사가 둥

글게 현조를 둘러쌌을 뿐이니까.

그러나 그리했어도 현조의 걸음을 물릴 수는 없었다.

빈틈이라도 본 건지 현조의 사각으로 튀어나온 무사 하나가 사타구니부터 정수리까지 양단된 것이다.

아흔 명의 무사가 단 한 명의 발걸음에 따라 함께 이동하는 광경은 우습기도 하고 또 무섭기도 했다.

이미 소문은 연회장까지 퍼진 지 오래. 연회장 안의 인사들 또한 이미 밖으로 나와 현조와 신룡전의 대치 아닌 대치를 구경하고 있을 정도였다.

그중에는 검존 한수검과 그의 제자 유성환도 있었다.

한수검은 현조의 등에 업힌 여인의 시신을 보고 씁쓸한 얼굴을 하였고, 유성환은 현조의 움직임에 충격이라도 받았는지 굳은 얼굴로 상황을 주시하고 있었다.

카캉!

또 한 자루의 칼이 부러졌다.

현조는 부러진 칼날을 복부에 박은 채 죽어가는 무사의 목을 자르며 다시 전진했다.

이젠 연회장의 문이 그의 눈에도 보인다. 그리고 그 너머에 그가 원하는 자가 있을 것이다. 현조의 입가에 다시 한 번 미소가 떠올랐다. 그의 안광은 붉다 못해 타오르는 듯했다.

다시 걸음을 옮긴 그의 옆구리로 한 자루의 검이 박혔다.

울컥 쏟아지는 핏물.

이미 자신의 옆구리에 칼을 박아 넣은 무사의 목은 달아난 뒤였다. 그의 주변은 온통 핏물로 가득하여 마치 피 웅덩이 위에 서 있는 듯했다. 벌써 죽은 자만 스물이 넘는다.

아흔아홉의 신룡전 무사 중 스물이나 아까운 목숨을 잃은 것이다. 모두의 눈이 무사들 뒤에서 이를 갈고 있는 목명에게로 향했다. 목명은 수하들을 내세우기만 했지 전혀 나서지 않고 있었다. 그는 신경질적으로 엄지손톱을 물어뜯다가 소리쳤다.

"좀 더!! 좀 더 밀어붙여라!!"

신룡전의 무사들은 어쩔 수 없이 현조를 향해 몸을 날렸다. 그게 불에 뛰어드는 나방 꼴인지라 구경하던 이들은 저마다 눈살을 찌푸릴 수밖에 없었다.

현조의 쌍도(雙刀)가 한 무사의 가슴과 단전을 후벼 파더니 상, 하체를 세 동강 내버렸다. 동강난 시신을 뚫고 그대로 지나친 현조는 뒤에 보이는 무사의 정수리를 쪼개고 옆에 있던 무사의 목을 잘랐다. 그 와중에 두 자루의 칼이 이가 나가고 부러졌다. 남은 칼은 네 자루.

땅 위로 후두둑 떨어지는 핏물은 적의 것만이 아닌 자신의 것이기도 했다.

현조는 차가워진 소향의 시신을 느끼며 조용히 중얼거렸다.

"이제 곧이야… 소향."

연회장의 입구와 가까워지면 질수록 죽어나가는 신룡전무사의 숫자는 늘어만 갔고, 현조의 몸과 그의 등에 업힌 소향의 시신에 새겨지는 상처도 그 수를 늘리는 중이었다.

그 처절한 모습에 중인들은 모두 숨을 멈추고 지켜봐야 했다. 거의 십여 장에 이르는 길이 피와 피 웅덩이로 이루어진 이 소름 끼치고도 처절한 상황은 무공이 강한 자든 약한 자든 입을 다물게 하기에 충분했다. 그중에는 혈교의 팔대제사장이라 불리는 젊은 청년 사도광도 있었다.

그는 항시 여유를 잃지 않는 얼굴을 하고 있었는데, 이번만큼은 창백하게 질린 얼굴로 피범벅이 된 현조를 바라봐야 했다. 혈교라 불리는 곳에 몸담고 있는 만큼 피에 둔감한 건 사실이지만 평생을 통틀어 이렇게 많은 피를 본 것은 처음이었다. 그것도 단 한 명에 의해 만들어진 피.

하지만 다른 이들이 느끼는 두려움이나 공포, 황당함의 감정을 가진 것은 아니다. 이는 어디까지나 희열. 그는 질려 버린 한편으로 설렘을 느끼고 있었다.

"반… 했다."

자기도 모르게 중얼거리자 옆에 있던 마백이 괴이쩍은 눈빛으로 물어왔다.

"아무리 생긴 게 그러시다지만 정체성마저 잃으면 곤란합니다."

사도광이 이마를 찡그리며 답했다.

“그런 뜻이 아니야. 그리고 나, 생긴 게 어떻다고 그래?”

마백은 입맛을 다시며 얘기했다.

“몰라서 물으십니까? 거울이라도 보여드려요?”

하긴 경국지색의 미녀도 울고 갈 미모에 사람 잡을 퇴폐미마저 뿜어내는 청년의 외모는 보통이 아니다. 큰 키와 탄탄한 가슴 근육이 아니었다면 위험한 일(?)을 당했을지도 모른다. 아니, 실제로 그는 세월이 갈수록 남성들에게도 고백받는 비율이 높아지고 있어서 정체성에 위협을 느끼는 중이었다.

사도광은 신경질적으로 머리를 긁으며 다시 현조를 바라보았다.

저 미쳐 버린 귀신은 그가 원하는 것을 가졌다.

다는 아니더라도 분명 가지고 있다.

그것은 바로 아름다움.

외적인 아름다움이 아닌, 감정적 폭발 속에서 내비치는 원초적인 아름다움.

그것은 분노도 아니고 증오도 아니었다.

청년이 가장 원하면서도 아주 멀리하는 것.

태생부터 드러낼 수 없었던 것.

바로 한(恨)이었다.

청년은 현조에게서 그것을 보았고,

그것은 목자량이라는 괴물이 현조에게서 보고자 하는 것과는 상당히 다른 선상에 위치한 것이었다.

남은 칼은 단 한 자루. 신룡전의 무사들은 겨우 서른이 남
아 있을 뿐이었다. 현조의 시선이 목명에게 머물렀다.

이만큼 당할 정도라면 다른 무사들이 달려올 만도 했다. 실
제로 목명은 지원을 요청하였으나 아무도 오지 않았다. 부전
주인 채석문도 얼굴을 내비치지 않았다.

현조가 한 걸음 다가왔다. 목명의 안색이 시퍼렇게 질렸다.

이미 소향의 죽음에 대한 분노는 사라진 지 오래였다. 지금
그의 머릿속을 잠식하는 것은 오직 두려움뿐이었다.

그가 한 걸음 물러섰다.

다시 현조가 한 걸음 다가왔다.

목명은 세 걸음을 물러섰다. 그러나 더 이상 물러설 수 없었
다. 연회장을 둘러싼 두꺼운 벽이 그를 막고 있었기 때문이다.

"히이익!! 그만!! 오지 마!! 오지 말란 말이야!!"

목명이 식은땀을 흘리며 나락을 휘둘렀다. 현조는 물러서
지 않았다. 나락은 그의 친구. 결코 자신을 죽이지 못한다.

두려움에 가득 차 칼을 대충 휘두르는 목명은 그를 죽일 수
없었기 때문이다. 그뿐만 아니라 저런 칼부림은 개도 못 잡을
것이다. 몇몇 무림 명숙들이 그 모습에 혀를 찰 정도였다.

그중에는 개방의 용두방주도 있었다.

"도존이 자식을 잘못 뒀군."

그때, 현조가 칼을 번쩍 들었다. 양손으로 감싸 쥔 칼자루

에서 뿌드득 거리는 소리가 들렸다.

쾅!!

급히 나락을 가로들어 막은 목명이 벽에 부딪치자 거미줄처럼 금이 갔다. 현조는 멈추지 않고 다시 칼을 높이 들었다.

쾅!!

"커헉!!"

현조의 일격을 다시 한 번 막아낸 목명의 입에서 비명이 튀어나왔다. 목명을 지탱해 주던 벽이 움푹 들어가며 다시 금이 갔다.

쾅! 쾅!! 쾅!! 쾅!!

칼을 내려치는 속도가 점점 더 빨라졌다. 연회장의 기와지붕을 지탱하는 약 이 장 두께의 벽이다. 높이만도 칠 장에 달했다.

그런 벽을 꿰뚫기라도 하듯 목명은 현조의 일격을 받아낼 때마다 조금씩 파묻혔다. 거미줄처럼 갈라진 금은 오 장에 걸쳐서 길게 타고 올랐다.

이윽고,

쾅!! 쨍강!

현조의 마지막 칼날이 부러지며 목명의 몸에 십자의 상흔을 남겼다. 멈추지 않을 것만 같던 연환식이 단혼칠절의 하나인 십자멸인도(十字滅人刀)로 끝을 맺은 것이다.

마지막 순간 칼날이 부러져서 망정이지 안 그랬다면 목명의 몸은 반으로 갈라져 죽었을 것이다.

하지만 그 충격은 상흔으로 남아 목명은 이미 의식을 잃은 지 오래였다. 나락을 쥔 양팔은 충격을 이겨내지 못하고 으스러졌으며 내장도 크게 상했다. 그나마 살고자 하는 욕심에 칼을 놓치지 않은 것이 그의 목숨을 살렸다. 다만 앞으로는 칼을 쥐지 못할 것이다.

양손과 팔을 비롯하여 어깨뼈까지 모조리 으스러지고 조각이 났다. 뼈가 그 정도라면 힘줄이나 신경은 말할 것도 없으리라. 그의 무인으로서의 인생은 끝난 것이나 다름없었다.

현조는 부러진 칼을 대충 내던지더니 목명이 쥐고 있던 나락의 칼자루를 빼앗아 들었다. 오랜 친구를 다시 만났지만 감흥은 없었다. 등에 업힌 소향의 축 늘어진 팔에서 누구의 것인지 모를 피가 흘러내려 바닥을 적시었다.

지켜보는 사람이 한둘이 아닐진대 들리는 소리라곤 소향의 팔을 타고 손가락 끝으로 흘러내리는 핏방울이 바닥에 부딪치며 내는 기분 나쁜 소음뿐이었다.

현조는 조용히 몸을 틀어 연회장 입구로 향하였다.

그곳에 그가 있으리라.

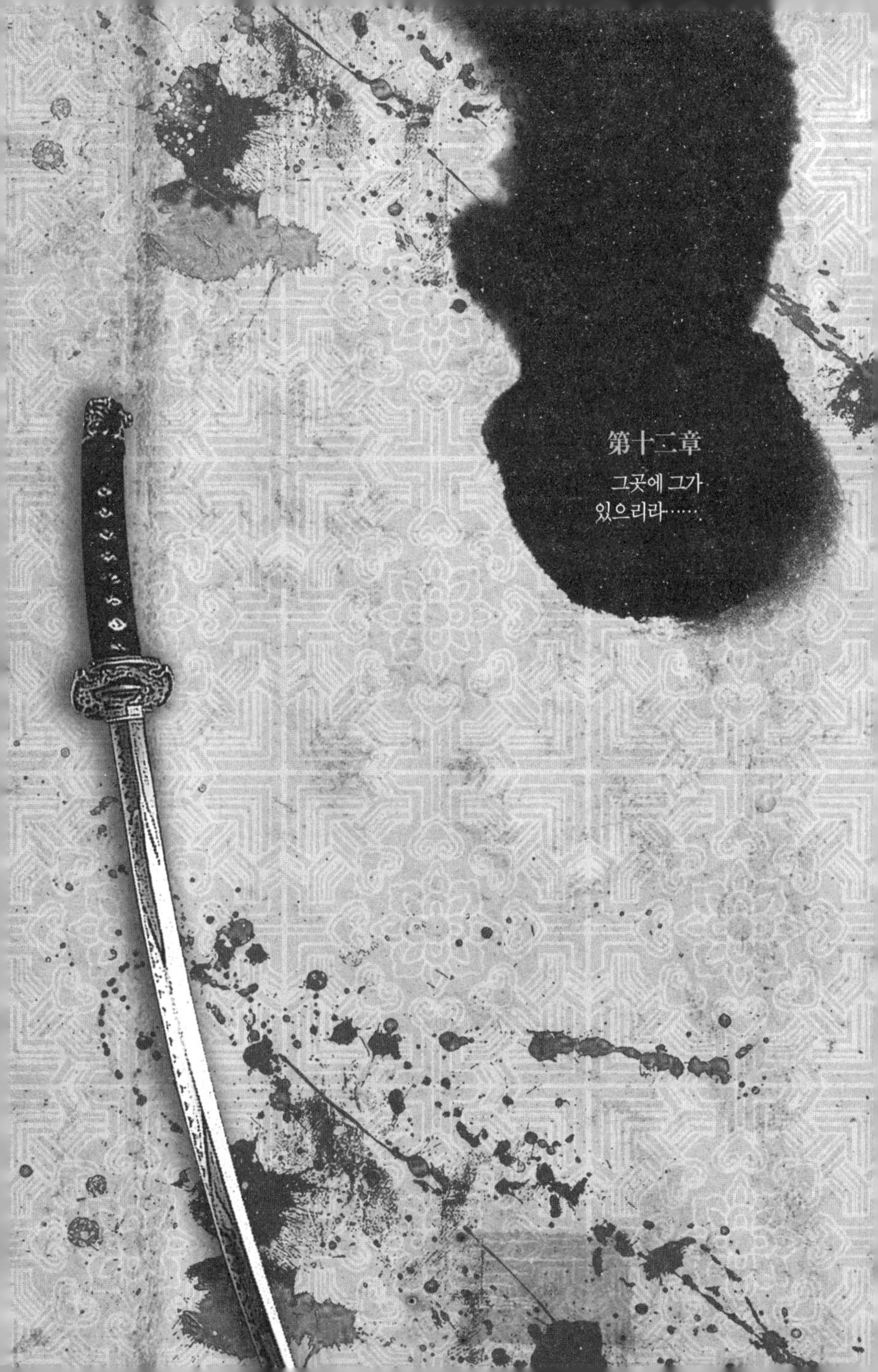
第十二章
그곳에 그가
있으리라……

귀도
풍운
鬼刀風雲

"하… 하하하하하하!!"

괴물은 웃었다.

자신의 어두운 마음속에 웅크리고 있는 것. 그것과 닮은 무엇이 자신을 향해 한 걸음 한 걸음 다가올수록 웃음은 커졌다.

이 얼마나 기대하던 순간인가.

마음속에 증오라는 씨앗을 뿌리고 수확하기까지 너무 오래 걸렸다. 기다리라면 더 기다릴 수는 있으나 그러기엔 너무도 배가 고팠다.

괴물은 입을 열어 환영했다.

"왔느냐, 아들아."

그러자 그것이 웃었다.

마치 아비의 환영에 기뻐하는 자식처럼 웃었다.

자신을 너무도 닮은 미소. 괴물은 그것의 미소 속에서 친혈육보다도 더 가까운 동질감을 느꼈다. 하지만 그가 원하는 귀화(鬼火)는 아직 멀었다. 좀 더, 좀 더 타올라야 한다. 그러기 위해선 저것이 좀 더 이쪽으로 넘어올 필요가 있다.

현조가 목자량을 향해 더욱더 다가가자 목자량의 앞을 가로막는 자들이 있었다. 견랑대였다.

태성이 씁쓸한 얼굴로 허리춤의 반도를 뽑아 들며 말했다.

"거기까지. 더 다가오면 네게 손을 써야 한다."

현조는 붉게 타오르는 안광을 그에게로 향했다.

"…비켜."

"……."

태성은 대답없이 머뭇거렸다. 꽤 괜찮은 녀석이라고 생각해 왔던지라 선뜻 공격할 수 없었던 것이다.

대신 옆에 있던 홍표가 먼저 나섰다.

"늑대는 사육해도 개가 되지 않더군. 개처럼 잠시 몸을 숙일 순 있지만 끝내 주인에게 돌아오진 않아. 아니… 돌아오는 날엔 주인을 물어. 하지만 나로선 잘된 일이지."

말이 끝나기가 무섭게 홍표의 기다란 태도가 현조의 목으로 향했다. 얼마나 빠른지 칼날의 잔상이 물에 번진 듯 희미하게 보일 정도였다.

파팍―!!

놀라운 쾌도술. 무림 명숙들조차 그 혀를 내두를 솜씨에 새삼 천왕련의 저력을 느꼈다.

현조는 홍표의 칼날을 아주 가볍게 막았다. 그러나 홍표의 공격은 거기서 끝나지 않았다.

진천금명류(震天拎明類).

오의(奧義).

청진외외(靑震嵬嵬).

푸른색의 도기가 굉장히 빠른 속도로 현조의 가슴을 노렸다. 이것은 파검의 파랑 검기와도 닮았다. 다른 것이라면 연환검기가 아니라는 것. 그러니 당황할 필요도 없었다. 현조는 몸을 급히 회전시켜 칼을 한차례 길게 휘둘렀다. 도기를 실은 것도 아니었다.

일순 홍표의 청기(靑氣)가 씻은 듯이 사라졌다.

홍표의 얼굴에 처음으로 당황이 서렸다. 하지만 이미 때는 늦었다.

쾅!

현조의 발이 그의 복부를 올려친 것이다. 뒤로 팅겨 나간 홍표의 몸이 우고의 몸에 부딪치며 멈췄다.

우고의 목에 올라타 있던 환야가 침을 삼키며 말했다.

"변태를 일 합에……."

"그르르르……."

우고가 투기를 일으키자 환야는 진정하라는 듯 우고의 머리를 쓰다듬었다.

"아직 안 돼."

"수… 수아……."

진령의 애달픈 목소리에 수아가 그녀의 머리를 쓰다듬었다. 말을 못하는 그녀로선 최소한의 의사 표현이었다.

"…오빠가 죽으려고 해."

진령은 수아의 손을 붙잡으며 말했다.

"오빠를 구해줘, 수아."

진령은 수아의 손이 살짝 경직되는 것을 느꼈다. 하지만 말을 멈출 순 없었다.

"할 수 있지, 수아?"

수아는 아무런 표현도 하지 않았다. 그저 진령의 머리를 계속해서 쓰다듬고 있을 뿐이었다.

우미와 수미 두 쌍둥이의 몸이 허공으로 솟구쳤다. 동시에 둘의 소맷자락이 펄럭이더니 수십, 수백 자루의 비수가 튀어나왔다. 신기하게도 비수들은 현조 단 한 명에게 집중될 뿐

경로를 어긋나는 경우가 없었다.

더 대단한 것은 그런 비수들을 현조가 모조리 쳐내어 막아낸 것이다. 수만 마리 벌 떼에 둘러싸였던 때를 생각한다면 그녀들의 비수 따위는 아무것도 아니었다.

현조는 눈을 가리고 수만 마리의 벌 떼 중에 이각이 따로 표시해 둔 벌레만 때려잡은 적도 있을 만큼 감각이 예민했다.

그러니 현조가 수백 자루의 비수를 모조리 쳐내는 것도 당연했다. 그 틈을 타 우고의 거대한 철봉이 현조의 복부를 노리고 나타났다. 철봉 양쪽 끝의 두께가 현조의 머리통만 하니 이건 망치라 불러도 이상하지 않으리라.

현조는 철봉을 가볍게 피했다. 그리고 철봉에 발을 얹고 타고 올라 우고의 턱 밑까지 파고들 수 있었다. 죽은 여인을 업고 있다고는 생각되지 않을 만큼 빠른 움직임이었다.

그대로 몸을 일으켜 정수리로 우고의 턱을 박아버렸다. 철로 된 가면이 유일하게 감싸지 않는 곳이 바로 턱이었기 때문에 그곳을 노린 것이다. 우고의 거대한 몸이 뒤로 넘어졌다. 환야가 욕을 내뱉으며 우고의 몸에서 뛰어내렸다.

"니미!! 이 괴물새꺄, 이거나 먹어라!!"

환야의 손에서 노란 분말이 터져 나왔다. 현조는 본능적으로 숨을 멈추고 눈을 감았다. 눈을 감았는 데도 불구하고 그의 안광은 계속 새어 나오는 듯했다.

현조의 귀가 예민하게 움직이며 환야와 쌍둥이의 모습을

잡았다. 환야가 뿌린 독의 영향 때문인지 입과 귀에서 피가 흘러나왔지만 개의치 않았다. 그의 입꼬리가 쭉 올라갔다.

"단혼백(斷魂桕)."

작은 중얼거림이 끝나자 나락이 검은 안개를 토해냈다.

이것은 마교의 호교마공이던 시절의 수라도.

그 원류에서 이어진 두 번째 금기.

검은 안개에 삼켜진 환야의 왼팔이 순식간에 쪼그라들었다.

"끄아아아아아악!!"

환야의 입에서 짐승과도 같은 비명이 튀어나왔다. 우고가 황급히 환야의 몸을 감싸 안으며 뒤로 물러섰다.

"내 팔이… 내 팔을… 이 개새끼… 죽여 버릴 거야!! 죽여 버릴 거야!!"

그 말을 끝으로 환야는 눈을 하얗게 까뒤집으며 기절해 버렸다.

상석에 앉아 있던 목자량의 미소가 더욱 진해졌다.

"그래… 금기마저 열어버렸느냐? 더욱더 재미있겠구나. 선을 넘기가 더 쉬워지겠어."

그의 중얼거림이 신호라도 되었는지 감겨 있던 현조의 눈이 서서히 열렸다.

눈알의 하얀 부분은 칠흑 같은 어둠으로 물들어 있었고, 동공에서 흘러나오는 피처럼 붉은 안광은 불꽃을 연상시켰다.

그것을 확인한 목자량이 뛸 듯이 기뻐하며 외쳤다.

"드디어! 드디어! 피었구나, 귀화(鬼火)가."

그렇게 또 하나의 괴물이 태어났다.

목자군은 한숨을 내쉬며 멍한 얼굴로 하늘을 바라보고 있었다. 큰대(大) 자로 땅 위에 크게 너부러진 그의 모습은 편안해 보이기까지 했다.

"패배해 버렸나?"

그렇게 중얼거리며 상반신을 일으킨 목자군은 자신을 쓰러뜨린 남자가 사라진 방향을 바라보던 그의 시선이 살짝 내려가 땅으로 향했다. 핏방울이 방향을 따라 길게 이어져 있었다.

"그 몸으로 괜찮을지 모르겠군. 형님은 봐주는 법이 없는데……."

자신을 쓰러뜨린 사내에 대한 걱정이라니. 문득 바보 같다는 생각이 들었다. 그는 천리투광. 패배를 결코 용납지 않는 싸움광 아니던가. 다음에 만났을 때를 대비하기 위해 다시 세상을 떠돌며 단련에 힘써야 할 때다. 이대로 직책을 내놓고 사라진다 하여도 자신의 형은 이해해 줄 것이다.

몸을 완전히 일으킨 그의 얼굴은 어딘지 모르게 시원해 보였다. 그는 별호 그대로 첩혈(疊血)의 도(刀)를 지닌 사내가 사라진 방향을 향해 살짝 포권하며 중얼거렸다.

"그럼 행운을 빌지."

그리고 두말없이 몸을 돌려 어디론가 사라졌다.

당분간 천왕련에서 천리투광의 모습을 볼 일은 없을 것이다.

도존이라 불리는 괴물이 자리에서 일어섰다.

그가 직접 나서기로 한 이상 태성이 나설 자리는 없었다. 그는 체념한 얼굴로 반도를 허리춤으로 집어넣더니 곧장 환야와 우고의 곁으로 다가갔다.

목자량은 천천히 걸음을 옮기며 어깨를 풀었다. 언제 챙긴 건지 그의 손에는 푸른색의 귀기가 감도는 사 척의 장도가 쥐어져 있었다. 지켜보던 중인들의 입에서 탄성이 터져 나왔다.

"무랑… 도(武狼刀)! 무랑도다!!"

천하제일도 목자량의 독문 병기로 널리 알려졌지만 사실 천하제일의 도공이라는 연추강의 작품으로 더 유명했다. 그의 유작인 혈창(血槍) 용아(龍牙)가 모습을 감춘 이상, 남아 있는 연추강의 작품 중 명실상부한 최고라 불리는 칼이기도 했다.

목자량은 이날 이때껏 현조를 가르치면서 단 한 번도 진도를 사용한 적이 없었다. 대부분 목도를 이용하거나 맨손으로 상대했을 뿐이다. 그런데 지금 이 자리에, 그것도 그의 애도라는 무랑도까지 들었다는 것은 현조를 하나의 적수로 인정한다는 것과 같은 뜻이었다.

그가 현조를 향해 나직이 중얼거렸다.

"수라도는 도(刀)의 이치를 담은 무리. 거기에 붙은 초식이

나 절기 따위는 창조자가 도법을 제어하기 위해 만든 금제에
불과하다. 그러니 본래의 초식을 버리고 다른 무공을 접목하
면 이런 것도 가능하게 되지.”
  지지직!
  순간 무랑도의 푸른 도신에 번개가 맺혔다.

  쳔뢰명광도(天雷明光刀).
  쳬육계(第六界).
  금강뢰(金剛雷).

  목자량이 칼을 가볍게 내려쳤다.
  현조는 그의 칼이 내려쳐짐과 동시에 몸을 피했다.
  콰콰콰—
  연회장의 바닥이 십여 장이 넘게 쩍 하며 갈라졌고, 천장의
일부분이 도끼질이라도 당한 것처럼 사라져 그 너머로 먹구
름 가득한 하늘이 드러났다. 천장의 높이만 팔 장에 달하건만
도기가 거기까지 닿는다는 것은 그의 공력이 얼마나 고절한
지 설명해 주는 것이었다.
  장내의 사람들은 이 일도(一刀)의 위력에 사색이 되어 밖으
로 도망쳤다. 그 결과 남아 있는 이라고는 개방의 용두방주와
혈교의 제사장, 그리고 검존 한수검과 그의 제자뿐이었다.
  “바보들은 대충 치웠군.”

자신과 현조의 싸움에 천왕련의 연회장에서 초청 인사들이 죽어나가면 그만큼 곤란한 일도 없었다.

하등한 쓰레기들의 목숨 따위야 별로 신경 쓰이지 않았지만 그래도 앞으로의 계획을 위해선 다치는 이가 없어야 했던 것이다. 그리고 자기를 빼닮은 괴물과의 일전은 오랜 시간 기다려 온 만찬과도 같은 것. 어떤 면에선 천왕련의 발족보다 더 중요한 것이었다. 때문에 거추장스러운 방해물은 필요없었다.

현조는 품에서 목걸이를 하나 꺼냈다. 비취로 만든 것이었는데 소향에게 걸어주기 위해 샀던 것이다. 그것을 나락의 칼자루를 쥔 자신의 손목에 감아 묶었다.

툭, 투툭.

도기에 베인 천장의 틈으로 빗줄기가 떨어져 내렸다. 먹구름이 보이는가 했더니 비가 내리려는 징조인 듯했다.

새빨간 귀화를 피워내며 살기를 돋은 현조의 몸에도 빗줄기가 떨어졌으나 빗물은 그의 몸에 닿기도 전에 허공에서 증발하여 사라져 버렸다.

두 사람은 서서히 거리를 좁히기 시작했다.

연회장 안으로 떨어지는 빗물은 그리 많지 않았다. 그러나 그들 사이를 가로막은 채 떨어져 내리고 있었다.

파파팍.

빗줄기가 칼에 베인 것처럼 갈라진다. 하지만 여전히 그들은 움직이지 않았다. 그저 빗줄기 너머로 보이는 서로의 얼굴을 응시하고 있을 뿐이다. 그 와중에 목자량의 눈도 점점 귀화를 피워 올리기 시작했다. 그의 검은 눈동자가 붉게 변했다.

순간,

지잉!

차가운 금속의 떨림. 그 뒤를 이어 빗물을 베어오는 회색의 칼날. 현조였다.

"흥!"

코웃음을 친 목자량이 무량도를 비스듬히 세워 현조의 칼날을 흘려보냈다. 동시에 그의 칼날은 현조의 목을 찔러들었다.

현조 역시 칼을 대각선으로 올려치며 목자량의 일도를 파훼.

그대로 빗물을 뚫고 들어가 목자량의 배에 나락을 틀어박으려 했다. 그러나 목자량 또한 빗물을 뚫고 들어가 반대편으로 빠져나오며 현조의 일도를 피했다.

순식간에 서로의 위치가 바뀌었다. 하지만 어느 누구도 빗물에 몸이 젖지 않았다.

핑!

현조의 전신에서 뿜어져 나오는 날카로운 기파에 빗물이 잘리고 목자량의 볼에 작은 생채기가 생겼다. 그의 미소가 더욱더 진해졌다.

"잔재주는 이렇게 부리는 거다."

그는 보답이라도 하듯 기파를 뿌렸다. 둘 사이의 빗줄기가 종이 잘리듯 완전히 잘려 나갔다. 마치 보이지 않는 판자가 빗줄기 사이에 놓인 것 같았다.

현조가 나락을 수직으로 들어 그 기세를 막았으나 뒤로 밀리는 건 어쩔 수 없었다. 그나마도 제대로 막지는 못했는지 입가에서 핏물이 흘러나왔다.

목자량의 공격은 끝나지 않았다.

"천뢰명광도 제육계……."

그가 칼을 높이 쳐들더니 씩 웃으며 외쳤다.

"금강뢰(金剛雷)!"

현조는 몸을 살짝 웅크린 채로 오른발을 앞으로 내밀어 구부리고 뒷다리로 몸을 단단히 지탱했다. 왼손은 칼등에 대고 전신의 체중을 실어야 했다.

꽈광!!

엄청난 굉음과 함께 현조의 발이 연회장의 청석을 깨고 뒤로 밀려 나갔다.

이 장여를 더 밀리다 겨우 멈춘 현조의 왼팔이 축 늘어져 있었다. 어깨가 탈골된 것이다.

울컥하고 피마저 쏟아냈다. 무릎을 꿇지 않은 것만도 다행이었다. 목자량이 자신의 무량도를 어깨 위로 올리며 다가왔다.

현조는 그가 다가오자 다시 칼을 제대로 쥐고 호흡을 안정시켰다.

"크흐흐, 겨우 즐길 만한 수준이 되긴 했지만 완전히 숙성되려면 아직 멀었는가? 하기야… 나처럼 초식을 버리고 다른 무공을 얻은 것도 아닐 테니. 그러나 그 광기에 먹히는 부작용만 뺀다면 귀화만 피워도 충분히 강할 텐데, 이건 너무 약하구나. 내가 잘못 가르친 건지… 아니면……."

그의 붉은 눈동자가 현조의 등 뒤에 업혀 있는 여인의 얼굴 위로 향했다. 그가 악마 같은 미소를 흘렸다.

"아니면… 아직도 미련이 남아 있는가?"

그의 무랑도가 빛을 뿜었다. 동시에 현조의 등에 메여 있던 소향의 시신이 찢기듯 떨어져 나갔다. 시간이 멈춘 듯했다.

두근.

현조의 붉은 눈동자가, 그의 고개가, 그의 몸이 서서히 뒤로 돌았다.

두근.

억겁과도 같은 순간이었다. 현조 자신의 귓가로 자기 자신의 거친 호흡소리만이 들릴 뿐이었다. 귀화는 더욱더 거세게 타올랐고, 그의 시선이 그녀의 시신이 닿았다. 이미 죽은 시신에 불과하지만 아직도 그녀는 그의 전부였다.

두근.

그렇지 않아도 신룡전의 무사들을 뚫고 오느라 상태가 좋지 않던 시신이 마치 헝겊을 얼기설기 기워놓은 것처럼 처참하게 찢겨져 있었다.

"소향… 소향아……."

그녀를 향해 달렸다. 아니, 달리려 했다. 그러나 그보다 목자량이 빨랐다.

"어딜 그리 한눈을 파는 게냐?"

꽝!

강맹한 장력이 현조의 등판을 후려쳤다. 현조는 그 통렬한 일격에 소향의 시신을 지나쳐 튕겨져 나갔다. 목구멍을 역류해 울컥 쏟아지는 핏물에도 아랑곳하지 않고 벌레처럼 꿈틀거리며 애써 몸을 일으킨 현조는 그대로 그녀를 향해 기어갔다.

"소향, 소향!! 소향!!"

목자량은 어느새 그녀의 옆에 서서 현조를 향해 입꼬리를 말아 올리고 있었다.

"그래, 이 계집이 네게 그리 소중하더냐?"

그가 발로 그녀의 시신을 툭툭 치며 말하자 현조는 분노해 외쳤다.

"건드리지 마!!"

하지만 목자량은 그런 그의 반응에 더욱더 기뻐했다.

"그래, 그 반응이다. 역시 이 계집이 열쇠였구나."

그리 말하던 목자량은 무량도를 들더니 현조에게 장난기 가득한 미소를 보냈다. 이어 그는 웃는 낯 그대로 가차없이 무량도를 내려쳤다.

콰득.

무량도의 날카로운 칼날이 그녀의 가슴뼈를 파고드는 소리…….

현조는 자신의 귀를 파내고 싶은 충동에 휩싸였다.

두근.

그녀의 시신을 후벼 파며 농락하던 목자량이 다시 한 번 입을 열었다.

"어때, 내가 밉나? 크큭, 그렇다면 좀 더… 좀 더 증오해라!! 크하하하하!!"

슬픔과 분노로 범벅이 된 눈동자로 그녀의 시신을 바라보던 현조의 심장이 일순 멈추었다. 그리고 이내 시커먼 기운을 내뿜으며 다시 뛰기 시작했다.

"목자랴아아아아앙!!"

칠흑처럼 어두운 기운이 현조의 전신을 타고 회오리처럼 솟구쳤다.

산발한 머리카락이 바람에 휘날리고 엄청난 살기가 반경 사 장여를 가득 채웠다. 목자량이 미친 듯이 웃으며 소리쳤다.

"이거지! 이래야 진짜 수라도지!!"

현조의 탈골된 어깨가 저절로 자리를 잡았다.

지켜보던 개방 방주가 나직이 입을 열었다.

"광마기(狂魔氣)로구먼."

옆에 있던 사도광이 고개를 끄덕였다.

"우리 교단의 문헌에 나오는 것과 같은 현상이오."

"크아아아아!"

현조의 눈꼬리가 찢어져 피눈물이 맺혔다.

"그래, 그렇게 미쳐라. 미쳐서 자신의 모든 걸 태워 버려. 그것이 바로 수라도다. 크하하하하하하!"

쾅!!

어깨와 어깨가, 이마와 이마가 격돌했다.

둘 사이의 힘겨룸.

이어서 칼과 칼이 맞부딪쳐 춤을 추고 불꽃을 피워낸다.

현조의 팔목이 찢겨 나가고 그을렸으나 순식간에 지혈되고 제 색깔을 찾았다.

목자량의 어깨가 베어져 나갔으나 그 역시 지혈은 순간이었다. 입꼬리가 쭉 올라간 채 미친 듯이 웃는 모습은 결코 정상인처럼 보이지 않았다.

그 역시 수라도의 전수자.

비록 지금은 부작용에서 벗어났다지만, 도해법 없이는 삼할의 힘밖에 쓸 수 없는 수라도의 금제를 풀기 위해 현조와 같은 길을 먼저 걸어보았다. 오히려 그 기간이 길었다.

때문에 부작용은 치료되었을지 몰라도 남아 있는 광기마저 없앨 수는 없었다. 그동안 차가운 이성으로 눌러두었던 광기가 마음껏 기지개를 켜고 있는 중이었다.

콰콰콰콰!

현조의 일격에 연회장의 천장이 대들보가 모조리 떨어져 나가고 천장이 무너지기 시작했다. 빗줄기가 더욱 거세어졌다.

금속과 금속이 부딪칠 때마다 그들 곁으로 떨어져 내리는 천장의 잔해가 잘게 쪼개져 나갔고, 충격파는 반원을 그리며 그들의 주변을 휩쓸었다.

현조의 몸엔 점점 상처가 쌓여갔다. 지혈이 빠르다 해서 그것이 재생을 뜻하는 것은 아니었다. 광마기는 몸을 싸움에 최적화된 상태를 만들어주는 호체공(護體功).

싸움을 하는 동안만큼은 무적이나 다름없지만 싸움이 끝난 후에는 싸움에서 얻은 부상이 한꺼번에 밀려온다.

아직 싸움이 끝나지도 않았는데도 상처가 쌓이고 벌어지는 것은 그의 몸이 한계에 달했다는 것을 뜻했다. 계속되는 전투로 인해 과부하가 걸린 것이다. 하지만 이에 아랑곳하지 않고 계속 칼을 휘둘렀다.

귀를 찌르던 목자량의 웃음소리가 들리지 않았다.

언제부턴가 자신의 호흡도 심장 소리도 들리지 않았다.

어느 순간 알 수 있었다. 자신도 목자량처럼 웃고 있음을, 소향을 잊고 증오와 살의로 가득 찬 자신에게 감동하고 있었음을 말이다.

마치 자신의 머릿속에 또 다른 자신이 있는 듯했다.

또 다른 자신이 증오와 분노를 먹고 자라 몸을 차지하려는 것 같았다. 이것은 증오와 분노를 통해 수라도에 걸린 금제를 강제로 풀었을 경우 생겨난다는 광기. 그의 의식 속에선 결코 일어나선 안 될 일이 일어나는 중이었다.

이대로라면 목자량보다 더욱 빨리, 그리고 더욱 많은 부분을 광기에 빼앗기는 결과를 가져오게 될 것이다. 그리고 그것은 목자량이 바라던 바다. 현조는 절망했다. 하지만 그 절망마저 증오에서 태어난 또 다른 자신이 먹어치웠다. 그것은 모든 감정의 편린을 먹어치웠다. 좋은 것도, 나쁜 것도… 소향까지도…….

배고픈 아귀처럼 현조를 갉아먹는 중인 광기는 오로지 증오와 분노만을 뱉어낼 뿐이다.

현조가 나락을 떨어뜨린 채 양손으로 머리를 부여잡으며 소리를 질렀다.

"아아아아악!!"

목자량의 가슴이 기쁨으로 벅차올랐다.

"드디어 때인가."

그로서는 현조가 증오에 휩싸이면 휩싸일수록 좋았다.

증오로 얼룩진 마음, 그에 따라 마음을 잠식하는 광기. 그것은 그가 원하는 것이었고, 그가 평생 궁금해 왔던 질문의 답을 가르쳐 줄 유일한 방도였다.

그때였다.

현조의 의식, 광기의 늪에 잠식되어 가던 그의 마음속으로 하얀 손이 내려앉았다. 익숙한 손, 따듯한 손.

어머니를 닮았고, 또 소향을 닮아 있었다.

아니, 그런 건 상관없었다. 저 손을 잡으면 왠지 자신을 잃는 고통에서 벗어날 수 있을 것만 같았다. 현조는 그 손을 잡았다.

파직.

현조의 손목에 걸린 비취 목걸이가 쪼개졌다. 현조는 얼핏 소향의 미소를 본 것 같았다.

현조의 비명이 멈추었다. 칠흑처럼 검던 그의 머리가 끝에서부터 서서히 하얗게 변해갔다. 염색이라도 하듯, 아니, 마치 하얀 물을 빨아 마시듯 검은 머리가 하얗게 새는 모습은 괴이하기 그지없었다. 이 난데없는 괴사에 목자량도, 장내에 있던 이들도 얼굴이 굳었다.

한쪽 무릎을 꿇은 채 고개를 숙이고 있던 현조가 서서히 고개를 들었다. 그의 눈동자는 더 이상 붉은색이 아니었다. 여전히 눈의 흰자위 부분은 검은색으로 채워져 있었으나 그의 눈동자는 그의 머리색처럼 하얗게 빛났다.

개방 방주가 떨리는 목소리로 말했다.

"백안(白眼)……."

사도광은 입술이 바싹 타는 것을 느꼈다.

전설로만 들었던 무서운 마물의 이름이 생각났기 때문이다.

"백안광마공(白眼狂魔功)……."

우우우우!

현조의 나락이 울기 시작했다. 그의 손에 잡혀 있지도 않았고 바닥에 아무렇게나 너부러져 있건만 칼은 울었다. 이러한 때에 그는 죽은 어미의 유언이 떠올랐다.

“귀화가 피어오르면… 칼은 눈물을 흘린다.”

천천히 몸을 일으킨 그가 손을 펴자 나락이 스스로 날아올라 손에 잡혔다. 그러자 나락의 울음이 멈추었다.

목자량의 홍소가 더욱 진해졌다.

“이런 건… 처음 보는군.”

현조가 나락의 칼끝을 목자량에게 겨누었다. 그의 피부가 하얗게 빛을 발하더니 상처들이 시간을 역행이라도 하는 듯 빠른 속도로 아물어갔다.

목자량이 특유의 오만한 표정으로 말을 이었다.

“재미있구나. 진짜 괴물이 되어버렸느냐?”

목자량이 칼자루를 양손으로 잡았다. 대결이 시작된 이후 처음 있는 일이었다. 멀리서 지켜보던 한수검의 얼굴이 눈에 띄게 굳어졌다.

목자량이 현조의 감정없는 하얀 얼굴을 바라보며 말했다.

“뭐, 이젠 전력을 다할 수 있겠어.”

두 괴물의 몸이 흐릿해지며 서로를 향해 몸을 던졌다.

『귀도풍운』 3권에 계속…

共同傳人

공동전인

설경구 新무협 판타지 소설

마교를 재건하라.

혈미옥에 갇히며 마교 장로들의 공동전인이 된 사무진에게 주어진 과제.
역사상 가장 착한 마교의 교주.
하지만 역사상 가장 강한 마교의 교주가 되고 싶다.

고정관념을 버려요.
마교도라고 해서 꼭 나쁜 놈일 필요는 없잖아요.
지금까지와는 다른 마교.
이제 사무진이 만들어가는 새로운 마교가 모습을 드러낸다.

유행이 아닌 자유추구 —
WWW.chungeoram.com

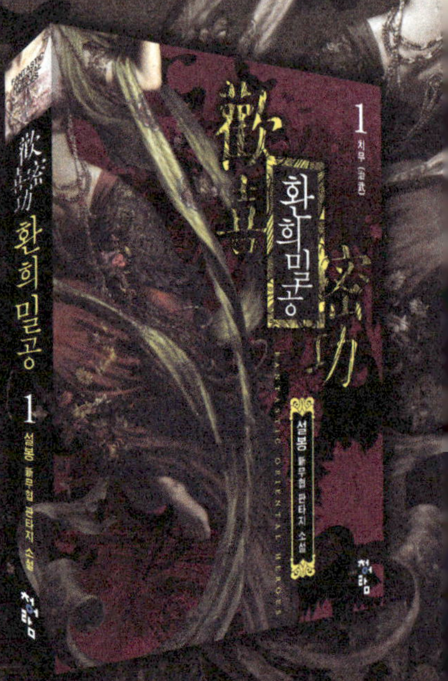

태룡전

『마신』, 『뇌신』에 이은
작가 김강현의 또 하나의 대작!!
『태룡전』

김강현
新무협 판타지 소설

내가 이곳 미고현에 위치한 천망칠십오대에
온 지도 벌써 두 달이 넘었거든.
그런데 아직도 이해하지 못한 일이 하나 있어.
그게 뭐냐고? 우리 대주 말이야.
우리 대주님이 가장 좋아하는 게 뭔지 아나?
바로 침상에서 좌우로 데굴데굴 굴러다니는 거야.
그다음으로 좋아하는 게 그렇게 뒹굴다 잠드는 거고…….
나려타곤(懶驢打滾)!
더도 덜도 아닌 딱 우리 대주님을 지칭하는 말일세.

천망칠십오대 대주 단유강!!
격동의 무림은 그에게 휴식을 허락하지 않는다.
단유강, 그의 일보가 천하를 떨쳐 울린다!

유행이 아닌 자유추구 -
WWW.chungeoram.com
Book Publishing CHUNGEORAM